Friedrich Kalpenstein
Gruppentherapie

AF176963

TINTE
&
FEDER

Das Buch

Ben, dreißig Jahre alt, ist Architekt. Nachdem er sich in München mit seinem eigenen Architekturbüro finanziell übernommen hat, löst sich sein gesamtes Investment in Luft auf – und damit auch seine Selbstständigkeit. Geld muss schnellstens in die Kasse. Sascha, sein bester Freund aus früheren Bandzeiten, nutzt seine Kontakte nach Mallorca und verschafft ihm dort ein Engagement als Partysänger.

Schnell wird Ben zum angesagten Stimmungsmacher, der sich in kürzester Zeit eine beachtliche Fangemeinde aufbaut. Zwischenzeitlich nimmt Ben in München die Chance wahr, als Architekt in einem angesehenen Architekturbüro wieder Fuß zu fassen. Ganz nebenbei wirft er sich in eine Beziehung mit Clarissa, der Tochter seines Chefs. Niemals dürfen die beiden von seinem Doppelleben mit Perücke und Goldkettchen auf Malle erfahren. Die Tatsache, dass Ben auch auf Mallorca eine Liaison mit der Barfrau Eva pflegt, macht die Sache nicht einfacher.

Ein Spießrutenlauf beginnt.

Der Autor

Friedrich Kalpenstein, geboren 1971 in Freising bei München, schreibt humorvolle Romane über alltagsübliche Situationen, die jeder kennt. Sein 2015 erschienener Debütroman »Ich bin Single, Kalimera« bescherte ihm eine stetig wachsende Fangemeinde der erfolgreichen Herbert-Reihe. Weitere humorvolle Romane folgten. Außerdem veröffentlicht der passionierte Musiker Eigenkompositionen unter dem Pseudonym Ben Valdern.

Der #1-Kindle-Humor-Autor lebt heute im Ampertal in Bayern.

FRIEDRICH KALPENSTEIN

Gruppen-therapie

ROMAN

TINTE & FEDER

Deutsche Erstveröffentlichung bei
Tinte & Feder, Amazon Media EU S.á r.l.
5 Rue Plaetis, 2338 Luxembourg
Juni 2018
Copyright © der Originalausgabe 2018
by Friedrich Kalpenstein

Umschlaggestaltung: bürosüd⁰ München, www.buerosued.de
Umschlagmotiv: © Apostrophe / Shutterstock; © Tara Moore / Getty;
© Brian Jackson / Alamy Stock Photo ; © Butterfly Hunter / Shutterstock
1. Lektorat: Karla Schmidt
2. Lektorat und Korrektorat: Verlag Lutz Garnies, Haar bei München,
www.vlg.de
Gedruckt durch:
Amazon Distribution GmbH, Amazonstraße 1, 04347 Leipzig /
Canon Deutschland Business Services GmbH,
Ferdinand-Jühlke-Straße 7, 99095 Erfurt /
CPI Books GmbH, Birkstraße 10, 25917 Leck

ISBN 978-2-919-80037-7

www.tinte-feder.de

Vorwort

Schlager! Was ist das?

Für den einen das Schlimmste, was man seinen Ohren antun kann. Für den anderen das Schönste, was es gibt. Sie erinnern sich an die erste große Liebe, an die erste Party, können den Texten folgen, fühlen sich verstanden in den Zeilen, denen sie so gerne zuhören. Sie finden Halt in dieser Art von Musik.

Kaum eine Musikrichtung polarisiert so stark wie der Schlager. Warum ist das so? Und warum gibt es eine so große Fangemeinschaft?

Ich mag Schlager. Und hey, seien wir doch mal ehrlich! Waren es nicht die Schlager, bei denen es auf den Kellerpartys damals in unserer Jugend erst so richtig abging?

Also. Geben wir uns einen Ruck und stehen zu unserer Entscheidung. Wir kommen am Schlager nicht vorbei. Früher oder später hat er uns alle erreicht. Sei es Fasching, Silvester oder auf einer Party. Dann grölen wir alle mit. Und warum? Ganz genau. Weil es Spaß macht.

Warum also nicht das ganze Jahr Spaß haben?

Die Songs von Ben Valdern zum Buch sind als Download erhältlich.

Ab auf die Insel, olé olé hóla!
Welche ich meine? Das ist doch sonnenklar.
Einmal im Jahr haben wir Spaß wie nie,
Malle ist die allerbeste Gruppentherapie!

Ich sitz' im Flieger Richtung Süden und kann es kaum glauben,

wir rollen auf die Startbahn und ich reib' mir noch die Augen.

Die nette Stewardess zeigt mir, wie ich den Gurt verschließe,

während ich bei meiner Nachbarin das Dekolleté genieße.

Der Junggesellenabschied hinter mir ist schon am Reihern,

vielleicht war es zu früh, um mit Sangria abzufeiern.

Turbinen heulen auf, und wir sind bereit zum Start,

der Pilot drückt auf die Tube und wir heben ab!

Ab auf die Insel, olé olé hóla!
Welche ich meine? Das ist doch sonnenklar.
Einmal im Jahr haben wir Spaß wie nie,
Malle ist die allerbeste Gruppentherapie!

Die Lehne vor mir kommt gefährlich nah an
meine Nase,

vermutlich bringt der Typ sich schon gedanklich
in Ekstase.

Ich sag' nichts, denn er ist ein muskulöses
Exemplar,

dafür nies' ich ihm geschmeidig in sein leicht
blondiertes Haar.

Ein Pärchen stürmt den Mittelgang und entert
die Toilette,

während ich so vor mich hin träum', streift mich
eine Adilette.

Mich bringt nichts aus der Ruhe, denn nach
einer kurzen Weile

setzen wir zur Landung an und es geht auf die
Partymeile.

Ab auf die Insel, olé olé hóla!
Welche ich meine? Das ist doch sonnenklar.
Einmal im Jahr haben wir Spaß wie nie,
Malle ist die allerbeste Gruppentherapie!

DER GEHEIMTIPP

Obwohl der letzte Ton aus den Boxen längst verklungen war, sang das Publikum weiter. Olé olé hóla …, grölten sie und klatschten dazu. Er stand auf der Bühne und bewegte seine Arme wie ein Dirigent. Handys wurden gezückt, um noch einmal einen Schnappschuss zu ergattern, bevor der Star des Abends aus dem Rampenlicht verschwand. Dies war der Moment, den er am meisten genoss. Wenn die Anspannung von ihm abfiel, er keinen Texthänger hatte, die Technik mitspielte und ihm die Feierwilligen wohlgesinnt waren.

Seine Stirn glänzte. Kein Wunder bei gefühlten vierzig Grad, die weit nach Mitternacht im UNIVERSUM herrschten, dem derzeit angesagtesten Partytempel auf Mallorcas Feiermeile. Sitzplätze? Fehlanzeige. Überhaupt war das Ambiente im UNIVERSUM alles andere als einladend. Dennoch erfreute sich Kalle, der Besitzer, Abend für Abend eines vollen Hauses. Niemand kam, um eine romantische Zeit zu verbringen. Hier wurde gefeiert, gegrölt und gesoffen. Alkohol zu niedrigen Preisen, vor Mitternacht eine Happy Hour, dazu Stimmung auf der Bühne mit Texten, die auch weit über eins Komma fünf Promille noch fehlerfrei zu schaffen waren. Die Security hatte alle Hände voll zu tun, dass niemand unerlaubt auf die Bühne kletterte, um mit dem Stimmungssänger ein Selfie zu schießen. Oder was man sonst nach ein paar Alkopops oder Sangrias mit seinem Idol vorhatte.

Benny Biber war der Geheimtipp auf der Insel. Innerhalb kürzester Zeit hatte er sich in die Herzen des Partyvolkes gesungen. Er tupfte sich mit einem Frotteetuch den Schweiß von der Stirn, bevor er es ins Publikum warf. Dann steckte er das Mikro zurück in den Ständer und lief in gebückter Haltung und mit ausgestrecktem Arm am Bühnenrand entlang, um die privilegierten Fans aus der ersten Reihe abzuklatschen. Es war stickig. Obwohl sich das Dach des UNIVERSUM wie ein Verdeck öffnen ließ, stand im Raum mit den kahlen Wänden die Luft und trieb allen Anwesenden den Schweiß aus den Poren. Benny Biber öffnete einen weiteren Knopf seines schwarzen Hemdes, dessen übergroßer Kragen lässig auf seinen Schultern und somit auch über dem Jackett seines schneeweißen Anzuges lag. Schlaghose aus den Siebzigern, dazu Lackschuhe. Auf dem Kopf trug er eine pechschwarze Perücke, deren Haar mit Pomade streng nach hinten gestylt war. Dazu eine Sonnenbrille mit goldenem Gestell. Gekrönt wurde dieses Outfit von diversen Goldkettchen an beiden Handgelenken und einer massiveren um den Hals. Wenn er die richtige Pose einnahm, konnte man meinen, man befände sich in einem Revival von *Saturday Night Fever* mit John Travolta.

Doch dieses Outfit war nun das Markenzeichen von Benny Biber. Zwar begann die Perücke nach dem ersten Song des Abends wie verrückt zu jucken, und die Sonnenbrille erschwerte es ihm, sich sicher auf der Bühne zu bewegen, doch bot ihm beides Schutz, um sich im normalen Leben unerkannt und frei bewegen zu können. Denn Benny Biber gab es nur auf Mallorca.

Nur wenige vertraute Menschen waren in sein Geheimnis eingeweiht. Und zu Hause durfte niemand etwas von seinem Doppelleben wissen. Niemals!

»Na, ein Wunder, dass du es heute doch noch von der Bühne geschafft hast!« Kalle wartete mit einem Pils in der Hand am Bühnenabgang auf seinen Goldesel. Neben ihm auf dem Boden saß Bierchen, seine französische Bulldogge. Die beiden waren ein Herz und eine Seele und sahen sich von Woche zu Woche ähnlicher.

»Mensch Kalle, lass mir doch die Freude. Wer weiß, wie lange diese Euphorie noch anhält!«

»Ich mach nur Spaß, Benny. Hier, trink mal 'nen Schluck. Hörst du das? Die rufen immer noch deinen Namen.«

Benny ging nicht darauf ein und trank das Pils auf ex, als Bibi Bordell plötzlich im Bademantel neben ihm stand.

»Schwer, gegen dich anzustinken, mein Lieber«, hauchte sie ihm ins Ohr und besiegelte die Bemerkung mit einem Kuss auf seine Wange. »Wann singen wir mal im Duett?«

»Ach, Bibi, du weißt doch, wenn wir zusammen auf der Bühne stehen, dann haben doch alle nur noch Augen für dich!«

Bibi lachte. »Ja, aber nur die besoffenen Typen, die sich eine schnelle Nummer versprechen.«

Während DJ Knut bereits Bibi ansagte und die ersten lüsternen Pfiffe zu hören waren, legte sie ihren Mantel ab, drückte ihn Kalle in die Hand und betrat mit nichts an außer einem Stringtanga, einem etwas zu klein geratenen Bustier und hochhackigen Pumps lasziv die Bühne.

»Na Jungs, steht alles?«, sagte sie zur Begrüßung und gab ihren ersten Titel zum Besten. Das angetrunkene Partyvolk kriegte sich nicht mehr ein und begleitete Bibi mit »AUSZIEH'N, AUSZIEH'N«, Pfiffen und obszönen Gesten.

»Sag mal, Kalle, meinst du nicht, dass sie dafür ein bisschen zu jung ist? Sie ist doch gerade mal Mitte zwanzig.«

»Sie will Karriere machen und entdeckt werden. Sie ist alt genug.« Beide sahen Bibi dabei zu, wie sie ihre Kapitänsmütze voller Elan ins Publikum warf. »Sie möchte nur ein bisschen mehr ernst genommen werden. Das ist alles.«

»Vielleicht wäre dafür eine Hose nicht schlecht. Oder wenigstens ein Rock. Irgendwas, das nicht komplett zwischen ihren Pobacken verschwindet.«

Kalle sah wieder zu Bibi. »Ja, der Po ... ist er nicht einmalig?«

»Vielleicht liegt es aber auch am Namen. Ich meine, Bibi Bordell! Das klingt nicht wirklich nach Klosterschule oder nach Hollywood.«

»Wie gesagt: Sie ist alt genug. Und ihr Manager dreht keine Pornos mehr. Das hat er ihr fest versprochen. Was soll's, die Hütte ist voll.«

Kalle nahm Benny das leere Pilsglas ab und legte Bibis Mantel über eine Stuhllehne. Benny drängte es in die Garderobe, um endlich die juckende Perücke loszuwerden.

»Ich bin dann mal ...«

»Warte noch, Benny. Sag mal, was ist denn nun mit den Wochenenden? Wenigstens am Samstag. Wie sieht's aus?«

»Kalle, noch mal danke für das Angebot, aber es geht wirklich nicht. Zweimal unter der Woche. So, wie wir es vereinbart hatten. Es gibt auch noch Ben, den Architekten, in meinem Leben. Nicht nur Benny Biber.«

»Und der ist laaaangweilig!«

»Mag sein, aber bodenständig.«

»Ich geb nicht auf. Versprich mir, dass du es dir noch mal überlegst.« Er zeigte mit dem Zeigefinger auf Benny, um sein Anliegen auch optisch zu unterstreichen.

»Gut! Du gibst ja doch keine Ruhe«, lenkte Benny ein, um aus Kalles Fängen zu entfliehen, und ging schleunigst in die Garderobe.

Vor dem großen beleuchteten Spiegel begann die Verwandlung zurück in Ben, den Architekten aus München.

Er nahm die Perücke ab und setzte sie auf den Gipskopf, der auf einem kleinen Tisch neben dem Spiegel stand. Diesen geduldigen stummen Diener zierte die Haarpracht des Ballermann-Stars Benny Biber, während dieser seinem biederen Leben über tausend Kilometer Luftlinie entfernt nachging. Ebenso die Sonnenbrille. Ben ließ sich auf den Stuhl vor dem Spiegel nieder, um sich die Schuhe auszuziehen, die ihn schon von Anfang an gedrückt hatten. Während er sich das Jackett auszog und das Hemd aufknöpfte, kam Eva in die Garderobe.

»Ah, da komm ich ja gerade richtig!«

»Eva! Du, sorry, dass ich nicht zuerst zu dir gekommen bin, aber ich war spät dran. Der Flieger, du verstehst?« Ben stand auf und küsste sie.

»Kein Thema. An der Bar war heute die Hölle los.«

Sie stellte die zwei Bier ab, die sie mitgebracht hatte, stellte sich hinter Ben und schob ihre Hand unter sein Hemd.

»Ich bin ganz verschwitzt«, meinte er, während er seinen Stuhl drehte, und legte ihr die Hände auf die Hüften.

»Ich auch. Aber das können wir ändern. Ich hab jetzt frei. Wie wär's? Dusche gefällig?«

Sie machte sich daran, seinen Hals zu liebkosen, und knabberte an seinem Ohrläppchen.

»Was soll ich da noch sagen …? Aber in fünf Stunden muss ich zum Flieger. Nicht, dass wir einschlafen!« Er fuhr mit seiner Hand über ihren Nacken.

»Glaub mir, schlafen wirst du heute nicht«, grinste Eva und blickte ihn fordernd an.

Nachdem Ben schnell in etwas Zivileres geschlüpft war, schlängelten die beiden sich durch den Gastraum Richtung Ausgang. Niemand erkannte ihn ohne Perücke.

Bibi verrenkte sich auf der Bühne, als ginge es um ihr Leben. Sie stellte Sachen mit dem Mikrofonständer an, die ihren Wunsch, als Künstlerin ernst genommen zu werden, als unerfüllbar erscheinen ließen. Dem vorwiegend männlichen Publikum schien es jedoch zu gefallen. Sie scannten Bibis Körper mit ihren Blicken, um sie sich später, in den frühen Morgenstunden, auf ihrem Hotelzimmer wieder originalgetreu ins Gedächtnis zu rufen. Mit geschlossenen Augen, versteht sich.

Eva ging vor Ben die Treppe zu ihrer Wohnung in den ersten Stock hinauf. Die knapp sechzig Quadratmeter, die sie ihr Eigen nannte, befanden sich neben dem UNIVERSUM ein Haus weiter, oberhalb eines griechischen Restaurants. Der kurze Arbeitsweg war für Eva ausschlaggebend gewesen, sich für diese Wohnung zu entscheiden. Dass dies aber nicht nur immer von Vorteil war, stellte sich schnell heraus. Besonders dann, wenn Kalle vor der Tür stand, weil jemand vom Personal ausgefallen war. »Nur ganz kurz – für ein Stündchen!«, meinte er dann immer.

Aus dem UNIVERSUM war sie jedenfalls nicht mehr wegzudenken. Und Ben hatte sich nicht zweimal bitten lassen, als sie ihn vor etwa eineinhalb Jahren das erste Mal zu sich nach Hause mitnehmen wollte. Er fand es cool, etwas mit einer Frau zu haben, die zehn Jahre älter war als er. Unkompliziert, ohne Verpflichtungen, einfach hin und wieder ein Schäferstündchen für die Seele, mehr nicht. Dass Ben seit einem halben Jahr zu Hause eine feste Beziehung pflegte, störte sie nicht. Und für Ben fühlte es sich nicht an, als würde er fremdgehen. Immerhin war Eva vor seiner festen Beziehung zu Clarissa da gewesen. Ein Betrug wäre es für ihn nur, wenn sie von Eva erfahren hätte. Außerdem befanden sich beide Frauen nicht einmal im selben Land.

Eva schloss die Wohnungstür auf, während sich Ben von hinten an sie schmiegte und damit begann, ihr T-Shirt nach oben zu schieben. Mit ihren fünfundvierzig Jahren hatte sie eine makellose, sportliche Figur. Ihr platinblond gefärbtes Haar lag locker auf ihren Schultern und ergab einen schönen Kontrast zu ihrer sonnengebräunten Haut. Als sie sich umdrehte, nahm Ben ihr Gesicht in beide Hände, sah in ihre braunen Augen und küsste sie, während beide aneinandergepresst die Wohnung betraten. Mit einem lässigen Tritt schloss Ben die Tür und tänzelte immer noch küssend mit Eva in ihr Schlafzimmer, wo sie sich aufs Bett fallen ließen.

Bens Atmung beschleunigte sich, während er wild an seinem Gürtel zerrte, um sich schnellstmöglich von seiner Jeans zu befreien. Eva tat es ihm gleich, stellte sich dabei aber etwas geschickter an. Sie setzte sich auf ihn und zog sich das T-Shirt aus. Ben griff nach ihrem BH-Verschluss, den er gekonnt mit einer Hand öffnete. Sie drückte sein Gesicht zwischen ihre Brüste. Er verweilte einen Augenblick, bevor er das Ruder übernahm, sie zur Seite schob und sich auf sie legte. Das Grölen der Betrunkenen unten auf der Straße hörten die beiden nicht mehr.

***

»Wie ernst ist das eigentlich zwischen dir und dieser …, wie heißt sie noch mal?«

»Clarissa!«, rief Ben aus der Dusche und schrie gegen den Föhn an, den Eva in diesem Augenblick anschaltete, um ihre frisch gewaschenen Haare zu trocknen.

Er stellte das Wasser ab und trat aus der Duschkabine. »Warum fragst du? Wir waren uns doch einig, dass …«

»Keine Angst. Ich steh schon nicht irgendwann mit meinen Koffern vor deiner Tür in München. Eine verkorkste Beziehung reicht für ein Leben. Und, wie ernst ist es?«

»Na, wir sehen uns regelmäßig.«

»Kein Wunder. Immerhin arbeitet ihr miteinander«, ergänzte Eva.

Ben wusste nicht recht, welche Richtung dieses Gespräch nehmen würde. Über seine Beziehung mit Clarissa zu reden, fiel ihm fast schwerer, als sie zu hintergehen. »Ich meine ja auch privat.«

»Zieht ihr zusammen?« Eva stellte den Föhn ab und begann, sich das Gesicht einzucremen.

»Dafür ist es noch zu früh.«

»Na, dann ist's ja gut. Du, ich leg mich hin und versuch, noch eine Mütze voll Schlaf zu bekommen. Ziehst du einfach die Tür hinter dir zu?« Sie gab Ben einen Kuss und einen Klaps auf seinen noch nassen Hintern.

»Klar. Wie machst du das bloß?«

»Was meinst du?«

»Ich würde jetzt kein Auge zubekommen. Schon gar nicht nach einer Dusche.«

»Übung. Alles Übung. Ich bin seit achtzehn Stunden auf den Beinen. Da fallen einem die Augen irgendwann von alleine zu.«

»Okay. Wir sehen uns Donnerstag.«

»Guten Flug!«

Sie schlurfte in ihren Flip-Flops zurück ins Schlafzimmer und schloss die Tür. Ben sah sich im Spiegel an. Er fühlte sich fit. Doch auch er war keine zwanzig mehr. Die durchzechte Nacht würde ihn sicherlich später am Tag einholen.

Als Ben vor Evas Haus auf die Straße trat, wurde es langsam hell. Er ließ ein paar Engländer vorbeitorkeln, bevor er sich an den Straßenrand stellte, um das erstbeste Taxi aufzuhalten. Er hatte keine Eile. Um diese frühe Uhrzeit war der Flughafen nur schwach frequentiert.

Als er aus dem Fenster des Taxis sah, erblickte er vor dem UNIVERSUM Bibi, wie sie mit ihren hochhackigen Schuhen den Heimweg antrat. Wenigstens hatte sie mittlerweile Kleidung an. Er kannte sie nun schon ein paar Monate und wusste nichts von ihr. Doch das war in dieser Branche anscheinend völlig normal. Auch wenn alle am selben Strang zogen, so waren sie doch Konkurrenten. Wer glaubte, das alles hier sei einfach nur ein großer Spaß, der irrte sich gewaltig. Diese Erfahrung hatte auch Ben machen müssen. Und nicht nur einmal.

Du trinkst Tee, ich esse Sushi

Als das Flugzeug vom spanischen Asphalt abhob, war es ruhig in der Kabine. Ben hatte eine ganze Sitzreihe für sich alleine, auf der er sich breitmachen konnte. Er knautschte seine leichte Windjacke zu einem Knäuel zusammen, um sie als Kissen zwischen seinem Kopf und der Kabinenwand zu benutzen. Knapp zwei Stunden Flugzeit sollten reichen, um ein wenig die Augen zu schließen.

Eigentlich hätte sein Leben ganz anders verlaufen sollen. Nach dem Abitur hatte er sofort einen Studienplatz bekommen und fünf Jahre später seinen Diplomingenieur in der Tasche gehabt. Nachdem er als Architekt ein paar Jahre Berufserfahrung gesammelt hatte, hatte er den Schritt in die Selbstständigkeit gewagt. Vor zwei Jahren dann hatte er alles auf eine Karte gesetzt und war als Investor eingestiegen, um ein großes Bauvorhaben verwirklichen zu können. Aus heutiger Sicht sehr blauäugig. Als nach der Hälfte der Bauzeit Verunreinigungen im Erdreich gefunden wurden und die Baufirma, mit der er zusammenarbeitete, auch noch Konkurs anmeldete, war es auch für Ben vorbei gewesen. Aus der Traum vom eigenen Architekturbüro.

Zudem hatte sich sein gesamtes Investment in Luft aufgelöst. Ganz zu schweigen von den Schulden, die ihn bis zum heutigen Tag begleiteten.

Deshalb bewarb er sich gleichzeitig bei diversen Münchner Architekturbüros und kam prompt bei Zöllner & Zöllner unter, einem der angesagten Büros, das sich um die richtig großen Bauvorhaben kümmerte. Herr Zöllner war sofort von Bens Mut, sich nicht unterkriegen zu lassen, begeistert gewesen.

»Das ist es, was wir hier brauchen. Kämpfer!«, hatte er damals gemeint und ihn vor über einem Jahr eingestellt.

Niemals dürfte Zöllner von seiner Nebentätigkeit erfahren, dessen war sich Ben von Anfang an bewusst. Die Tatsache, dass er seit einem halben Jahr mit Zöllners Tochter Clarissa liiert war, ebenfalls Architektin im Unternehmen, machte es ihm nicht unbedingt leichter. Da Zöllner sich in nächster Zeit zur Ruhe setzen wollte, hatte er keine Einwände gehabt, dass seine Tochter in firmeneigenen Gewässern fischte. Ganz im Gegenteil. Ben wurde immer vor den anderen hervorgehoben und durfte sich um die richtig großen Aufträge kümmern. Dass ihn das nicht gerade beliebt bei seinen Kollegen machte, verstand sich von selbst.

Eigentlich fiel Clarissa so gar nicht in sein Beuteschema. Da er es aber unbedingt vermeiden wollte, der Tochter des Chefs einen Korb zu geben, spielte er mit und gewöhnte sich sozusagen immer mehr an sie, bis irgendwann der Punkt erreicht war, an dem es kein Zurück mehr gab. Eine Trennung hätte höchstwahrscheinlich auch das Aus seiner Karriere bei Zöllner & Zöllner bedeutet. Eher unwahrscheinlich, dass sich Clarissa einen anderen Arbeitsplatz suchen würde. Wie hieß es immer so schön? Tauche niemals deinen Füller in Firmentinte!

Doch dafür war es nun zu spät. Ben sah es als zweite Chance, die ihm geboten wurde, und er griff zu. Wahrscheinlich hätte Clarissa sofort das Weite gesucht, hätte sie Ben in Malle auf der

Bühne gesehen. Dort war es von Vorteil, die Menschen quasi inkognito zu unterhalten.

Seine Verkleidung hatte auch den Vorteil, dass er sich darin wie ein anderer Mensch fühlte. Sein Anzug und die Perücke, gepaart mit der Brille, waren wie eine Rüstung für ihn: In ihr veränderte er seine Persönlichkeit. Wie Spiderman. Nur ohne Netz und das ganze Zeug.

**

Da Ben seine wöchentlichen Kurzreisen ausschließlich mit Handgepäck bestritt, ließ er das Gepäckband am Münchner Flughafen links liegen und ging direkt zu seinem Wagen, der im Parkhaus stand.

Er warf seine Tasche in den Kofferraum, öffnete die hintere Tür auf der Fahrerseite und schlüpfte in den Anzug, den er aus dem Kleidersack zog. Hin und wieder wurde er von andern Reisenden dabei überrascht, wenn er zwischen seinen Autotüren in Unterhose und Strümpfen stand und sich das Hemd zuknöpfte. Doch das war ihm egal. Hauptsache, er ersparte sich dadurch den Umweg über seine Wohnung.

Ben startete seinen silberfarbenen Fünfer-BMW, den er aus der Zeit seiner Selbstständigkeit gerettet hatte, und verließ das Flughafengelände, um sich in den morgendlichen Stau einzuordnen. Während er sich mit zwanzig Stundenkilometern in der Blechlawine fortbewegte, drehte er den Rückspiegel zu sich, holte seinen Rasierapparat aus dem Handschuhfach und rasierte sich. Aus den Boxen dröhnten Saschas neueste Ideen für Benny Bibers Erfolgssongs.

Ich flieg jedes Jahr auf Malle
mit dem Gerd, dem Heinz, dem Kalle,
denn da trinken wir zusammen

und die Leber steht in Flammen.
Sollte uns das Geld nicht reichen,
werden wir doch das Ziel erreichen,
denn für jeden Einfaltspinsel
gibt es Frauen auf der Insel.

Sascha war Bens bester Freund, mit dem er während des Studiums zusammen in einer Tanzband gespielt hatte. Meist war sein Material ja ganz brauchbar, doch an diesem Morgen einfach zu viel für Ben. Sascha war ein Meister, wenn es um die Musik ging. Doch das Texten sollte er wirklich Ben überlassen.

Ben erinnerte sich an das Debakel, als er seinen ersten eigenen Schlager als Benny Biber auf Mallorca vom Stapel gelassen hatte. »Lass mich dein Zuhälter sein!« Text und Musik: Sascha Klein.

Hätte Knut damals nicht die Notbremse gezogen und das Playback vorzeitig beendet, hätte man Benny Biber an diesem Abend das erste und wahrscheinlich auch das letzte Mal zu Gesicht bekommen. Dass angetrunkene Urlauber aber auch so aggressiv werden konnten.

Ab diesem Zeitpunkt kümmerte sich Ben selbst um seine Texte. Natürlich war dies auch kein Garant dafür, mit jedem Song bei den Fans ins Schwarze zu treffen. Doch es bewahrte ihn davor, mit diversen Gegenständen beworfen zu werden. Überhaupt eine Unart, einfach etwas nach einem Künstler zu werfen. Keinen Applaus zu bekommen oder ausgepfiffen zu werden, schmerzte schon genug und reichte vollkommen aus, um einem Entertainer zu zeigen, dass man mit seiner Darbietung nicht einverstanden war. Das musste nicht zwingend mit einer Flasche Desperado untermauert werden. Glücklicherweise litt nach etwa einem Promille die allgemeine Treffsicherheit.

Als Ben in die Domagkstraße einbog und wenig später in die Tiefgarage fuhr, meldete sich die Müdigkeit zurück, die er erfolgreich ein paar Stunden überwunden hatte. Statt den Tag in dem Bürokomplex zu verbringen, in dem sich das Architekturbüro befand, wäre er am liebsten umgekehrt und direkt nach Hause gefahren.

Doch als er im Aufzug stand und den Knopf für das dritte Stockwerk drückte, gab es kein Zurück mehr. Ben stellte die Tasche ab, um mit etwas Spucke seine dunkelblonden Haare am Hinterkopf zu bändigen. Bei näherer Betrachtung im Aufzugspiegel entdeckte er auch die Spuren der durchzechten Nacht: Augenringe. So sah also Ben Valdern aus, wenn das Rampenlicht erloschen und Benny Biber längst in der Garderobe verschwunden war.

Kaum hatte er die Schlüsselkarte durchs Lesegerät neben der Tür gezogen und das Büro betreten, kam ihm Clarissa entgegen. Groß, schlank und zu fünfundneunzig Prozent des Tages in ein schwarzes oder dunkelblaues Kostüm gekleidet, in dem sie etwas älter wirkte als einunddreißig. Ihre leicht gewellten brünetten Haare trug sie meist streng nach hinten zu einem Zopf gebunden. Sie war makellos und immer perfekt geschminkt. Seit einiger Zeit durfte auch sie sich Architektin nennen. Papi hatte da etwas gedreht und die Sache beschleunigt.

»Da bist du ja. Schön, dass du uns doch noch mit deiner Anwesenheit beglückst.« Sie gab Ben einen Kuss, obwohl er diesen ihrer Ansicht nach sicher nicht verdient hatte.

»Morgen, Clarissa.«

»Morgen ist gut. Wo warst du denn gestern, und wie siehst du überhaupt aus?«

Ben sah an sich herunter. »Ein bisschen schlecht geschlafen. Ist Kaffee da?«

Er ging mit seiner cognacfarbenen Umhängetasche aus feinstem Rindsleder unter dem Arm in die kleine Teeküche, die sich zwei Türen weiter befand.

Clarissa folgte ihm. »Ich war gestern sehr enttäuscht, dass du nicht mehr vorbeigekommen bist«, schnurrte sie wehleidig. Vermutlich hoffte sie, dass Ben umgehend alle Register ziehen würde, um seine fehlende Anwesenheit wiedergutzumachen.

»Ich habe dir doch gesagt, dass ich mich mit einem Freund treffe.«

»Und wie heißt der? Was macht der?«

»Den kennst du nicht. Ist ein alter Schulfreund. Sag mal, die Milch, ist die noch gut?«

Ben streckte Clarissa die Flasche entgegen, damit sie daran riechen konnte. Sie nahm die Milch und stellte sie wieder auf die Küchentheke.

»Wenn ich es so recht überlege, kenne ich keinen deiner Freunde.« Auch sie goss sich eine Tasse Kaffee ein. »Dieser Freund ... ist der männlich oder ...«

»Clarissa! Du bist doch nicht etwa eifersüchtig?«

»Man wird doch wohl noch fragen dürfen.«

Ben kostete von der Milch direkt aus der Flasche, schmatzte ein wenig und gab einen Schuss davon in den Kaffee.

»Wenn es dich beruhigt, der Freund heißt Sascha, wir kennen uns schon ewig und waren gestern ein paar Bierchen trinken.«

»Und wann darf man diesen Sascha einmal kennenlernen?«

»Du, das ist total schwierig mit dem Sascha. Hat immer viel zu tun. Bis der mal wieder Zeit hat, das kann dauern. Außerdem kenne ich deine Freunde ebenso wenig.«

Ben schlürfte an seiner Tasse.

»Das lässt sich ändern«, antwortete Clarissa freudig.

»Gut.«

Damit war alles gesagt, und weitere Erklärungen, wo genau er sich am Vorabend herumgetrieben hatte, waren hinfällig.

»Du kannst es ja heute Abend wiedergutmachen.« Sie stellte ihre Tasse in die Spüle und gab der Tür mit ihrem Absatz einen kleinen Stoß. Dann drückte sie sich an Ben, packte ihn am Hintern. »Ich ziehe auch die Halterlosen an, die du so gerne magst.«

Ben wollte Clarissa nur ungern enttäuschen. Doch er war sich sicher, dass er, kaum bei ihr angekommen, umgehend ins Koma fallen würde. Das würde eindeutig falsche Signale aussenden und eine mittelschwere Katastrophe auslösen. Clarissa war sich ihrer Wirkung auf Männer sehr sicher. Überhaupt war sie sexuell sehr aktiv und, ab und an, auch aggressiv. Dagegen hatte Ben an Tagen, an denen er ausgeruht war, nichts einzuwenden.

»Du, Clarissa, sei mir bitte nicht böse. Aber ich glaube, ich hab mir da was eingefangen. Da geht doch dieser Virus rum. Wie heißt der noch gleich?«

»Langweiler! So heißt dein Virus. Aber bitte! Ich kann dir nur sagen: Dir entgeht was.«

»Da bin ich mir ganz sicher. Aber ... ich möchte dich einfach nicht anstecken. Ich glaube, ich mach mir vielleicht vor dem Zubettgehen einen Tee. Was meinst du?«

»Tu, was du nicht lassen kannst. Ich esse Sushi. Und zwar alleine.«

Bens Versuch, mit seinem falschen Theater ein wenig Mitleid zu erheischen, verfing bei Clarissa überhaupt nicht. Verärgert verließ sie die Teeküche. Krankheit war Schwäche, und die durfte niemals siegen. Da war sie hart. Selbst einem ertrinkenden Welpen würde sie im besten Fall die Daumen drücken und viel Glück wünschen. Aber nur dann, wenn sie an diesem Tag ein ganz großes Herz hatte.

Dennoch fühlte sich Ben zu ihr hingezogen. Clarissa war das Betreten-verboten-Schild vor einer Baustelle. Die Süßigkeit vor dem Abendessen. Das halbe Baguette vor dem Fondue. Man weiß, man sollte nicht – dennoch ist die Verlockung zu groß.

Als Ben mit seiner Tasche und der neu befüllten Kaffeetasse seinen Schreibtisch erreichte, wurde er bereits von Patrick erwartet. Patrick arbeitete bereits zwei Jahre länger als Ben im Architekturbüro Zöllner & Zöllner. Die beiden hatten sich von Anfang an verstanden. Doch seit der Liaison mit Clarissa hatte Patrick offensichtlich die Befürchtung, Ben könnte ihn auf der Karriereleiter überholen.

»Du siehst ja aus, als hättest du unter der Brücke geschlafen.«

»Dir auch 'nen guten Tag.«

»Wohl etwas spät geworden gestern, was?«, bohrte Patrick weiter.

»Quatsch. Hab mir nur ein bisschen was eingefangen, glaub ich. Geht schon wieder.«

»Dann geh besser heim, bevor du uns noch alle ansteckst.«

»Du tust ja gerade so, als würde das Wohl der Nation von uns abhängen.«

Patrick parkte seinen Hintern auf Bens Schreibtisch und kam mit dem Gesicht etwas näher. Er flüsterte: »Das nicht, aber da ist etwas ganz Großes im Gange, mein Lieber.«

»Was meinst du? Kündigungen?« Auch Ben begann zu flüstern, und Patrick hatte seine volle Aufmerksamkeit.

»Nein. Im Gegenteil. Unser Boss hat da riesig was am Laufen mit so einer Ausschreibung. Er überlegt noch, wen von uns er damit beauftragt. Ich rechne mir da große Chancen aus. Endlich mal was anderes als 'ne Tiefgarage oder was er mir sonst so aufträgt. Es wird langsam Zeit, dass ich mein ganzes Können zeigen kann. Weißt du da nichts darüber?«

Ben sah Patrick verwundert an. »Ich? Warum ich?«

»Na, warum wohl? Weil du schließlich an vorderster Front bist. Hat Clarissa dir nichts erzählt?«

»Patrick, wir trennen Berufliches und Privates.«

»Na, irgendein Wort darüber wird doch wohl gefallen sein, oder? Vielleicht vom alten Zöllner? Du springst doch jetzt ständig bei denen zu Hause herum. Clarissa wohnt doch noch bei Papi im Schloss, oder?«

Ben holte ein paar Unterlagen aus seiner Tasche und legte sie auf den Schreibtisch. »Also. Erstens ist das kein Schloss, sondern eine Villa. Zweitens bewohnt Clarissa dort eine eigene Wohnung. Das hat überhaupt nichts mit *zu Hause wohnen* zu tun. Zöllner habe ich dort vielleicht dreimal gesehen. Und drittens: Was geht dich das überhaupt an? Bist du etwa eifersüchtig?«

»Ich!?«

Patrick schrie fast und lenkte damit kurzzeitig die Aufmerksamkeit seiner Kollegen auf sich. Dann flüsterte er wieder. »Ich doch nicht. Schließlich bin ich frisch verheiratet und werde bald Papa.«

Ben tippte sein Passwort in die Tastatur seines Computers. »Als du hier angefangen hast, warst du doch solo, oder? Hättest dich nur bemühen müssen.«

»Willst du sie mir jetzt im Nachhinein schmackhaft machen?«

»Ich will damit nur sagen: Du hattest deine Chance.«

Patrick erhob sich vom Schreibtisch seines Kollegen. »Solange du uns, das gemeine Fußvolk, auf dem Weg nach oben nicht vergisst …«

Ben ließ diese Bemerkung unkommentiert. Alles Weitere würde nach Rechtfertigung klingen.

Patrick beugte sich zu ihm herunter. »Kannst bei deinem Schwiegerpapa in spe ja mal ein gutes Wort für mich einlegen.« Dann grinste er.

»Jetzt nerv mich nicht. Ich habe zu tun. Wo ist er überhaupt?«

»Keine Ahnung. Bauamt, Baustelle, was weiß ich …?« Patrick schlenderte zurück zu seinem Schreibtisch.

Für Ben war klar, dass nicht nur Patrick im Büro so dachte. Die Gespräche waren von nun an nur noch an der Oberfläche angesiedelt. Etwa von der Sorte, bei der man sich über die ungewöhnlich milde Luft für diese Jahreszeit unterhielt. Vom allgemeinen Bürotratsch war er von einem Tag auf den anderen ausgeschlossen. Bestimmt gab es dazu auch ein internes Memo unter den Kollegen in einer geheimen WhatsApp-Gruppe.

Einzig Doris Schuhmacher, die Sekretärin des Büros, schlug sich hin und wieder auf seine Seite. Das hatte weiter nichts zu bedeuten, da Sekretärinnen wie Doris eine eigene Welt im Bürodasein bewohnten. Sie stellte das Bindeglied zwischen Chefetage und Mitarbeitern dar. Doris war somit wie die Schweiz. Neutral und eine gute Seele.

Er schlürfte von seinem Kaffee und zückte das Handy, um Sascha eine WhatsApp zu schreiben.

Be: Hallo Sascha. *Gruppentherapie* ist gut angekommen. Bass noch ein wenig dünn.

Sa: Kein Thema. Kannst vorbeikommen. Ich bin da.

Be: Ich arbeite!!!

Sa: Ich auch. Dann eben nachher. Ich kümmere mich schon mal drum.

Be: Die Hi-Hat ist zu dominant.

Sa: Sonst noch was?

Be: Ja. Geh auch mal unter Leute.

Sa: Kann ich nicht. Muss mich um dein Playback kümmern!!

Für Sascha gab es nicht Tag oder Nacht. Da es in seinem Tonstudio kein Fenster gab, verlor er manchmal das Gefühl für Tageszeiten. Es war noch nicht lange her, da wollte Sascha mal einkaufen gehen. Als er auf die Straße trat, drückte ihm der Zeitungsausträger die Tageszeitung mit einem freundlichen »Guten Morgen« auf den Lippen in die Hand. Da war es kurz nach fünf gewesen.

Fusspilz– und Hämorrhoidencremes

Nach achtzehn Uhr in der Sonnenstraße einen Parkplatz zu bekommen, war in etwa so realistisch wie mittags um dreizehn Uhr an einem Samstag einen Tisch für acht Personen im *Orlando*.

Doch das Glück war heute auf Bens Seite, und er musste nicht, wie sonst üblich, ein paar Runden kreisen, um seinen Wagen abzustellen. München ist zwar nicht mit großen Städten wie Frankfurt oder Berlin zu vergleichen, aber es gilt auch hier als sinnvoll, sich innerorts mit öffentlichen Verkehrsmitteln fortzubewegen. Es sei denn, man ist ein singender Architekt und pendelt zwischen Arbeitsplatz, Flughafen und Wohnung. Dann ist es natürlich etwas völlig anderes.

Bens Fünfer blinkte zweimal, als er ihn abschloss. Dann betrat er den Durchgang zum Innenhof, um zu Saschas Tonstudio zu gelangen. Er klingelte.

»Hallo, Sascha. Seit wann hast du denn eine Kamera an der Tür?«

»Servus, Ben. Seit sich herumgesprochen hat, dass hier ein Tonstudio ist. Seitdem stehen täglich mindestens zwei Leute mit Demobändern vor der Tür und meinen, hier drinnen sitzt der Bohlen und macht ihnen einen Hit. Komm rein!« Er schloss die Tür und ging voran. »Ich sag dir, seit *Deutschland sucht den Superstar* glaubt jede zweite Pfeife, die irgendwann mal im Schulchor gesungen hat, ein Weltstar zu sein.«

»Sei doch froh, wenn die Leute bei dir klingeln. Du machst es ja nicht unentgeltlich.«

»Ben, ich habe auch eine Berufsehre. Setz dich.« Er zog einen zweiten Bürostuhl neben das riesige Mischpult und nahm selbst in seinem übergroßen lederbezogenen Sessel Platz. »Außerdem hat man ja auch eine Verantwortung diesen jungen Leuten gegenüber. Weißt du, deren Mamas und Papas sagen immer TOLL! Und das glauben die dann auch. Aber in Wahrheit hört es sich an, als ob du brennende Katzen über den Asphalt schleifst. Nee du, das ist mir zu stressig. Magst du was trinken?«

»Ein Bier, wenn du hast.«

Sascha stand auf und ging an den Kühlschrank, der sich in der Ecke des dunklen Raums befand. Es war für Ben immer wieder beeindruckend, hier zu sein. All die Regler, Displays und Knöpfe. Man mochte meinen, man befände sich auf der Brücke von Raumschiff Enterprise, so verrückt blinkte es überall. Das riesige Mischpult stand direkt vor einer großen Glasscheibe, durch die man freie Sicht in den Aufnahmeraum hatte. Tausend Kabel, ein Dutzend Gitarren, Mikrofone und so weiter. Die Wände schwarz und partiell mit Schaumstoff und anderem Dämmmaterial ausgekleidet, um der Akustik zu genügen. Ben hatte schon Stunden auf der anderen Seite verbracht.

Obwohl er auf Malle live sang, war es dennoch von Vorteil, die Songs auch mit der Gesangsspur vor Ort zu haben, falls er mal keine Stimme hatte. Außerdem hatte es nicht lange gedauert, und Benny Biber war auf diversen Samplern zu finden gewesen. Das Partyvolk liebte es, den Urlaub und dessen Stimmung in den heimischen vier Wänden zu verlängern. Nebenbei war das sogar eine lukrative Einnahmequelle, von der auch Sascha profitierte.

Um das Mischpult herum türmten sich diverse Effektgeräte, die fein säuberlich in eigens dafür angefertigten Schränken verbaut waren. Obwohl Sascha ein wenig schusselig wirkte, sein Arbeitsplatz war wie geleckt und konnte sich sehen lassen.

»Hier, dein Bier.« Sascha streckte seinem Freund die Flasche entgegen und prostete ihm zu.

»Danke. An was arbeitest du gerade?«

»An einem Werbejingle für 'ne Fußpilzcreme. Willst du hören?«

»Aber immer doch.«

Sascha streckte sich und betätigte ein paar Knöpfe, bis sein erster Entwurf aus den überdimensionalen Boxen links und rechts über dem Mischpult zu hören war.

> Es gibt Champignon und Pfifferling,
> einen Steinpilz und auch 'nen Goldröhrling.
> Doch ein ganz bestimmtes Exemplar,
> ja da steckt die Gefahr.
> Da sollst du einen großen Bogen machen,
> sonst hast du nicht gut lachen!
>
> KANDOMED
> Ob Umkleide und Hallenbad
> KANDOMED
> oder barfuß auf dem Trimmdichpfad

KANDOMED
Wenn es passiert ist, ja, dann sind wir für dich da!

»KANDOMED – denn Pilze gehören auf den Teller
und nicht an Ihre Füße.
KANDOMED – jetzt in Ihrer Apotheke!«

Sascha stoppte den Jingle und sah Ben erwartungsvoll an.

»Ist der Text auch von dir?«

»Ach, woher«, meinte Sascha. »Den haben die geliefert. Von mir ist nur die Musik.«

»Die ist gut.« Damit war alles gesagt.

»Ach ja, hier ist der Stick mit der neuen Datei von *Gruppentherapie*. Ich habe den Bass ein wenig satter gemacht, die Hi-Hat schmatzt jetzt nicht mehr so und unter die Hookline hab ich noch was druntergemixt. Hör es dir einfach an. Jetzt fetzt es ein bisschen mehr.«

Sascha nahm den Stick und steckte ihn in die Tasche.

»Super. Du bist echt schnell. Ist gut abgegangen, der Song.«

»Ja, erzähl doch mal. Von Anfang an oder von welcher Passage?«

»Eigentlich sofort. Die Base hat begonnen, da hat das Partyvolk schon geklatscht. Gut, ich habe sie schon alle warm gehabt.«

Sascha liebte es, wenn er durch Bens Erzählungen ein wenig Mallorca schnuppern durfte. Da hörte er aufmerksam zu und wollte jede Einzelheit erfahren. Er saß Ben mit seiner Beanie auf dem Kopf gegenüber, die er nur zum Schlafengehen abnahm. Im Nacken kamen seine dunkelblonden Haare zum Vorschein, die sicherlich seit Monaten keinen Friseur mehr gesehen hatten. Er trug, wie immer, ein Kapuzenshirt und Chinos. Und wenn er in seinem Sessel saß, hatte er meist eine Gitarre in den Händen und zupfte darauf herum. Dreitagebart, am Kinn etwas länger. Natürlich war Sascha in alles eingeweiht: die Sache mit Clarissa, Benny Biber, die gescheiterte Selbstständigkeit, Eva.

»Ach ja, bevor ich es vergesse.« Ben stellte sein Bier auf dem Mischpult ab, von wo es Sascha umgehend wieder entfernte.

»Nicht aufs Mischpult. Wie oft denn noch!«

»Wir beide waren gestern ein Paar Bierchen trinken.«

»Und wem soll ich das erzählen?« Sascha stellte die zwei leeren Flaschen in den Träger neben dem Kühlschrank.

»Nur, wenn das Äußerste eintritt.«

»Und das wäre? Dass Clarissa hier vor dem Haus eine Reifenpanne hat, bei mir klingelt und …«

»Du weißt, was ich meine. Es gibt manchmal Zufälle, da steckt man …«

»Ben, ich kenne deine Architektin noch nicht mal. Warum eigentlich nicht?«

»Das ist viel zu gefährlich. Das ist schon gut so, wie es ist. Dann gibt es nur mich, und ich muss nicht aufpassen, wem ich was sage …«

»Trotzdem. Die würde ich gerne mal kennenlernen. Auf der Webseite hab ich sie mir angesehen.«

»Du hast was?«

Sascha setzte sich wieder. »Na klar. Du erzählst immer von ihr, da möchte ich doch sehen, um wen es geht. Heiße Schnitte. Wie lange seid ihr jetzt zusammen?«

»Ein halbes Jahr. Trotzdem. Vielleicht irgendwann mal, wenn sich mein Leben ein bisschen beruhigt hat. Ich weiß sowieso nicht, wie lange ich das noch packe. Das ewige Hin und Her.«

Sascha lachte. »Du, da gibt es andere, die machen das schon zehn, zwanzig Jahre.«

»Die machen aber auch nur das und sind nicht nebenbei noch Architekt.«

»Mach mich nicht unglücklich, Ben. Du bist immerhin eine meiner Haupteinnahmequellen. Neben Fußpilz- und Hämorrhoidencremes. Ach, ich würde ja so gern selbst singen. Aber meine Stimme! Hast du übrigens schon reingehört in den neuen Song, den ich dir getextet habe? ›… und die Leber steht in Flammen!‹ Der Burner, oder?«

Für Ben waren diese Momente am schwersten, wenn er seinem Freund irgendwie beibringen musste, dass seine Texte eher suboptimal für Benny Biber waren. Benny Biber verlangte nach ein bisschen mehr Klasse.

»Ja, war schon lustig. Aber … ich probier da vielleicht noch ein bisschen was dran rum. Der Text wäre aber klasse für Mark Tomate. Für den hast du doch auch mal was geschrieben, oder?«

»Nee. Nur die Musik gemacht. Er meinte damals, dass meine Texte zu prollig und peinlich für einen Mark Tomate wären. Kannst du dir das vorstellen?«

»Na, der ist halt einfach ein bisschen abgehoben. Der weiß ja überhaupt nicht, was er an dir hatte.«

Saschas Mundwinkel zogen sich nach oben. »Und? Soll ich dir noch was texten?«

»Nee du. Lass mal. Ein bisschen musst du mich schon auch machen lassen. Sonst komme ich mir ja überflüssig vor. Verstehst du?«

»Klar. Dann mach ich dir noch mal ein paar Melodien fertig und maile sie dir in ein paar Tagen rüber.«

Ben stand auf. »So machen wir das. Ich geh jetzt, sonst kippe ich aus den Latschen. Wie ist denn der türkische Imbiss da vorne?«

»Der ist perfekt«, strahlte Sascha. »Super eingelegte Sachen und so.«

»Das riecht man übrigens. Mach ruhig mal ein Fenster auf.«

»Ja, wie denn?«

»Ach so. Stimmt. Geht ja nicht. Dann lass doch einfach die Tür offen. Ich kann ja so lange Schmiere stehen, damit nicht Tausende mit ihren Demobändern dein Studio stürmen.«

Ben schloss die Studiotür hinter sich und schlenderte zum Imbiss. Sascha war echt eine Marke. Neben Ben hatte er Kontakte zu diversen Stimmungssängern, die Jahr für Jahr das feierwillige Partyvolk auf Malle unterhielten. Da Ben stimmlich einiges zu bieten hatte und Sascha nicht lockerließ, hatte er sich kurze Zeit später auf einer der gnadenlosen Bühnen Mallorcas wiedergefunden. Kalle hatte ihm eine Chance gegeben, hatte ihn in eine Lederhose gesteckt und ihm eine übergroße Brille und einen Sombrerohut aufgesetzt. Ben sollte unter dem Künstlernamen »Der Seppl aus Monaco« die Stimmung in den frühen Abendstunden anheizen und die Meute zum Trinken animieren. Ein schwieriges Unterfangen mit Titeln wie »Anita«, »Sieben Fässer Wein« oder »Polonäse Blankenese«. Das Ergebnis war niederschmetternd und das angetrunkene Publikum unerbittlich gewesen. Ben wurde mit Bierbechern und allem Möglichen beworfen. Für Kalle war damals klar gewesen, dass dies zur allgemeinen Unterhaltung beitrug und die richtigen Künstler umso besser ins rechte Licht setzte. Er hatte Ben von Ostern bis Oktober engagiert. Ben hatte kurz gezögert, dann aber eingeschlagen, und er sah die Gage, die sich sehen lassen konnte, als Schmerzensgeld an. Eines Tages traf ihn ein halber Döner an der Schläfe, gefolgt von einer Unterhose, die ihre besten Jahre bereits hinter sich hatte. Dies war der Augenblick gewesen, in dem Ben fast das Handtuch geschmissen hätte. Wären da nicht Sascha und seine unendliche Kreativität gewesen, die Ben davon hatten überzeugen können, einen anderen Weg einzuschlagen. Eine ganze Woche zogen die beiden durch alle Klubs Mallorcas und gaben sich die Crème de la Crème der Unterhaltungsbranche. Natürlich rein zu Recherchezwecken. Wenig später wurde Benny Biber geboren. Der Schwarm der Balearen. Mit neuem Outfit und neuen Liedern, die er zusammen mit Sascha bei nächtlichen Sessions ausgetüftelt hatte. Benny Biber konnte sich innerhalb kürzester Zeit eine amtliche Fangemeinde aufbauen und sorgte für ein volles Haus. Kalle hatte gestrahlt und seinen bisherigen Star Mark Tomate auf Platz zwei verwiesen.

»Einen Dürüm bitte. Scharf, mit allem!«, bestellte Ben bei dem Mann des türkischen Imbisses, der ihn freundlich über die Theke anlächelte. »Zum Mitnehmen.«

Dass dieser Erfolg aber jederzeit zu Ende sein könnte, dessen war er sich bewusst.

***

Als Ben, einen in Alufolie gewickelten Dürüm in der einen Hand und seine Tasche in der andern, umständlich seine Wohnung aufschloss, war es bereits dunkel. Er drückte mit dem Ellbogen gegen den Lichtschalter im Flur, stellte die Tasche ab, schloss die Tür und warf den Schlüsselbund in die Schale aus Holz, die auf der weißen Lackkommode stand. Er liebte seine Altbauwohnung im ersten Stock des gelb gestrichenen Hauses in der Nymphenburger Straße. Die Miete zwang ihn in manchen Monaten zwar finanziell in die Knie, aber er würde sich eher von seinem Wagen trennen als von diesen vier Wänden.

Viel zu selten war er in den letzten Monaten zu Hause gewesen. Seit der Liaison mit Clarissa hatte sich sein Aufenthalt hier fast halbiert. Natürlich waren sie dann und wann auch bei ihm. Für Ben war das im Vorfeld immer ein anstrengendes Unterfangen, die Wohnung von eventuellen Beweismitteln zu befreien, die auf Benny Biber hindeuten könnten. Deshalb hatte er auch nichts dagegen, wenn Clarissa darauf bestand, gemeinsame Nächte bei ihr zu verbringen.

Sie untermauerte ihren Wunsch stets mit der Behauptung, dass er schließlich als Mann nur ein Deo und eine Zahnbürste benötigte. Und diese Utensilien könne man gut bei ihr fest ins heimische Badezimmer integrieren. Ben war es recht und es gab keinerlei weitere Diskussion.

Er warf sich aufs Sofa, schaltete den Flachbildfernseher ein, der an der stylisch unverputzten Wand hing, und machte sich über seinen Dürüm her. Bens Zuhause war eine typische Männerwohnung. Steril und ohne viel Schnickschnack. Klare Linien, praktisch, aber eindrucksvoll. Dies lag natürlich auch an den sehr hohen Stuckdecken, den Schiebetüren, die die Räume voneinander trennten, und nicht zuletzt an den Doppelfenstern. Fast alle Möbel waren weiß, die alten Holzböden frisch abgeschliffen und versiegelt. Hätte Ben damals nicht sein Architekturbüro in den Sand gesetzt, hätte er diese Wohnung bestimmt gekauft. Doch solcher Luxus stand jetzt leider außer Frage.

Sein Handy meldete sich mit einem kurzen Vibrieren. Clarissa hatte ein Bild geschickt, auf dem sie leicht bekleidet auf ihrem Bett saß, mit dem Hinweis: »Nur, damit du siehst, was du verpasst!«

Manchmal fragte er sich, was sie eigentlich von ihm wollte. Er war sich seiner Wirkung auf Frauen bewusst, denn so schlecht sah er nicht aus. Natürlich nicht so charismatisch wie Benny Biber. Doch als Normalo war er – na, sagen wir – eine acht Komma fünf.

Von einer Frau wie Clarissa erwartete man aber eigentlich, dass sie sich an ihresgleichen orientierte. Reich, aus gutem Hause, erfolgreich. Nicht, dass es Ben an Potenzial gefehlt hätte, irgendwann einmal diese Kriterien zu erfüllen. Doch irgendwann war nicht jetzt.

Da jedoch in seinem Leben sowieso meist alles anders kam als geplant, machte er sich darüber immer weniger Gedanken. Schon gar nicht an diesem Abend. Mit aller Kraft, die noch in ihm steckte, kämpfte er gegen die Müdigkeit an, um die Nacht nicht auf dem Sofa zu verbringen. Fernseher aus, Badezimmer, Bett. Das war der Plan.

And the Winner is …

Als Ben am nächsten Morgen auf dem Sofa erwachte, dauerte es einen Augenblick, bis er sich orientiert hatte. Er stand auf und schlurfte in Strümpfen zum großen Fenster, das eine erstklassige Sicht auf die Nymphenburger Straße bot. München erwachte gerade und die ersten Menschen kamen aus ihren Häusern. Er streckte sich, kratzte sich am Nacken und räumte den schmutzigen Teller vom Vorabend in den Geschirrspüler. Nach einer Dusche und einem schnellen Frühstück, das aus einem Kaffee und einem Toast mit Honig bestand, trat auch er den Weg zu seinem Arbeitsplatz an.

Als er im Büro ankam, wurde er von der Sekretärin abgefangen: »Ben, schön, dass du heute schon hier bist. Der Chef will dich sehen.«

»Guten Morgen, Doris. Weißt du, warum?«

»Nein. Aber es scheint wichtig zu sein. Er hatte es ganz eilig, als er vor einer halben Stunde gekommen ist.«

Wie gewohnt, bog Ben zuerst in die Teeküche ab, um sich mit einer Tasse Kaffee zu bewaffnen.

»Ach, sieh einer an, wer uns heute Morgen schon so früh beehrt.«

»Clarissa!« Er küsste sie. »Nun tut nicht alle so, als würde ich sonst immer nachmittags anfangen. Danke übrigens für das Bild gestern.«

Clarissa stellte ihre Tasse auf der Anrichte ab. »Und mehr hast du dazu nicht zu sagen?«

»Was soll ich sagen? Natürlich sah es toll aus, wie du da so … ach, ich war einfach zu müde.«

»Ich bin mir sicher, dass es irgendwo da draußen Männer gibt, die sich umgehend in ihren Wagen gesetzt hätten, nachdem sie mich so gesehen hatten.«

Ben nahm sich aus dem Hängeschrank eine Tasse und zog die Kanne aus der Maschine. »Dann bin ich froh, wenn du nur mir solche Bilder schickst. Ach! Filterkaffee. Ich vertrage den einfach viel besser als den aus dem Vollautomaten. Du auch?«

Clarissa schwieg. Anscheinend hatte sie eine andere Reaktion von Ben erwartet.

Er stellte sich mit seinem Kaffee neben sie. »Du, dein Vater will mich sprechen. Du weißt nicht zufällig, um was es geht?« Er pustete in seine Tasse.

»Nö. Da musst du ihn schon selbst fragen.«

»Ich dachte nur. Nun schmoll doch nicht. Heute Abend mache ich das alles wieder gut. Du, ich muss.«

Er gab ihr einen flüchtigen Kuss auf die Wange und ging.

Was nur gab es so Wichtiges, von dem keiner wusste? Kam Zöllner vielleicht dahinter, dass sein Angestellter auf Malle …? Nein. Dann wüsste Clarissa sicher schon von allem. Ben stellte seine Tasche und den Kaffee auf seinem Schreibtisch ab, grüßte Patrick per Handzeichen, ging auf Zöllners Bürotür zu und klopfte an.

»Herein!«

Mit Schwung und einem Lächeln auf den Lippen betrat Ben das Büro seines Chefs.

Eckbüro mit großer Fensterfront. Karg eingerichtet, an der Wand gegenüber dem großen Schreibtisch ein riesiges Bild, das einen Bauplan zeigte. Zöllner hatte sich sein erstes Großprojekt auf eine Leinwand drucken lassen. Hinter ihm ein Ölgemälde, das ihn selbst zeigte.

»Sie wollten mich sehen?«

»Ah, da ist er ja. Schließen Sie die Tür, Valdern, und setzen Sie sich. Es gibt Neuigkeiten.«

»Neuigkeiten?«, wiederholte Ben und setzte sich in den handvernähten braunen Ledersessel, der vor Zöllners großem Schreibtisch stand. Er versank ein bisschen darin. Somit saßen alle, die zum Chef zitiert wurden, stets tiefer als ihr Boss.

»Ganz genau. Kaffee?«

»Danke, hatte ich gerade.«

»Aber ich bestell mir einen.« Zöllner nahm den Hörer ab und drückte die Zwei. »Ach, Fräulein Doris, seien Sie doch ein Schatz und bringen mir einen Kaffee, ja?« Er hielt die Hand vor die Muschel. »Sie wollen wirklich nicht?« Ben verneinte. »Also einen, Fräulein Doris. Ohne Milch, ja? Wie immer, ganz genau!«

Vielleicht sollte Ben ihm sagen, dass man heutzutage nicht mehr Fräulein sagte. Aber wer war er denn, dass er seinen Chef verbesserte?

»Um was geht es denn?«, fragte er und war sich nicht sicher, ob er eine Antwort haben wollte. Nicht, dass es am Ende um seine Existenz ging.

»Wie lange arbeiten Sie jetzt schon hier, Valdern?«

»Etwa vierzehn Monate.«

»Und? Gefällt es Ihnen bei uns?«

Ben wurde nervös und begann leicht zu schwitzen. Was sollte diese Fragerei? »Sehr, Herr Zöllner. Ich weiß es wirklich zu schätzen, dass ich …«

»Schon gut, schon gut. Darauf wollte ich nicht hinaus. Mit meiner Tochter auch alles klar? Sie treffen sich immer öfter, was ich so mitbekomme. Mit mir redet sie darüber ja nicht.«

Ben war sich nicht sicher, ob er in dieser Sache der richtige Ansprechpartner war. Immerhin war Zöllner in erster Linie sein Chef. Es war ihm unangenehm, mit ihm über die Besuchsfrequenz bei seiner Tochter zu sprechen. »Ja, was soll ich sagen ... wir verstehen uns einfach gut. Ich hoffe, Sie haben nichts dagegen, dass ich mit ...«

»Ach, woher denn.« Es klopfte und Doris kam mit dem Kaffee auf einem Tablett herein. »Mit einem kleinen Keks!«, freute er sich. »Dass Sie daran immer denken!«

Doris quittierte sein Lob mit einem Lächeln und verschwand wieder.

»Wo war ich stehen geblieben?«

»Bei Ihrer Tochter.«

»Ach ja. Darauf wollte ich aber nicht hinaus. Vielmehr, finde ich, ist es an der Zeit, dass wir Ihren Horizont erweitern, Valdern.«

Ben ließ seinen Chef nicht aus den Augen. Zöllner machte es aber auch spannend. Das war so seine Art. Aus allem eine große Show zu machen. Als er vor einem Monat den Geschirrspüler für die Teeküche angeschafft hatte, hatte er mit seinen Erläuterungen vor dem Team weit ausgeholt. Dass ihm jede Arbeitskraft im Büro am Herzen liege und Zeit der wichtigste Faktor in einem erfolgreichen Unternehmen sei. Alle vermuteten, dass die Arbeitszeit bei gleich bleibendem Lohn verkürzt würde. Die Gesichter, als er dann das Tuch vom Geschirrspüler nahm und diesen freudestrahlend präsentierte: herrlich!

Zöllner steckte sich den Keks komplett in den Mund, erhob sich mit seiner Tasse und sah aus dem Fenster. Meist trug er Schwarz. Schwarze Hemden, schwarze Schuhe, schwarzen Anzug. So kannte man Zöllner, der mit seinen ein Meter neunzig der Größte im Büro war. Seine Haare hatte er anscheinend schon vor Jahren verloren. Einzig ein kleiner grauer Kranz legte sich um seinen Hinterkopf, sodass er nicht komplett wie Telly Savalas aussah. Er hatte stechend blaue Augen und ganz schmale Lippen, und er war sportlich, für sein Alter. Immerhin war er bereits gut ein, zwei Jahre über sechzig. Er drehte sich wieder zu Ben und lehnte sich vor ihm an den Schreibtisch.

»Lust auf ein Großprojekt?«

»Großprojekt?« Armer Patrick, dachte Ben.

»Ganz genau. Es gibt eine Ausschreibung für ein Einkaufszentrum im Münchner Westen. Tiefgaragen, Verkaufsräume, Büros, Wohnungen ... das volle Programm. Lust darauf, sich eine goldene Nase zu verdienen?«

Bens Herz schlug ihm bis zum Hals. Er wusste nicht, ob Zöllner scherzte. Immerhin war er derjenige, der bisher am kürzesten von allen im Büro arbeitete.

»Ich ... ich weiß nicht, was ich sagen soll.«

»Wie wäre es mit Ja? Das ist Ihre Chance. Jetzt können Sie sich beweisen. Ich meine, ich kann jemand anderen fragen, wenn Ihnen ...«

»Nein! Ich meine ja, ich mache es. Ich bin, ehrlich gesagt, etwas sprachlos. Wie komme ich zu der Ehre?«

»Na, noch ist die Sache nicht in trockenen Tüchern. Wie gesagt, es ist eine Ausschreibung und wir sind dabei. Das heißt noch lange nicht, dass wir das Ding dann auch bekommen. Das liegt bei Ihnen. Ich zähle auf Sie. Vermasseln Sie das nicht.«

Ben beruhigte sich ein wenig. »Ich gebe mein Bestes, Chef. Ich weiß es wirklich sehr zu schätzen, dass ich ...«

»Ja, weiß ich doch. Wissen Sie, Valdern, Sie erinnern mich ein wenig an mich, als ich in Ihrem Alter war. Voller Tatendrang. Ich hatte Visionen. Haben Sie Visionen?«

Ben bejahte. Er hatte sogar eine ganz große Vision. Nämlich, wie er auf Mallorca auf der Bühne stand und die Leute ihm zujubelten. Jeden Tag! Doch diesen Gedanken behielt er lieber für sich.

»Wann bekomme ich denn die Einzelheiten?«

»Sind schon per Mail an Sie raus. Ist alles auf Ihrem PC. War mir doch klar, dass Sie dieses Angebot nicht ausschlagen. Na, dann ran ans Werk.«

Zöllner streckte Ben die Hand entgegen.

Ben stand auf und schloss den Knopf seines Sakkos. »Vielen Dank für die Chance, Herr Zöllner. Ich werde mich sofort an die Arbeit machen, und ich werde Sie nicht enttäuschen.«

»Das ist gut. Der Termin ist ziemlich sportlich. Die Ausschreibung läuft schon eine Weile. Besser gestern als morgen. Wir verstehen uns?«

Ben schüttelte die Hand seines Chefs und verließ das Büro. Als er die Tür geschlossen hatte, ballte er eine Faust und nahm Siegerpose an.

»Na, das sieht ja ganz nach einem erfolgreichen Gespräch aus«, meinte Clarissa, die gerade durch den Flur ging.

»Das kann man wohl sagen. Stell dir vor, ich soll ein Riesending planen.«

»Ach, hat er dich mit der Ausschreibung beglückt? Das hätte ich nicht gedacht. Da wird sich Patrick aber überhaupt nicht freuen. Der hat nämlich Wind davon bekommen und rechnet schon fest damit.«

Ben sah Clarissa an. »Und warum habe ich davon keinen Wind bekommen?«

»Du, das hat mein Vater gestern früh beim Meeting allgemein bekannt gegeben. Du warst ja noch nicht da. Außerdem trenne ich strikt Arbeit und Vergnügen, wie du weißt.«

Ben sah zu Patrick, der geradewegs auf ihn zukam. »Wisst ihr schon was, wer das Megateil planen soll?«, fragte er und sah aufgeregt zwischen Ben und Clarissa hin und her.

Ben hielt sich mit einer Äußerung zurück, doch Clarissa lüftete das Geheimnis. »Ja, wissen wir. And the Winner is …« Dann zeigte sie mit beiden Händen auf Ben und klopfte Patrick ermutigend auf die Schulter, bevor sie weiterging. »Das nächste Mal«, meinte sie trocken.

Ben hätte es Patrick wohl schonender beigebracht.

»Klar. Hätte ich mir denken können, dass der Schwiegersohn den Zuschlag bekommt.«

»Nun sei nicht unfair. Ich habe es selbst gerade erst erfahren.«

»Verarschen kann ich mich alleine. Du weißt doch alles vor uns anderen. Liegt doch bestimmt alles offen rum, wenn du bei denen zu Hause bist. Und uns wird vorgegaukelt, dass alle in den Topf kommen. Tja, wenn man die Tochter des Chefs bumst …«

»Jetzt mach aber mal halblang«, wehrte sich Ben. »Vielleicht hat es auch seine Gründe, warum er dich nicht mit der Sache beauftragt hat.«

Die Tür zu Zöllners Büro öffnete sich. »Was ist denn hier los?«

»Äh, nichts, Chef«, meinte Patrick. »Ich habe nur Ben gratuliert, dass …«

»Patrick, gut, dass ich Sie sehe. Was macht denn eigentlich die Parkgarage in Garching? Sind Sie da schon fertig mit der Planung? Die Gemeinde sitzt mir im Nacken, und der Statiker muss auch noch mal drüberschauen.«

»Ist heute Nachmittag auf Ihrem Tisch, Chef.«

»Gut. Ach, und Valdern, schicken Sie mir bitte Clarissa ins Büro. Ich muss da was mit ihr wegen Freitag klären.«

»Kein Thema«, versicherte Ben, bevor Zöllner seine Tür wieder schloss.

Patrick sah Ben wortlos an, bevor er sich wieder an die Arbeit machte.

Ben machte sich auf die Suche nach Clarissa. Die stand schon wieder in der Teeküche.

»Du solltest deinen Schreibtisch hier reinstellen.«

»Einen Vorteil muss es ja haben, wenn der Vater der Chef ist. Da kann man gern eine Pause mehr einlegen. Und? Wie hat Patrick reagiert?«, wollte sie wissen und stellte die Milch in den Kühlschrank.

»Na, wie wohl. Das hättest du lieber mir überlassen sollen.«

»Ach, das Weichei soll sich mal nicht so haben«, platzte Clarissa heraus.

»Bist du da nicht ein bisschen zu hart?«

»Jeder bekommt seine Chance. Vielleicht sollte er nicht so verbissen darauf warten. Mein Vater wird ihm schon einen Knochen hinwerfen, wenn es so weit ist.«

»Ach ja, dein Vater will dich sehen.«

»Was will er denn?«

»Keine Ahnung, irgendwas mit Freitag oder so.«

»Ah, dann weiß ich schon. Wahrscheinlich geht es um den Klassikabend bei uns zu Hause. Da könntest du übrigens auch mal kommen. Dann erlebst du mich am Cello.«

Ben trat an Clarissa heran und küsste ihren Nacken. »Also dich am Cello, das könnte ich mir sehr gut vorstellen. Hat man dabei etwas an?«

Clarissa drehte sich um. »Oh, beginnt schon das Vorspiel für heute Abend?«

»Wenn du willst«, hauchte er ihr ins Ohr.

»Wann kommst du eigentlich? Und damit meinte ich die Zeit deines Eintreffens!«

Ben schmunzelte. »Jetzt hast du mir die Pointe versaut. Wie wäre es um halb acht?«

»Gut.« Clarissa machte sich von ihm los. Vom Flur aus rief sie ihm noch zu: »Und bring was zu essen mit.«

»Was denn?« Doch das hörte sie nicht mehr.

Ben war es lieber, wenn er klare Anweisungen bekam. Ein Dürüm wäre wohl eine schlechte Wahl für ein Date mit anschließenden zwischenmenschlichen Aktivitäten. Also eher etwas Leichtes. Doch um dieses Thema konnte er sich nach der Arbeit immer noch kümmern. Nun war es an der Zeit, sich auf das Projekt zu stürzen. Ben ging zu seinem Schreibtisch. Als er sein Handy nach Anrufen checkte, sah er, dass eine Nachricht von Eva eingegangen war.

Ev: Freu mich schon auf morgen!

»Ich mich auch«, dachte Ben und sendete ihr einen Smiley. Obwohl er sich bis dato keine großen Gedanken um seine Dreiecksbeziehung machte, beschlich ihn in diesem Moment ein komisches Gefühl. Doch er ging mit diesem Gefühl so um, wie er es schon immer getan hatte: Ben schob es einfach ganz weit von sich.

***

Als Ben auf dem großzügigen Platz vor der Villa der Zöllners eintraf, lenkte er seinen Wagen vor die Garagen neben Clarissas Mini. Hier hätten sicherlich noch fünf bis sechs weitere Fahrzeuge Platz gefunden. Er stieg aus und ging mit einem Karton bewaffnet die fünf breiten Stufen zur großen Eingangstür hinauf und klingelte. Mit einem Schritt zur Seite konnte er einen Blick in den Garten erhaschen, der fein säuberlich gepflegt war. Natürlich von ausgebildetem Gartenpersonal. Anders wäre diese große Fläche wohl kaum zu bewältigen gewesen.

Als Clarissa die Tür öffnete, trug sie Jeans und ein dunkelblaues Top. »Da bist du ja endlich. Ich sterbe fast vor Hunger!«

»Entschuldige bitte. Aber ich konnte mich beim Dallmayr einfach nicht entscheiden.«

Sie nahm ihm den kleinen weißen Karton ab und öffnete neugierig den Deckel. »Oh, eine Quiche. Wie schön. Und kleine Törtchen …«

»Klar. Ich weiß doch, was meine Architektin gerne mag.«

»Komm rein. Der Wein atmet schon.«

Ben trat ein und zog sein Sakko aus, gerade in dem Moment, als das Ehepaar Zöllner die geschwungene Treppe von der Galerie herunterkam.

»Sollten Sie nicht an den Plänen arbeiten?«, wollte Zöllner wissen und bekam umgehend von seiner Frau den Ellbogen zu spüren.

»Ach Frank«, meinte sie, »nun lass den armen Kerl doch in Ruhe. Soll er denn den ganzen Tag nur arbeiten?«

»Ich mach doch nur Spaß«, lachte er.

Ben begrüßte natürlich, ganz Gentleman, zuerst die Dame des Hauses.

»Na? Kommen Sie voran mit dem Projekt?«, fragte Zöllner und reichte ihm die Hand.

»Ja, ich habe mir heute schon ein paar Gedanken gemacht. Ich glaube, das wird gut!«

»Wie gesagt, ich zähle auf Sie.«

»Ja«, meinte Frau Zöllner. »Und jetzt ist Feierabend. Auch für dich«, ermahnte sie ihren Gatten und lächelte Ben dabei an.

Ben mochte Frau Zöllner. Sie hatte zwei Jahre zuvor die fünfzig überschritten, wirkte aber wie Mitte vierzig. Blond, immer mit Tuch um den Hals. Sie trug eine rahmenlose Brille und war sehr dezent geschminkt. Ihre makellose Figur hielt sie mit Reiten in Form und war in Grünwald durch ihre Mitgliedschaft in sämtlichen Wohltätigkeitsstiftungen bekannt und sehr geschätzt. Beatrice Zöllner ließ sich jedes Mal blicken, wenn Ben zu ihnen kam. Er hatte das Gefühl, dass sie ihn ebenfalls mochte.

»Hast du nicht etwas vergessen?«, fragte sie ihren Mann.

»Ach ja. Wir veranstalten in regelmäßigen Abständen Musikabende hier im Haus. Klassische Musik, Sie verstehen?«

»Ja, klar«, bestätigte Ben. »Clarissa hat mir schon davon erzählt.«

»Dann ist es ja gut. Übermorgen ist es wieder so weit. Wir können doch auf Sie zählen?«

»Sicherlich. Sehr gerne.«

Zöllner legte seine Stimme eine Etage tiefer. »Wissen Sie, dabei geht es ja nicht in erster Linie um die Musik, wenn Sie verstehen. Da sind alle da. Nicht wahr, Schatz?« Er wandte sich an Clarissa.

»Ja, Papa, alle sind sie da, wenn du einlädst. Jetzt komm, ich möchte essen. Ich hab Hunger.« Sie zog Ben am Arm zur Treppe.

»Vielen Dank für die Einladung!«, rief Ben dem Ehepaar noch zu und folgte Clarissa die Stufen hinauf.

Oben angekommen, öffnete Clarissa die Tür zu ihrer Wohnung, die an das Haupthaus angebaut war, aber keinen eigenen Eingang von außen hatte. Sie stellte die Quiche in die Küche und zog Ben ins Schlafzimmer.

»Ich dachte, du hast Hunger?«

»Hab ich auch. Ich habe nur nicht gesagt, auf was. Oder hätte ich meinen Eltern sagen sollen, dass ich jetzt mit dir schlafen will?«

»Besser nicht.«

»Siehst du.«

Sie streifte ihre Jeans von den Beinen und legte ihr Top ab. Ben wehrte sich nicht und tat es ihr gleich.

Als Clarissa den Verschluss ihres spitzenbesetzten BHs öffnen wollte, bremste Ben sie: »Lass ihn an. Er ist zu schade zum Ausziehen.« Dann vergrub er sein Gesicht zwischen ihren Brüsten und trug sie zum Bett.

Clarissa überließ Ben nur kurz die Führung. Denn wenn sie eines von ihrem Vater gelernt hatte, dann, dass man ebendiese niemals aus der Hand gab. Und das zeigte sie auch. Bei jeder Gelegenheit.

»Wirklich lecker, die Quiche.«

»Da stimme ich dir zu. Noch besser schmeckt sie im Bett. Noch Wein?«

»Bitte.« Clarissa reichte ihm das leere Glas, damit er ihr vom Merlot nachgießen konnte. »Und? Freust du dich schon auf den Abend in diesen heiligen Hallen?«

»Ach, so ein wenig Klassik kann nie schaden.«

»Pff, Klassik! Darum geht es doch schon lange nicht mehr. Das ist doch nur, um diesem Rahmen einen Namen zu geben.«

»Was ist es dann?«

»Nichts anderes als ein Zusammentreffen der feinen Gesellschaft. Dabei geht es nur um Geld. Die dicken Geschäfte werden nicht zur normalen Bürozeit gemacht, verstehst du?«

»Ach, so ist das.«

»Ich glaube, du musst noch viel lernen, wenn du ganz oben mitspielen willst.«

Sie trank das Glas auf ex, stellte es auf dem Nachttisch ab und nahm sich eines der zwei kleinen Himbeertörtchen aus dem Karton, der auf dem Boden stand.

»Ach, ich weiß nicht, ob ich das möchte. Schließlich ist Geld nicht das Wichtigste im Leben.«

Clarissa hörte schlagartig auf zu kauen und blickte Ben mit großen Augen an. »Ach nein? Was denn dann?«

Ben war sich nicht sicher, ob diese Frage ernst gemeint war. »Na, Familie, Urlaub, Freizeit …«

»Alles Dinge, für die man Geld braucht. Das hat meine Mutter damals auch schnell begriffen.«

»Wie meinst du das?«, wollte Ben wissen und wischte sich den Mund an der Serviette ab, bevor er vom Wein trank.

»Von Luft und Liebe kann man nun einmal nicht leben. Da macht man gerne ein paar Abstriche. Oder glaubst du wirklich, dass meine Mutter aus Liebe geheiratet hat?«

»Ich hoffe, ja!« Ben war irritiert von dem Maß an Zynismus, das Clarissa an den Tag legte.

»Träum weiter und probier von diesem Törtchen hier.«

Sie hatte es kaum ausgesprochen, da hatte Ben auch schon ein großes Stück davon im Mund.

Ben wagte es nicht, weiter nachzufragen. Womöglich hätte er die falsche Frage gestellt, die ihn unweigerlich zu einer Entscheidung genötigt hätte. Es lag ganz allein bei ihm herauszufinden, welche Rolle er bei Clarissa spielte.

Sie löschte das Licht, gab Ben einen Gutenachtkuss und drehte sich zur Seite, um zu schlafen. Auch er schloss die Augen und wünschte sich, in diesem Moment ganz woanders zu sein: Auf der Bühne im UNIVERSUM vor ein paar Hundert Menschen, die ihm zujubelten. Was Clarissa wohl sagen würde, wenn er es ihr erzählte? Wenn er einfach das Licht anmachen und sagen würde: »Ich bin Benny Biber, der geilste Hengst auf Malle, und ich singe Schlager! Überraschung!«

Ben seufzte. Dann säße er wahrscheinlich zwei Minuten später vor der Tür und wäre Stunden später gekündigt. Gott bewahre. Dafür hing er viel zu sehr an seinem Beruf. Gerade jetzt, wo er die einmalige Chance bekam, sich erneut zu beweisen. Sich einen Namen in der Architektenwelt zu machen. Mit diesem Projekt könnte er die Karten neu mischen und ganz oben mitspielen. Allerdings musste dann Benny Biber von der Bildfläche verschwinden.

Mallorca liegt nicht in der Eifel

Am nächsten Morgen verließen die beiden Clarissas Wohnung. Es fühlte sich für Ben immer noch ungewohnt an, den Tag gemeinsam mit ihr zu starten.

Ben startete seinen Fünfer. »Schnallst du dich bitte an?«

Clarissa tat es und widmete sich dann dem Spiegel in der Sonnenblende, mit dessen Hilfe sie ihren Lippenstift auftrug.

»Nimm das Projekt bitte ernst, ja? Mein Vater zählt auf dich.«

Ben traute seinen Ohren nicht. »Was soll das denn heißen?«

»Ich mein bloß. Damit könntest du bei ihm punkten.«

»Ich war mir bis dato nicht bewusst, das zu müssen. Warum sonst hat er mir den Auftrag gegeben?«

Stille. In Ben brodelte es. Am liebsten hätte er eine Vollbremsung hingelegt, damit Clarissa für diese Bemerkung mit einem roten Strich Lippenstift bis zum Ohr bestraft wurde. Als ob man ihn antreiben müsste. Anscheinend hatte der alte Zöllner mehr Vertrauen in ihn als seine Freundin.

»Nun ja, seine Tochter schläft mit dir.«

»Also erlaube mal!« Ben blieb vor dem Fußgängerüberweg stehen, weil eine Kindergartengruppe die Straße überquerte. Er sah Clarissa an. »Dein Vater ist ein Profi.« Hinter ihm hupte es, da die Straße wieder frei war. »Ja, ja, ich fahr ja schon!«

»Was bist du denn so gereizt?« Clarissa presste die Lippen aufeinander, um den Lippenstift gleichmäßig zu verteilen. Danach kramte sie in ihrer Tasche und holte einen Kajalstift heraus. »Bist du etwa heute mit dem falschen Fuß aufgestanden?«

»Nein. Normalerweise bin ich stets fröhlich, wenn ich morgens zur Arbeit fahre.«

»Davon merke ich aber herzlich wenig. Ist ja grauenhaft mit dir.«

Sie rückte sich erneut die Sonnenblende zurecht und betrachtete ihr linkes Auge etwas genauer im Spiegel.

»Vielleicht liegt es an der Tatsache, dass du der Ansicht bist, dein Vater würde mir nur einen lukrativen Auftrag erteilen, weil ich mit seiner Tochter schlafe. Was im Grunde einer Bezahlung gleichkommen würde, und das, meine Liebe, wäre ziemlich krank.«

Sie sah ihn kurz an und zog den Deckel vom Kajalstift. »Ja, das wäre wirklich ein bisschen schräg.«

Mit dem Finger zog sie das linke untere Augenlid nach unten und setzte den Stift an.

»Was soll das denn werden?«

»Sieht man doch. Ich schminke mich.«

»Du weißt schon, dass du das Ding im Auge hast, wenn ich eine Vollbremsung machen muss?«

»Dann guck nach vorne und sieh zu, dass das nicht passiert.«

Für eine Weile war es still im Wagen. Für Clarissa ein bisschen zu still. Sie schaltete das Autoradio an.

Ich flieg jedes Jahr nach Malle
mit dem Gerd, dem Heinz, dem Kalle,
denn da trinken wir zusammen …

Wie vom Blitz getroffen schnellte Bens Hand zur Eject-Taste. Die CD sprang aus der Lade, Ben zog sie ganz heraus und warf sie auf den Rücksitz.

»Was war das denn?«

»Ach, nur so ein Quatsch, den ich zu Hause gefunden hab. Hat mir mal ein Kumpel gebrannt.«

»Ich hoffe doch stark, dass sich dein Musikgeschmack zwischenzeitlich verbessert hat.«

»Wie gesagt, ist von einem früheren Kumpel.«

Clarissa sah nach hinten und starrte etwas an. Ben ahnte schon, auf was seine Freundin nun gestoßen war: Den Kleidersack, der offen hinter dem Fahrersitz lag und einen weißen Anzug beinhaltete.

»Und was hast du damit vor?« Sie zog das weiße Sakko ein wenig weiter aus dem Kleidersack hervor.

Ben griff nun auch nach hinten und schob den Sack weiter auf seine Seite. »Komm, lass doch das alte Ding. Das ist für den Container.«

»Sind die BeeGees in der Stadt? Oh Gott! Die Hose hat ja einen Schlag!«

»Ist von früher. Vom Fasching.«

»Du lebst aber schon im Hier und Jetzt, oder?«

Ben blieb cool, um nicht ertappt zu wirken. »Ich könnte ihn doch am Freitag beim großen Galaabend im Hause Zöllner tragen.«

»Untersteh dich! Da sehen dich Papas Geschäftspartner zum ersten Mal. Ich kann ja was für dich aussuchen.«

»Nein, lass mal. Das mach ich schon alleine. Vorausgesetzt natürlich, du traust mir das zu.«

Clarissa ließ das unkommentiert. Viel wichtiger waren für sie ihre einsamen Abende. »Essen wir heute Abend zusammen? Es gibt da in der Leopoldstraße einen neuen Italiener.«

»Daraus wird leider nichts. Du weißt doch, der Bauplan für die Ausschreibung.«

»Aber doch nicht abends.«

»Du hast es doch eben selbst gesagt. Dein Vater zählt auf mich. Es soll doch alles perfekt sein.«

Dagegen hatte Clarissa natürlich kein Argument vorzubringen. Die Arbeit hatte bei den Zöllners immer Vorrang.

»Hast du denn vor, die ganze Nacht durchzuarbeiten?«

Ja, Ben hatte wirklich vor, die ganze Nacht durchzuarbeiten. Doch wo er das tat, behielt er besser für sich.

»Mal sehen. Je schneller ich fertig bin, desto besser, oder?«

Im Büro herrschte bereits reger Betrieb, als sie ankamen. Clarissa verschwand umgehend an ihren Schreibtisch, um ein paar Telefonate abzuarbeiten. Als Tochter des Chefs hatte sie natürlich das Privileg, ein eigenes Büro zu haben. Für alle anderen Mitarbeiter galt die Devise: Großraumbüro. Zöllner war der Ansicht, dass sich die Mitarbeiter auf diese Weise am besten kreativ befruchteten.

Wie jeden Morgen führte Bens Weg zuerst in die Teeküche. Dort traf er auf Doris, die gerade den Geschirrspüler ausräumte.

»Morgen, Doris. Na? Schon fleißig?«

»Guten Morgen, Ben. Notwendiges Übel. Sonst macht es ja keiner.«

»Haben wir für solche Dinge nicht einen Praktikanten?«

»Ha, da kennst du die Praktikanten heutzutage aber schlecht. Das wäre ja zu viel verlangt und die reinste Ausbeute.«

»Wo ist er denn überhaupt?«

»Krank!«

»Ah …«

Ben goss zwei Tassen Kaffee ein und reichte eine davon Doris.

»Dank dir, Ben. Wenigstens einer, der um mein Wohl besorgt ist. Du, was ich dich fragen wollte …, was ist denn mit dem Patrick los?«

»Warum?«

»Der war gestern ziemlich angefressen und hat mich blöd angemacht, als ich ihn wegen dieser Ausschreibung gefragt habe.«

Ben stellte seine Tasse ab. »Was? Du wusstest auch davon? Anscheinend war ich der Einzige hier im Puff, der bis gestern nichts gewusst hat.«

»Aber das hat doch der Zöllner freudestrahlend vorgestern Morgen vor versammelter Mannschaft erzählt. Ach stimmt, da warst du noch nicht da.«

Ben nippte wieder von seinem Kaffee. »Willst du wissen, wer sich um das Projekt kümmert?«

»Natürlich. Nun sag schon.«

Ben stellte erneut seine Tasse ab. »Wer hat zwei Daumen, ein Auge und plant Münchens größtes Bauvorhaben in den letzten zwei Jahren?«

Doris zuckte mit den Schultern.

Ben zeigte mit beiden Daumen auf sich und kniff ein Auge zu.

»Was, du?«

»Klar!«

»Gratuliere!«

»Danke!« Ben grinste triumphierend, trank in einem Zug seine Tasse leer, bevor er sie in den Geschirrspüler stellte.

»Hey! Unten ist noch nicht ausgeräumt!«, schimpfte Doris.

»Sorry!«

»Also du. Na, kein Wunder, dass Patrick gestern so schlecht gelaunt war. Erst schnappst du ihm Clarissa weg und dann auch noch die dicken Fische!«

Ben sah Doris verwundert an. »Sag mal, bin ich eigentlich der Einzige, der weiß, dass Patrick eine Frau hat und bald Papa wird?«

»Quatsch. Das wissen alle hier. Er erzählt es ja auch jedem. Selbst denen, die das überhaupt nicht interessiert. Aber auf Clarissa war er doch von Anfang an scharf. Das kann dir hier jeder bestätigen. Da warst du noch gar nicht hier, da ist er um sie herumgebalzt, als ob sie das einzige Weibchen auf Erden wäre.«

»Hallo? Verheiratet? Kind?«

»Ach, der hätte doch seine Frau sofort verlassen, wenn Clarissa auch nur einmal mit dem Finger geschnippt hätte. Der hätte die andere doch gar nicht erst geheiratet.«

Ben streckte seinen Kopf aus der Teeküche. »Wo ist er überhaupt?«

»In Haidhausen auf der Baustelle.«

»Was wird da gebaut?«

»Tiefgarage!«

Er sah zu Doris. Dann mussten beide lachen.

»Jetzt sind wir aber gemein«, meinte Ben und hängte sich seine Arbeitstasche über die Schulter. »Dann mach ich mich mal besser an die Arbeit. Damit das was wird mit dem Projekt.«

»Toi toi toi!«

»Dank dir.«

Langsam verstand Ben, warum Patrick seit einiger Zeit aus allem einen Wettkampf machte. Kein Wunder, dass der so sauer auf die Sache mit der Ausschreibung reagiert hatte.

Von seinem Schreibtisch aus hatte Ben direkte Sicht auf den Empfangsbereich, wo Doris an ihrem Tisch saß. Sie lächelte zu ihm herüber, als sie wieder an ihren Platz ging. Er lächelte zurück.

Manchmal hatte Ben das Gefühl, dass da mehr war. Doris hatte diesen gewissen Blick, wenn sie ihn ansah. Einen Blick, der zu sagen schien: Wenn du willst, ich wäre nicht abgeneigt.

Sie sah toll aus mit ihren kurzen blonden Haaren. Besonders dann, wenn sie ihren Kopf leicht zur Seite neigte und ein paar Strähnen ein wenig ihr Gesicht verdeckten. Meist trug sie einen knielangen Bleistiftrock und eine Bluse, die auch an diesem Tag ein bisschen zu weit offen stand und viel mehr zeigte, als die schnöde Geschäftswelt vertrug. Mit Clarissa verstand sie sich überhaupt nicht. Vielleicht ging es dabei um einfaches Revierverhalten in dieser Männerdomäne. Vielleicht aber auch um einen ganz bestimmten Mann?

»Verdammt!«, fluchte Ben, als er einen Blick auf die große Uhr warf, die im Büro an der Wand hing. Die Zeit verging schneller als erwartet. Wenn er seinen Flieger erreichen wollte, war es höchste Zeit, sich auf den Weg zu machen. Eilig packte er seine Sachen zusammen, steckte sein Notebook in die Ledertasche und warf sich das Sakko über die Schulter.

»Was hast du es denn auf einmal so eilig? Wolltest du nicht bis spät in die Nacht an deinem Projekt arbeiten?«, fragte Clarissa, die plötzlich mit ein paar Ordnern in den Händen neben ihm stand.

»Ach, du! Ja, ich … ich muss meinen Kumpel vom Flughafen abholen. Das habe ich ganz vergessen.«

»Der, mit dem du neulich auf ein paar Bier warst?«

»Ja, genau. Der, äh, der war geschäftlich in Frankfurt und … da hat er mich gebeten, dass ich ihn abhole. Ja, genau, ihn abhole.«

»Du bist ja ganz nervös. Scheint ja ein guter Freund zu sein, wenn du für ihn den Fahrdienst spielst?«

»Männerfreundschaft, du verstehst?«

»Nein. Aber wenn du das sagst? Übrigens, das Angebot für heute Abend steht noch. Du kannst doch bei mir arbeiten und ich koche uns was Schönes. Ich versprech, ich lasse dich auch in Ruhe.«

»Wirklich lieb, Clarissa, aber wir wissen beide, dass das nicht passieren wird.«

»Was? Dass ich koche oder dich in Ruhe lasse?«

»Ein bisschen was von beidem. Wir sehen uns morgen. Ich muss jetzt wirklich.«

Clarissas Gesichtsausdruck hatte große Ähnlichkeit mit einem kleinen Mädchen, das zu Weihnachten nicht die lang ersehnte Puppe bekommt.

Ben küsste sie flüchtig auf die Wange und ließ sie mit ihren Ordnern stehen.

Als Ben sich am Ausgang in sein Sakko kämpfte, steckte Doris ihm einen Apfel in den Mund mit dem Hinweis: »Hier, damit du nicht verhungerst!« Das würde Clarissa sicher überhaupt nicht gefallen. Nur sie durfte den Hunger ihres Freundes stillen. Egal, welcher Art dieser auch war.

Ben verließ das Büro.

***

Ben rannte vom Parkhaus mit seinem Handgepäck zum Gate. Wie bei fast jedem Flug nach Mallorca verzögerte sich die Wartezeit an der Sicherheitskontrolle, da eine Bande Jungs bereits einen im Tee hatte und das Personal auf Trab hielt. Der Junggeselle, der die Hauptperson in dieser Gruppe war, stand in einem Dirndl vor dem Herrn mit dem Metalldetektor und drohte jedes Mal umzufallen, wenn er die Arme zur Seite ausbreitete.

Als der Flug endlich zum Einsteigen bereit war, dämmerte es draußen bereits. Ben liebte es, abgesehen von den Partysüchtigen, zu dieser Tageszeit zu fliegen. Im Grunde hatte er auch nichts gegen die Jungs und Mädels, die einfach mal die Sau rauslassen wollten. Schließlich gäbe es keinen Benny Biber, wenn die nicht wären.

Doch sie waren ihm im UNIVERSUM, wenn er auf der sicheren Bühne stand, lieber als neben ihm in der engen Flugzeugkabine. Da halfen auch die hübschen, lächelnden Stewardessen nichts, wenn neben ihm ein Zwanzigjähriger in die Tüte reiherte. Gut, das war bisher nur zweimal vorgekommen. Dennoch, zweimal zu viel.

Nachdem die Maschine die Flughöhe erreicht hatte und die Anschnallzeichen erloschen waren, klappte Ben das Tischchen vor sich herunter und startete sein Notebook. Die fast zwei Stunden Flugzeit wollte er effektiv nutzen und ein wenig an seinem Bauprojekt arbeiten. So hatte er es sich jedenfalls gedacht.

»Und? Auch unterwegs, um mal so richtig auf die Kacke zu hauen?«

Sein Nachbar auf dem mittleren Platz grinste ihn an.

Er trug einen übergroßen Filzhut und ein T-Shirt mit der Aufschrift: *Kampftrinker Leistungsklasse.* Ben war erstaunt, dass es diese Shirts noch gab. Er kannte sie aus seiner Jugend, als er sechzehn Jahre alt gewesen war. Der Passagier auf dem Fensterplatz war ebenso gekleidet. Er lehnte mit dem Kopf am Fenster und hatte den Filzhut ins Gesicht gezogen, um ein wenig zu schlafen. Vielleicht war er aber auch ins Koma gefallen. Beide dürften Mitte zwanzig sein.

»Nein«, sagte Ben. »Ich fliege nur so rüber.«

»Wie, *nur so*? Was gibt es denn sonst auf Malle außer Feiern?«

»Das Meer, die Sonne, Palmen …«

»Wir sind nur dort, um Party zu machen! Stimmt's, Mike?«
Er gab seinem Nachbarn mit dem Ellbogen einen Stoß, aber der
reagierte nur mit einem Grunzen und drückte sich noch tiefer
in seinen Sitz.

»Was hat er denn?«, fragte Ben, obwohl er die Antwort
wusste und es ihn eigentlich auch gar nicht interessierte.

»Der hat das Jägermeistersyndrom. Und, oft auf Malle?
Ich fliege heute schon das vierzehnte Mal. Fast immer
Junggesellenabschied. Letztes Jahr war ich fünfmal dabei.«

»Beachtlich!«, meinte Ben. »Da kennen Sie aber viele
Heiratswillige, was?«

»Ich bin der Heinzi! Sag Du!« Er streckte Ben die Hand
entgegen. »Das ist überhaupt nicht schwer. Ich bin im
Burschenverein, im Schützenverein, bei der Feuerwehr und
spiele Fußball. Da wimmelt es nur so von armen Schweinen,
die heiraten.«

Ben klappte sein Notebook wieder zu, da es wenig Sinn
hatte, sich neben diesem Sitznachbarn Gedanken um einen
Gebäudekomplex machen zu wollen.

»Und selbst? Verheiratet?«, fragte Ben.

Heinzi lachte schallend. »Ich? Ich spinn doch nicht. Dann
ist das alles hier auf einen Schlag vorbei. Das Trauerspiel erlebe
ich jedes Jahr. Nein. Nix da. Ich bleib Single. Er hier vorne ist
das arme Schwein, gell, Hubsi?«

Er gab seinem Vordermann im Dirndl eine Kopfnuss. Der
aber bekam das nur teilweise mit, da er sich in einem gepflegten
Delirium suhlte. Sein Kumpel auf dem Gangplatz, ebenfalls mit
Filzhut, schminkte ihm derweil die Lippen mit einem knall-
roten Lippenstift.

»Hubsi heiratet in einen Viehbetrieb ein. Weißt du, was
das heißt?«

Ben zuckte mit den Achseln.

»Das heißt, vorbei mit Urlaub. Vielleicht mal ein Tagesausflug ins Allgäu. Aber Druckbetankung, geile Weiber und feiern, bis der Arzt kommt – vorbei. Hast gehört, Hubsi?«

Wieder verpasste er seinem Freund, der auch dieses Mal nicht darauf reagierte, eine Kopfnuss.

»Geht es ihm nicht gut?« Ben räumte vorsichtshalber das Notebook in die Tasche, die er dann wieder unter seinem Vordersitz verstaute.

»Ach, besoffen ist er. Aber das ist er eigentlich immer. So hat er auch seine *Baldfrau* kennengelernt. Jetzt wird er Papa! Aber …« Heinzi kniff die Augen zusammen und kam Ben gefährlich nahe: »Es ist ja eine Hochzeit aus Liebe!«

Wieder haute er Hubsi auf den Kopf, und Ben befürchtete, dass der irgendwann aus seinem Koma erwachte und eine gepflegte Keilerei startete. Ben schnallte sich vorsichtshalber ab, um fluchtartig seinen Platz verlassen zu können.

»Und selbst?«, fragte Heinzi.

»Was?«

»Verheiratet? Wie heißt du eigentlich?«

»Ich heiße Ben, und nein, ich bin noch nicht verheiratet.«

»Gut so!«, bestätigte Heinzi. »Auch immer am Feiern und eine Blüte nach der anderen bestäuben, was?«

»Wie?«

»Na, die Mädels. Ich rechne mir die nächsten Tage gute Chancen aus. Sind immer gute Frauen am Start. Wobei in letzter Zeit schon ein ziemlicher Männerüberschuss auf der Insel herrscht. Manchmal, da gibt es Tage, da musst du sie mit der Lupe suchen. Nur noch Typen. Ab und zu gibt es mal einen Schwarm Mädels. Einige feiern ja auch einen Junggesellinnenabschied in Palma. Keine Ahnung, wo die sonst so feiern. Na ja, jedenfalls wird es die große Sause.«

Heinzi redete ohne Punkt und Komma. Ben machte sich nichts vor. Heinzi war genau seine Zielgruppe. Doch was hätte er auch anderes erwarten sollen auf Mallorca in einem Partytempel, in dem um ein Uhr früh nur noch die Security nüchtern war. Ben nutzte die Gelegenheit. Zeit, ein bisschen Marktforschung zu betreiben. Immerhin war Heinzi der ultimative Mallorca-Fan und somit Patient null.

»Und? Wo geht man denn auf Malle so hin, wenn man mal so richtig die Sau rauslassen will?«

»Jetzt habe ich dich angesteckt, stimmt's?« Heinzi freute sich. »Ich hab alles perfekt durchgeplant. Immerhin bin ich bei uns im Dorf schon so was wie eine Mallorca-Legende. Eigentlich sollte ich ja Geld nehmen.« Er kam Ben wieder näher und stützte sich auf der Armlehne ab. »Nachdem wir unser Gepäck ins Hotelzimmer geworfen haben, geht es ab in die Schinkenstraße zum Warmwerden.«

»Warmwerden? Ich denke, euer Hubsi dürfte schon Betriebstemperatur haben«, meinte Ben und beugte sich ein wenig nach vorn, um zwischen den Sitzen den Nochjunggesellen etwas näher zu betrachten.

»Ach was!«, plärrte Heinzi. »Da geht noch 'ne Menge rein. Stimmt's?«

Er trat gegen die Lehne seines Vordermanns, sodass dieser zu seinem Nebenmann am Fenster kippte.

»Ach, scheiße. Jetzt hast du mir den Lidschatten versaut!«, schimpfte der Typ vor Ben, der Hubsi liebevoll bemalte. Hubsi sah mittlerweile aus wie eine ganz, ganz billige Prostituierte.

»Sorry, Olli«, sagte Heinzi. »Das erste Bier geht auf mich.«

»Und? Geht ihr auch irgendwo rein?«, bohrte Ben weiter. »Ich meine, da, wo die singen?«

»Klar. Ich hab sie schon alle gesehen. Jürgen Drews, Mickie Krause … also die beiden musst du erlebt haben. Ich schau sie mir jedes Mal an, wenn ich runterflige. Dann der Tim Toupet, der ist gut, oder der Dings … Olli, der mit den Wolken, wie heißt der noch mal?«

»Reinhard Mey?«, rätselte Ben mit, obwohl er die Antwort wusste.

»Quatsch, Mey. Der hat das Original gesungen! Mensch, wie heißt der Typ …?«

»Kuhn!«, fiel es Olli ein, während er mit viel Hingabe Hubsis Wimpern tuschte.

»Genau. Olli hat recht. Kuhn. Dieter Thomas Kuhn. Der ist auch immer da. Oder der Jürgen aus dem Container. Mit dem hab ich mich schon mal unterhalten. Klasse Typ. Einer aus dem Volk! Kurzum: Megapark und Oberbayern ist Pflicht!«

Ben fühlte dem Prachtexemplar von Mallorca-Fan weiter auf den Zahn: »Ich bin ja schon mal da durchgegangen. Ist da nicht auch das UNIVERSUM oder wie das heißt?«

»Ja, das UNIVERSUM!«, wusste Heinzi. »Ist auch gut. Da tritt doch die Dings auf, Mensch, die Nackte, Olli, hilf mir mal! Die eine, die du so scharf gefunden hast das letzte Mal. Da hat dich doch der Securitytyp fast vermöbelt, weil du der an den Arsch gegrabscht hast …«

»Bibi Bordell.«

»Mensch, genau! BIBI BORDELL! Eine heiße Schnitte, sag ich dir. Die musst du dir ankucken!« Heinzi war voll in seinem Element und riss die Augen auf.

»Und wann tritt die auf?«

»Weiß nicht, heute, morgen, irgendwas ist da ja immer los. Wer aber langsam aufhören könnte, das ist dieser Tomatenheini. Den mag ich nicht. Der war mal gut, aber alles hat seine Zeit.«

»Mark Tomate heißt der«, verbesserte Olli und holte Rouge samt Pinsel aus seinem Rucksack. Er verschönerte seinen schlafenden Freund mit einer Hingabe, als sollte der umgehend nach der Landung an einer Misswahl teilnehmen.

»Ja, der Tomate. Ein Vogel ist das. Ui, da fällt mir was ein!« Heinzi kam Ben wieder etwas näher. »Letztes Jahr ist da so ein

Typ aufgetreten mit einem Mexikanerhut und einer übergroßen Brille. Olli! Der Typ letztes Jahr mit der Lederhose und dem Sombrero …«

»Seppl aus oder von Monaco!« Olli war ein wandelndes Lexikon. Quasi Heinzis ganz privates Google.

»Genau! Das war vielleicht ein Idiot. Hat die ganzen Schlager vom Cordalis und so nachgesungen. Irgendwann hatte ich so was von die Schnauze voll, da hab ich …« Heinzi unterbrach, weil er lachen musste. »Weißt du noch, Olli …?«

Auch Olli musste lachen.

»Da habe ich dem einen Döner an die Birne geworfen! Hättest du sehen müssen. Sein scheiß Hut ist quer über die Bühne geflogen. Was für ein Spaß! Und …«, er wurde wieder ernst, »das war ein guter Döner!«, versicherte Heinzi und lehnte sich lachend zurück.

Olli gab ihm High-Five, und Ben musste sich schwer zusammenreißen, ihm nicht an Ort und Stelle für diese Heldentat zu danken. Etwa mit der Sansibar-Currywurst, die der Dame aus der Reihe nebenan in diesem Augenblick gebracht wurde. Doch damit hätte er sich höchstwahrscheinlich als Monaco-Seppl entlarvt.

Und eigentlich musste er Heinzi für diesen Anschlag wirklich dankbar sein. Dies war immerhin der Schlüsselmoment, in dem Benny Biber geboren worden war. Ben riss sich zusammen. »Und was ist dann passiert?«

»Irgendjemand hat ihm noch 'ne Unterhose auf die Bühne geworfen. Schade, dass das keiner gefilmt hat. Das wäre heute noch der Hit auf YouTube. Eine Unterhose! Die musst du erst mal so schnell auskriegen. Neu war die sicher nicht.«

»Und? Gibt es diesen Seppl noch?«

»Keine Ahnung. Ich glaube nicht. Dafür singt jetzt da dieser Justin Dings … ah … ich und Namen. Olli! Der im weißen Anzug da, der Travolta-Verschnitt.«

»Biber! Benny Biber!«, haute Olli raus und sah sich zufrieden sein Kunstwerk an, das langsam, aber sicher wieder aus dem Delirium erwachte.

»Genau, der Biber!«

»Und? Wie ist der so?« Ben wusste nicht so genau, ob er die Antwort hören wollte.

»Na ja, nicht sooo schlecht. An den Krause oder den Drews, da kommt er nicht ran. Aber die zwei sind ja schließlich alte Hasen. Vielleicht schaun wir uns den Biber an. Ein Gutes hat er ja. Die Mädels scheinen auf den zu fliegen. Mir soll's recht sein, dann sind nicht nur Kerle im UNIVERSUM am Start. Aber jetzt mach ich mal ein paar Minuten die Augen zu. Wir haben heute schließlich noch was vor. Komm doch mit! Dann zeigen wir dir, wie feiern geht!«

»Nein danke. Das ist nichts für mich.«

»Och, Spielverderber!«

Dann lehnte sich Heinzi gemütlich in seinen Sitz, zog seinen Filzhut weiter in die Stirn, verschränkte die Arme und war, kaum zu glauben, ruhig.

Olli tat es ihm gleich. Nur Hubsi wurde auf einmal munter und setzte sich auf. Er sah sich verträumt im Flieger um und wirkte dabei wie ein frisch geschlüpftes Küken. Man mochte meinen, dass er keinen Schimmer hatte, wo er war. Hübsch sah er aus. Ein gelernter Visagist hätte es nicht besser machen können. Vielleicht ein bisschen zu viel Lippenstift, aber hey, es war Mallorca und nicht die Eifel.

TOMATENMARK IM GLITZERSAKKO

»UNIVERSUM, por favor!«, wies Ben den Taxifahrer an. Ben holte sein Handy aus dem Flugzeugmodus, und es fing sofort an zu vibrieren und wollte nicht mehr aufhören. Zwölf WhatsApp-Nachrichten von Clarissa.

> Cl: Wo bist du denn? Ich hab schon 1000x bei dir angerufen

> Cl: Ruf mich bitte zurück

> Cl: Ich dachte, du musst ableiten

> Cl: arbeiten. Sorry, vertippt!

So ging das weiter. Wenn Beziehung so aussah, wollte er es lieber Heinzi gleichtun und das Leben eines Singles führen. Er hatte noch nicht alle gelesen, da rappelte es erneut.

> Ev: Wann kommst du heute?

Ben war erleichtert, dass sich zwischendrin wenigstens mal Eva meldete. Er musste sich schleunigst was einfallen lassen. Diese Doppelbelastung artete langsam in Stress aus. Von der Arbeit ganz zu schweigen.

Be: Bin schon im Taxi und gleich da

Ben überlegte, ob er auch Clarissa schreiben sollte. Dann steckte er das Handy in die Innentasche seiner Jacke. Er fand, dass es besser war, sich nicht bei ihr zu melden. Er befürchtete, in ein Gespräch verstrickt zu werden, das sich am Ende auf diese Entfernung zum Nachteil auswirken könnte. Lieber etwas Zeit gewinnen. Über eine Erklärung konnte er sich später immer noch Gedanken machen.

Die Taxifahrt zog sich etwas in die Länge. Klar, mitten in der Saison waren die Straßen immer stark frequentiert. Pärchen, die an der Uferpromenade spazierten, ein paar Einzelschicksale, die bereits Mühe hatten, geradeaus zu gehen. Meist traf man jedoch auf größere Gruppen, die in Feierlaune die erste Location des Abends ansteuerten.

Ben ließ die Seitenscheibe ein wenig herab. Warme Luft strömte ins Auto. Der Geruch von Essen, Abgasen und Meer vermischte sich mit den Ausdünstungen des Vanille-Wunderbaums, der am Rückspiegel des Taxis hing. Mallorca wollte mit allen Sinnen erlebt werden. Animateure rissen sich förmlich um die jungen Urlauber, die das erste Mal fern der Heimat im Pulk plan- und ziellos auf der Feiermeile umherirrten, und versprachen Girls, gute Musik und Alkohol zu Billigpreisen. Die Beats der verschiedenen Klubs, die ihre Tore weit geöffnet hatten, vermischten sich zu einem Einheitsbrei, ganz gleich, ob es sich um Schlager, die neuesten Charts oder um Blasmusik handelte. Selbst die eingefleischtesten Hardrockfans konnte man hier eine Woche lang zu Liedern wie *Griechischer Wein* singend erleben. Das würden sie natürlich zu Hause unter Einsatz ihres Lebens jederzeit abstreiten. Ja, das Volk war bunt gemischt.

Umso erstaunlicher, dass sich die Leute jenseits von ein Promille nicht mehr voneinander unterschieden, egal ob Banker oder Bauarbeiter, ob Krankenschwester oder BWL-Studentin. Hier auf der Insel waren sie alle gleich. Besonders dann, wenn sie Likörfläschchen wie bekloppt auf die Tische schlugen und sie dann mit der Verschlusskappe auf der Nase in sich hineinschütteten. Ben sah sogar oft ehemalige Studienkollegen im Publikum, während er in seiner sicheren Verkleidung als Benny Biber auf der Bühne performte. Aber im Münchener Pascha würden sie alle beim Leben ihrer Mutter abstreiten, dass sie jemals in ihrem Leben im UNIVERSUM waren. Schon gar nicht pfeifend, wenn Bibi Bordell auf die Bühne kam.

Ben ersparte dem Taxifahrer die letzten Meter bis vor das UNIVERSUM. Als er den Wagen verließ, stand umgehend eine Horde zwanzigjähriger Österreicherinnen vor ihm.

»Hey, Süßer! Unsere Freundin hier heiratet in zwei Tagen. Letzte Chance, ihr einen Kuss abzukaufen.«

Ben musste sich kurz sammeln. In Gedanken war er immer noch bei Eva, Clarissa und dem Dilemma, Deutschland und die Balearen unter einen Hut zu bekommen.

»Was soll er denn kosten?«, fragte er, obwohl er eigentlich keine Lust hatte, sich auf offener Straße zu irgendetwas nötigen zu lassen.

»Fünf Euro!«, meinte die Freundin der Verlobten kess und hüpfte erwartungsvoll auf der Stelle.

»Was? Fünf Euro? Für einen Kuss?«

»Klar. Ist ja auch ein ganz besonders schöner Kuss. Könnte immerhin der letzte sein, bevor sie übermorgen ihren Göttergatten heiratet.«

Ben wollte den Mädels den Abend nicht mit dem Zitieren der europäischen Scheidungsquote versauen. Er wollte aber auch nicht kampflos aufgeben.

»Ihr wisst aber schon, was man an manchen Ecken hier auf der Insel für fünf Euro alles bekommt, oder?«

»Nein.«

Ben wollte gerade loslegen, als er in die ängstlichen Augen der Hochzeiterin sah. Sie befürchtete offensichtlich, sich gleich noch mehr von ihren Freundinnen und deren Spielchen erniedrigen lassen zu müssen.

»Na, ich will mal nicht so sein«, hörte er sich sagen und zog einen Fünfer aus der Hosentasche.

Vor lauter Angst, sich etwas Ansteckendes einzufangen, hielt Ben der Kleinen nur brav seine Wange hin. Bestimmt hatte sie an diesem Tag schon halb S'Arenal an den Lippen gehabt. Die war allerdings unerschrocken, nahm Bens Gesicht in beide Hände und gab ihm einen dermaßen feuchten Schmatzer auf den Mund, dass es am Ende nur so ploppte. Unter lautem Gegröle ihrer Freundinnen steckte das Mädel den Fünfer ein und genehmigte sich einen Jägermeister, den sie aus ihrer Tasche zog. Anscheinend machte sie das schon den gesamten Abend, denn bei näherer Betrachtung hatte sie bereits mächtig einen im Tee.

»Dann noch einen schönen Abend. Schaut doch nachher im UNIVERSUM vorbei. Da wird es heute bestimmt lustig.«

Wenn er schon die Gelegenheit hatte, war es bestimmt nicht verkehrt, Werbung in eigener Sache zu machen.

»Aber deshalb sind wir doch hier!«, freuten sie sich. »Wir warten auf den Benny!«

»Ach ja?«, fragte Ben erfreut.

»Na klar. Der ist so süß! Für die Conny wäre er der Einzige, wegen dem sie die Hochzeit platzen lassen würde! Nicht wahr, Conny?«

Die aber hatte alle Konzentration auf ihren Körper gerichtet, um den Jägermeister bei sich zu behalten.

»Benny! Benny!«, riefen sie nun alle im Chor und hüpften den nächsten Opfern entgegen, denen sie Geld abknöpfen wollten.

Ben hob seine Tasche vom Boden auf und machte sich auf den Weg. Er musste an Heinzi und sein Gefolge denken. Auch wenn der ihn nicht auf einer Stufe mit Drews und Co. sah: Benny Biber hatte sein Publikum.

»Da bist du ja!«

»Servus, Kalle. Was heißt: ›Da bist du ja‹? Mein Auftritt ist doch erst in zwei Stunden.«

»Schon, aber da warten zwei Jungs vom Inselkanal. Die wollen ein Interview mit dir machen.«

»Kalle, du weißt doch, dass ich das nicht mag. Schon gar nicht vor der Show. Außerdem bin ich noch in Zivil. Was meinst du, was passiert, wenn mich irgendjemand erkennt?«

Das war Kalle natürlich egal. Was scherte es ihn, wenn herauskam, wer Benny Biber in Wirklichkeit war. Die Chancen, ihn bis zu viermal die Woche auf die Bühne zu schicken, würden steigen, wenn Ben vielleicht seinen Job als Architekt verlor. Er sah in Benny Biber einen Goldesel, der noch sehr viel mehr einbringen konnte. Kalle nippte an seinem Wasser und sah ihn erwartungsvoll an. Nach seinem kleinen Infarkt im Vorjahr hatte er die Reißleine gezogen und versuchte weitestgehend abstinent zu leben. Abgesehen von ein paar Ausrutschern natürlich.

»Nein, Kalle. Wirklich nicht.«

Ben ging zu seiner Garderobe und ließ ihn stehen. Das war der einzige Weg, die Diskussion zu beenden. Mit Worten hatte es Ben bisher noch nie geschafft und stets nachgegeben. Das durfte bei diesem Thema nicht passieren.

Kalle, der in Wirklichkeit Karl-Heinz Knöter hieß, hätte rein äußerlich auch prima ins Rotlichtmilieu gepasst. Wobei Ben bis dato immer noch nicht wusste, was Kalle vor dem UNIVERSUM getrieben hatte. Vielleicht war er sogar der heimliche König der Reeperbahn gewesen. Immerhin war er gebürtiger Hamburger. Kalle trug stets eine Sonnenbrille mit blauen Gläsern. Auch nachts und im Gebäude. An fast allen Stellen seines Körpers, die nicht verdeckt waren, blitzten Tattoos. Die meisten sahen aus, als wären sie aus purer Langeweile in irgendeinem Knast entstanden. Wenn man zu den glücklichen Auserwählten gehörte, kam man in den Genuss, die Zahnlücke betrachten zu dürfen, die er zwischen den Schneidezähnen hatte. Niemand wusste, wie viele Lenze er schon auf dem Buckel hatte. Man munkelte, dass er kurz vor den fünfzig stand. Deswegen wirkte auch das Kopftuch unter der Baseballkappe, mit dem er seine Glatze verdeckte, etwas befremdlich. Doch bei einer Sache machte ihm keiner was vor: Kalle wusste, wie man Geld macht. Und trotz seines manchmal bedrohlichen Äußeren war er eine gute Seele, der sich um seine Schäfchen kümmerte.

Ben warf seine Tasche in die Garderobe und suchte die Bar auf, solange er noch in Zivil war.

»Entschuldigen Sie! Ich sitze hier schon seit ein paar Minuten und bin am Verdursten!«, schrie Ben über die Theke. Eva stand dort mit dem Rücken zu ihm. Es war nicht leicht, gegen Mark Tomate anzukämpfen, der auf der Bühne versuchte, an den Erfolg vergangener Tage anzuknüpfen. Eva drehte sich um und freute sich, als sie Ben sah.

»Da bist du ja endlich!«, rief sie ihm zu, beugte sich über den Tresen und küsste ihn. Gleich danach hielt sie wieder ein Pilsglas unter den Zapfhahn.

»Hat ein bisschen länger gedauert. Ich wurde von meinen Fans aufgehalten.«

»Sag bloß, man hat dich erkannt!«

»Gott sei Dank nicht!«, meinte Ben. »Sie wussten auch nicht, dass Meister Biber vor ihnen stand.«

Eva gab sich mit der Antwort zufrieden.

»Kannst du dich für eine halbe Stunde davonschleichen?«, fragte Ben.

»Was?!«, schrie Eva gegen den Lärm an, ohne den Blick vom Zapfhahn zu nehmen.

»Wir beide …!«

Ben deutete ihr an, sich zusammen für ein kleines Schäferstündchen zu verdrücken. Mark Tomate würde die nächste Stunde sein Publikum quälen. Genügend Zeit also, um sich ein wenig näherzukommen.

»Klappt nicht!«, rief Eva und gab der Bedienung das volle Tablett in die Hand. »Du siehst ja, was hier los ist. Und meine Aushilfe ist krank. Sorry!«

Das erste Mal, dass Ben von ihr eine Abfuhr bekam.

»Wie sieht es denn nach deinem Auftritt aus?«

»Klar. Ist ja ein bisschen Zeit, bis mein Flieger wieder geht.«

Eva stellte ihm ein Bier vor die Nase und wirbelte weiter hinter der Theke herum, um das durstige Volk zu versorgen.

Ben prostete ihr zu und drehte sich zur Bühne, vor der sich ein paar ältere Urlaubsgäste tummelten, die Mark anscheinend schon seit seinen Anfängen begleiteten. Vom Alter her könnte es jedenfalls passen.

Ben fragte sich, ob es ihm irgendwann auch so ergehen würde? Nein! Das durfte auf keinen Fall passieren. Wenn, dann wollte er seine Karriere als Stimmungssänger mit einem großen Knall beenden. Dann, wenn er seinen Höhepunkt erreicht hatte.

Was aber, wenn dieser Höhepunkt bereits erreicht war? Vielleicht erging es ihm und seinen Mitstreitern in etwa so wie einem Spieler an einem Roulettetisch. Wenn die anfängliche Glückssträhne vorbei ist und man sich immer wieder selbst ermutigt: die eine Runde noch! Nur noch eine! Jetzt aber …! So lange, bis man auf dem Boden der Tatsachen aufschlägt.

Mark Tomate! Ben hatte diesen Namen schon immer als sehr befremdlich empfunden. Einmal hatte er ihn gefragt, was es mit diesem Namen auf sich hatte. »Na, wegen dem roten Hemd. Tomate … rotes Hemd … verstehst du? Tomatenmark! Wegen der Farbe!«

Dann freute er sich über so viel ausgefuchsten Wortwitz, und Ben konnte nicht anders, als ihn schamlos anzulügen: »Ein Geniestreich, gratuliere!« Worauf Mark ihm bescheinigte, dass Benny Biber auch nicht so schlecht sei.

Mark wirbelte mit seinem roten Hemd und dem silbernen Glitzersakko auf der Bühne von links nach rechts. In seine ausgewaschene Jeans hatte er an den Knien Löcher gerissen. Wahrscheinlich, damit es jugendlicher wirkte. Wie verrückt versuchte er, seine Handvoll Fans zum Mitklatschen zu animieren. Sogar zur Galerie rief er hoch: »Und jetzt ihr da oben!« Obwohl dort niemand stand.

Aber er hatte wohl keine Wahl. Schließlich hatte er nichts anderes gelernt. Ein Grund mehr für Ben, an seinem Job festzuhalten. Denn so wie Mark wollte er nicht enden – als Bühnenrentner, der seine grauen Haare färbt und dessen Kinder sich für ihren Papa schämen.

Dass Mark trotzdem stets gute Laune hatte, war einzig damit zu erklären, dass er sich vermutlich hin und wieder vor einem Auftritt etwas durch die Nase zog. Und jedes Jahr flehte er Kalle an, ihn doch noch für eine Saison zu buchen. Kalle konnte nicht anders, als ihm diesen Gefallen zu tun. Schließlich war Mark sein erster Star gewesen auf der Bühne im

UNIVERSUM, der erste, der ihm die Hütte vollgemacht hatte. Doch das war lange her.

Ben nahm sein Pils und verschwand damit hinter der Bühne. Zeit, sich für den Auftritt vorzubereiten. Das UNIVERSUM füllte sich zunehmend und Eva hatte mit ihren Mädels alle Hände voll zu tun. Das lag sicher auch an seiner Bühnenpräsenz. Vielleicht aber auch an der Happy Hour, die Mark Tomate unterstützen sollte.

»Hey, Benny!«

»Hi Mark. Warst gut da oben. Ich hab dir von der Bar aus zugesehen.«

»Klar!«, prahlte Mark. »Ich hab sie für dich angeheizt. Kannst ohne Weiteres rausgehen. Die sind so weit!«

»Oh! Dank dir!«

»Keine Ursache, Benny.« Er wischte sich mit einem Handtuch den Schweiß von der Stirn. »Ach, und übrigens … mein Angebot steht noch. Du weißt schon. Wir setzen uns mal bei einem Bierchen zusammen und ich gebe dir ein paar Tipps, wie du sie alle auf deine Seite kriegst. Verstehst du? Quasi von einem alten Hasen an den Nachwuchs. Ich will doch was weitergeben. Warum also nicht an dich!« Er boxte Ben freundschaftlich an die Schulter.

»Das ist echt nett von dir, Mark.«

»Mach ich doch gerne. Warum sollst du nicht von meinem reichhaltigen Erfahrungsschatz profitieren? Ich sag ja immer, man kann auch mal was zurückgeben.«

»Ein feiner Zug von dir.«

»Klar, Benny. Für dich doch immer.«

Ben fragte sich, ob Mark eigentlich wusste, wie Benny in Wirklichkeit hieß. Egal.

»Ach, und Benny, denk doch mal darüber nach, ob wir nicht mal gemeinsam was reißen!«

»Was meinst du?«

Ben rückte vor dem Spiegel hinter der Bühne seine Perücke zurecht. Sie begann bereits in diesem Augenblick zu jucken.

»Na, ich meine ein Duett. Stell dir doch mal vor … die Leute würden ausflippen. Wir könnten uns sozusagen gegenseitig befruchten. Ich übergebe dir mein Publikum, das schon seit Anfang an dabei ist, und deine jungen Hühner würden sehen, dass man mit zweiundfünfzig auch noch supi abrocken kann!«

Er lehnte sich leicht nach hinten, setzte sein bestes Lächeln auf und streckte beide Daumen in die Luft. Das tat er übrigens gerne. Auch wenn er sich mit Fans fotografieren ließ. Nicht nur einmal war er den Leuten schon hinterhergelaufen, damit die endlich ein Foto mit ihm machten.

Ben war verwundert. Nicht etwa über den Ausdruck *Supi abrocken*. Vielmehr wunderte er sich über Marks Alter. Hätte ihn jemand gefragt, er hätte ihn sicher auf Anfang sechzig geschätzt. Ben entschied, sich lieber an Jürgen Drews zu orientieren. Der wirkte auf der Bühne mit seinen siebzig Lenzen wie Anfang vierzig.

»Vielleicht sollten wir aber auch auf Tour gehen? Benny?«

»Äh, was? Entschuldige, ich war gerade in Gedanken.«

»Ich sagte, vielleicht sollten wir zwei auf Tour gehen? Erst grasen wir die ganze Insel ab und dann erobern wir beide Deutschland. Was sagst du? Wir starten im Gebirge mit Après-Ski und arbeiten uns weiter bis nach Kiel. Voll durchstarten!« Mark war total euphorisch. Vielleicht wirkte das Koks.

»Du, Mark, sei mir bitte nicht böse, aber ich hatte eigentlich vor, nur hier auf der Insel mein Ding zu machen.«

»Ach was! Glaub mir! Think Big! Carmen Nebel, Silbereisen, ZDF Fernsehgarten … die werden sich alle um uns reißen.«

»Sorry, Mark. Ich muss mich jetzt wirklich bereit machen. Mein Auftritt, du verstehst?«

»Klar! Aber lass uns da noch mal darüber reden. Für so was habe ich einen Riecher. Das wird groß!«

Ben nickte nur und begann, sein Make-up aufzulegen.

Mark setzte sich nach seinem Auftritt gern noch an die Bar in der Hoffnung, er bekäme seine verstaubten Autogrammkarten los. Doch auch in dieser Nacht würde das Publikum nur für einen Augen haben. Und der hatte kein rotes Hemd an.

ICH KANN DISCOFOX

»SEID IHR GUT DRAUF?«, plärrte Knut in die Menge.

»Jaaaaa!«, riefen achthundert bis tausend Gäste im Chor.

»SEID IHR AUCH GUT DRUNTER?«

Knut war Promoter und von Anfang an im UNIVERSUM. Nebenbei kümmerte er sich um die Technik und hatte es sich noch nie nehmen lassen, die Künstler anzusagen. Sozusagen seine zwei Minuten Ruhm. Seine letzte Frage blieb vom Publikum bis auf ein paar Ausnahmen unkommentiert.

Benny Biber stand neben dem Bühnenaufgang bereit und musterte ungesehen das Publikum. Da Mark Tomate die Stimmung wie meist nach unten geknüppelt hatte, wäre ein anständiges Warm-up durch Knut sehr hilfreich gewesen. Doch er hatte einfach kein Händchen dafür. Sein Humor wurde von den Menschen vor der Bühne nicht wahrgenommen.

So war es fast jedes Mal an Ben, das Publikum in Stimmung zu bringen. Wer denkt, dass allein der Alkohol schon dafür sorgt und es somit für einen Künstler auf der Bühne ein Leichtes ist, die Menge auf seine Seite zu ziehen, der irrt. Da Alkohol die Menschen nicht nur in Feierlaune versetzt, kann es schnell passieren, dass die Stimmung kippt. Ben hatte es in seinen Anfängen am eigenen Leib erfahren. Ob mit oder ohne Alkohol, das Publikum wollte unterhalten werden. Da kannte es keine Gnade. Feingefühl war gefragt.

Sehr viele Frauen waren direkt vor der Bühne. Benny zog die Frauen an, die wiederum brachten mehr Kerle in die Hütte, und das wiederum bescherte Kalle einen hervorragenden Umsatz an der Spirituosenfront. Wobei Ben noch nie verstanden hatte, was die Frauenwelt an Benny Biber so besonders fand. Wünschten sich die jungen Dinger wirklich einen Mann in Schlaghosen und weitem Kragen? Vielleicht war es einfach die Musik.

Knut ging mit seiner Bomberjacke, der weiten Jeans und der Baseballkappe, auf der groß UNIVERSUM stand, auf der Bühne auf und ab. »Ladies and Gentlemen! Das Warten hat ein Ende!«

Er versuchte, die Spannung auf die Spitze zu treiben. Vergeblich. Die ersten Pfiffe erreichten ihn. Doch Knut ließ sich dadurch nicht beirren und zog sein Programm gnadenlos durch.

»Der Frauenversteher ist extra heute Abend für euch angereist!«

Ben zuckte zusammen. Als Frauenversteher sah er sich nun wirklich nicht.

Knut gab dem Typ am Mischpult ein Zeichen. Die Nebelmaschine sprang an, das Licht wurde gedimmt. Ein basslastiger Dauerton dröhnte aus den Boxen und zwei Laser fächerten grünes Licht knapp über den Köpfen des Publikums auf. Der künstliche Nebel überflutete die Bühne und den Bereich weiträumig davor.

»WOLLT IHR IHN SEHEN?«, rief Knut ins Mikro, dass es nur so dröhnte.

»JAAAAA!«, schrie hauptsächlich die erste Reihe vor der Bühne, die aus einer Gruppe Mädels in rosafarbenen Shirts bestand. Alle ziemlich angeschickert.

»WOLLEN WIR IHN GEMEINSAM RUFEN?«

»BENNY! BENNY!«, ging es nun los.

Dieser Moment war Ben immer ein wenig peinlich. Warum, wusste er nicht. Es war einfach so ein Gefühl.

»HIER IST ER! LADIES AND GENTLEMEN …«

»Mann, mach hin«, murmelte Ben. »Das hier ist kein Boxkampf.«

»BENNYYYYYYYYY BIIIIIIIIEBER!«

Ben warf sich auf die Bühne, er klatschte sich, wie jedes Mal, mit Knut ab und übernahm.

»Schönen guten Abend!«, rief er ins Mikrofon und wurde herzlich und jubelnd von der überwiegend weiblichen Partygemeinde empfangen. »Oder sollte ich lieber sagen: guten Morgen?«

Das Lied begann bereits im Hintergrund zu spielen. Eine Spezialversion, die es ihm erlaubte, im Rhythmus seines Songs das Publikum zu begrüßen und zum Mitklatschen zu animieren. War Saschas Idee. Hatte er gut gemacht.

»Schön, hier zu sein. Bei euch! DEM BESTEN PUBLIKUM DER WELT!«

Was für eine abgedroschene Floskel. Aber es funktionierte und die Stimmung stieg.

»Nun aber genug geredet. Wir sind schließlich zum Feiern hier! HABT IHR LUST AUF FEIERN?«

»JAAAAA!«

»ICH KANN EUCH NICHT HÖREN! HABT IHR LUST AUF FEIERN?«

Benny Biber hielt das Mikro ins Publikum! »JAAAAAAAA!«

»Na, dann habe ich was für euch! WER VON EUCH KANN DISCOFOX?«

Wieder schrien alle und begannen, im Rhythmus zu klatschen.

Es gibt Männer, die fliegen in den Weltraum,
mir egal, wenn die auf mich herabschaun.
Andre fahren mit viel PS im Kreis herum,
viel Vergnügen – mir ist das schon im
Stadtverkehr zu dumm.

Doch eines, das kann ich euch sagen,
ihr braucht mich nur zu fragen.
Was die meisten Frauen lieben,
wird im 4/4tel-Takt getrieben.

Ich kann Discofox – und was kannst du?
Auf der Tanzfläche gibt es kein Tabu.
Rein ins Körbchen, raus aus dem Körbchen,
zwischendurch aufs stille Örtchen.
Während die Männer am Tresen sitzen,
bring ich die Frauen gern zum Schwitzen.

Ein Freund von mir war schon in Afrika,
zwischenzeitlich kümmerte ich mich um Erika.
Mein Nachbar geht mittwochs zum Karate,

während ich mit seiner hübschen Frau sehr
gerne auf ihn warte.

Doch eines, das kann ich euch sagen,
ihr braucht mich nur zu fragen.
Was die meisten Frauen lieben,
wird im 4/4tel-Takt getrieben.

Ich kann Discofox – und was kannst du?
Auf der Tanzfläche gibt es kein Tabu.
Rein ins Körbchen, raus aus dem Körbchen,
zwischendurch aufs stille Örtchen.
Während die Männer am Tresen sitzen,
bring ich die Frauen gern zum Schwitzen.

Ich bügle mir ein Seidenhemd
und ziehe mir Slipper an,
dann leg ich noch ein Düftchen auf
und schmeiß mich an sie ran.
Wenn ich euch in die Augen schau,
ist es um euch geschehn,
nach drei Minuten Cha-Cha-Cha
will jede mit mir gehn.

Ich kann Discofox – und was kannst du?
Auf der Tanzfläche gibt es kein Tabu.
Rein ins Körbchen, raus aus dem Körbchen,
zwischendurch aufs stille Örtchen.

Während die Männer am Tresen sitzen, bring ich die Frauen gern zum Schwitzen.

Die Leute im Publikum fielen in die meisten seiner Lieder ein. Wenn sie den Text nicht kannten, grölten sie einfach so mit.

Benny Biber spulte sein Programm wie ein Profi ab und spielte mit den Menschen direkt vor der Bühne. Er ging in die Knie, reichte den Mädels eine Hand und zog sie blitzschnell wieder zurück, bevor sie ihn fassen konnten. Eine Auserwählte durfte, wie bei jedem seiner Auftritte, für einen Song auf die Bühne. Dieses Lied sang er nur für sie. Natürlich ein Highlight. Leider war dies stets der Zeitpunkt, bei dem die Security vor der Bühne am meisten Arbeit hatte. Ein paar der leicht alkoholisierten Damen sahen nicht ein, dass sie von Benny Biber bei der Wahl übergangen wurden, und wollten auf eigene Faust die Bühne entern.

Als Benny Biber nach einer knappen Stunde sein vorletztes Lied für diesen Abend zum Besten gab, erkannte er in der fünften Reihe Heinzi samt Anhang, wie er ausgelassen mit seinen Jungs und dem armen Hubsi im Dirndl feierte. Wie es schien, kannte das Mallorca-Urgestein sogar Benny Bibers Texte. Schau an. Er klatschte voller Hingabe mit hoch erhobenen Händen im Takt und animierte dabei seine Kollegen zum Springen. Dabei hatte er vor ein paar Stunden nicht mal gewusst, wie der Typ hieß, dem er gerade zujubelte. Was hätte Ben in diesem Moment für einen Döner gegeben.

»LEUTE!«, rief Benny Biber in die Menge, »IHR WART SUPER!!!«

»EINER GEHT NOCH! EINER GEHT NOCH REIN! EINER …«, riefen sie ausgelassen im Chor.

Ben ließ sich einen Moment feiern, hielt das Mikrofon zum Publikum und nahm Blickkontakt zu Eva auf. Sie lächelte ihm zu, richtete ihre Aufmerksamkeit dann aber umgehend auf einen Gast, der flüssigen Nachschub bei ihr orderte.

»HABEN WIR NICHT ETWAS VERGESSEN?«

»JAAAAAAAAA!«

»Ich lade euch ein … auf die Couch von Dr. Benny Biber!«

Ein paar Leute wussten anscheinend, was nun kommen würde. Bestimmt die Fraktion, die schon Anfang der Woche im UNIVERSUM gewesen war.

»Auf geht's zur GRUPPEN…«

»…THERAPIE!«

»ICH KANN EUCH NICHT HÖREN! GRUPPEN…«

»…THERAPIE!«

Nun riefen auch die Letzten mit, die dieses Lied anscheinend noch nicht kannten.

»ENDSPURT! ICH WILL EUCH HÜPFEN SEHEN!«, rief Benny den Leuten zu und leitete so sein letztes Lied für diesen Auftritt ein.

Die Feierlaune hatte den Höhepunkt erreicht. Hubsi saß mittlerweile auf Heinzis Schultern und wurde von seinen Kameraden gestützt, da er sich längst nicht mehr alleine aufrecht halten konnte. Auf der Bühne lagen eine Plastikrose, ein BH, ein Filzhut und zwei Plüschbären. Eine gute Ausbeute, und Ben war alles recht. Solange es keine angebissenen Döner oder Herrenunterwäsche waren. Denn Alkohol hin oder her – ein bisschen Klasse konnte man doch erwarten?

Als Benny Biber die Bühne verließ, hielt der Applaus im Einklang mit Zugaberufen noch an. Bibi Bordell stand bereits am Treppenabsatz in den Startlöchern.

»Hach, du warst wie immer toll!«, schwärmte sie ihn blinzelnd an.

»Danke, Bibi. Toi toi toi! Sag mal, willst du nicht ein wenig mehr anziehen? Ich meine, frierst du nicht?«, fragte er vorsichtig, obwohl im UNIVERSUM saunaähnliche Temperaturen herrschten.

Bibi breitete die Arme aus und sah an sich hinunter. Sie trug einen blau-weiß gestreiften Bikini, wobei diese Bezeichnung sicherlich der falsche Ausdruck war. Denn ein Bikini verdeckte die Stellen, die man nicht unbedingt außerhalb vertrauter Zweisamkeit jedermann offenbaren wollte. Während ihr Oberteil es gerade so schaffte, ihre Brustwarzen wenigstens teilweise zu überdecken, war das vom Bikinihöschen etwas zu viel verlangt.

»Warum? Was stimmt denn nicht damit?«

Sie drehte sich auf der Stelle einmal um die eigene Achse und lächelte Ben wieder an.

Der kratzte sich überfordert an der juckenden Perücke. Natürlich wollte er ihr nicht zu nahe treten. Er wollte aber auch vermeiden, dass sich Bibi unter Wert verkaufte und vielleicht in ein paar Wochen in einem ganz anderen Etablissement auf der Bühne stand. Der Sorte mit den glänzenden Stangen. Bibi erlöste Ben von der Aufgabe, ihr seine Bedenken etwas näher zu erklären. Stattdessen drückte sie ihm einen Kuss auf die Wange.

»Ist nett, dass du dich um mich sorgst. Aber es ist nun einmal das Einzige, was ich kann.«

»Ich bin mir sicher, da gibt es mehr!«

Knut war inzwischen an den beiden vorbeigehuscht, um Bibi anzusagen.

Sie warf ihre sehr langen platinblonden Haare zurück. Dann setzte sie ihre Matrosenkappe auf, zog sie an einer Seite ein wenig herunter, damit sie schräg auf dem Kopf saß, und prüfte ihre lackroten High Heels.

»MEINE HERREN, AUFGEPASST! HIER IST SIE! BIBIIIIIIIII BORDELL!«

Der Applaus wurde umgehend von plumpem Grölen und Grunzen übertönt. Man mochte meinen, vor der Bühne befände sich eine Horde Wikinger, die sich auf eine Schlacht vorbereiteten.

Bibi spitzte die Lippen und drückte ihre auf Doppel-D getrimmten Brüste nach vorne, sodass man sich nur eines fragen konnte: Was würde zuerst nachgeben – das Körbchen oder das Bändchen?

»AUSZIEHN! AUSZIEHN!«, schallte es im Chor.

»Hörst du? Sie rufen nach mir!« Dann stöckelte sie gelassen die acht Stufen hinauf, stellte sich mittig auf die Bühne und hauchte ins Mikro: »Na, Jungs? Steht alles?«

Lautes Gekreische übertönte den Bass ihres ersten Songs, der aus den Boxen hämmerte. Sie ging im Takt auf und ab. Bestimmt dreihundert Fotohandys gingen nach oben, um sich Bibi später in aller Ruhe nochmals ansehen zu können, allen voran das von Heinzi. Von Hubsi war weit und breit nichts mehr zu sehen. Vielleicht stand er in seinem Dirndl vor dem UNIVERSUM, um sich den Abend mit all seinen bereichernden Inhalten nochmals durch den Kopf gehen zu lassen.

Als Ben etwas später in Zivil in seiner Garderobe saß und an der Planung des Bauprojektes arbeitete, war es bereits weit nach Mitternacht. Bibi hatte ihre Show hinter sich gebracht und klopfte an Bens Tür.

»Herein?«

»Darf ich reinkommen?«

»Ach, du bist es. Klar.«

Sie schloss die Tür von innen. »Hast du jemand anderen erwartet?«

»Ach, ich dachte, es wäre Eva.«

»Die hat noch alle Hände voll zu tun«, versicherte ihm Bibi und trat hinter Ben, der verbissen in sein Notebook starrte. »Was machst du denn da Feines?«

»Ich habe noch ein paar Stunden, bis mein Flieger geht. Da schlage ich die Zeit tot und arbeite an einem Projekt.«

»Das sieht ja schwierig aus!«, sagte Bibi, ohne auf den Bildschirm zu sehen. Stattdessen musterte sie Ben, legte ihre Hände auf seine Schultern und begann zu kneten. »Du bist ja völlig verspannt.«

Ben zog seine Finger von der Tastatur, schloss die Augen und lehnte sich zurück. »Ah, das tut gut! Ist alles ein wenig viel zurzeit.«

»Ja, ich weiß, was du meinst. Ich finde es übrigens total süß, dass du dich um mich sorgst. Das wollte ich nur noch mal gesagt haben.«

Ben genoss weiter die Massage. »Ist doch klar. Wir müssen alle ein wenig aufeinander aufpassen. Sonst überrollt uns das Showbusiness.«

»So klar ist das nicht, Benny. Du bist der Einzige, der mich nicht nur als Sexobjekt sieht.«

Ben fiel in diesem Moment zum ersten Mal auf, dass Bibi keine Ahnung hatte, wie er wirklich hieß. Ein weiteres Indiz dafür, wie oberflächlich doch die Beziehung zu seinen hiesigen Kollegen war.

»Ach, Quatsch«, versicherte er, »Kalle und Knut, auf die kannst du dich doch jederzeit verlassen.«

»Trotzdem ist das Erste, wenn sie mich sehen, dass sie pfeifen.«

Ben öffnete die Augen und gab dem Drehstuhl einen Schubs, um sich zu Bibi zu drehen. Ihre Haut am Dekolleté glänzte. Ben musste bei dem Anblick schlucken. Sie erfüllte wirklich jegliches Klischee, das er jemals über Frauen des horizontalen Gewerbes gehört hatte.

Bibi sah ihn von oben herab an und formte die Lippen zu einem Schmollmund. Dann legte sie eine Hand um seinen Nacken und setzte sich auf seinen Schoß.

»Äh, Bibi? Was wird das?«

»Ach, du wirst ja rot im Gesicht. Du bist so süß«, sagte sie und stupste mit ihrem Finger an seine Nase. Dann zog sie ihn zu sich heran, um ihn zu küssen.

Im selben Augenblick öffnete sich die Garderobentür.

»Stör ich?«

Eva stand mit zwei Pils in der Tür und staunte nicht schlecht.

Bibi sprang verschreckt von Bens Schoß und schnappte sich ihre Matrosenmütze, die sie neben dem Notebook abgelegt hatte. Sie schlich sich peinlich berührt und grinsend an Eva vorbei. »Sorry, Eva. Ich hab da nur schnell …«

»Was?«

»Ach, ich muss jetzt sowieso … also dann tschüss, Benny. Wir sehen uns … wenn wir uns sehen.« Dann verschwand Bibi.

Ben war klar, dass Bibi Eva schon lange genug kannte, um zu wissen, dass man sich besser nicht mit ihr anlegte. Probleme mit angetrunkenen Gästen klärte Eva meist ohne Security. Da wäre es für sie sicherlich ein Leichtes, die schmächtige Bibi auf links zu drehen.

»Sag mal, meint die wirklich, du heißt Benny?« Eva gab der Tür einen Stoß, damit sie ins Schloss fiel, reichte Ben ein Glas und stieß mit ihm an.

»Das habe ich mich vor ein paar Minuten auch gefragt. Ich lasse es besser dabei. Nicht, dass sie sich noch irgendwo verplappert und meinen echten Namen ausplaudert.« Ben trank vom Pils. »Du, das sah jetzt wirklich schlimmer aus, als es war ...«

»Mir brauchst du nichts zu erklären. Die Frauen stehen einfach auf den Biber!« Sie lachte und trank ebenfalls.

Ben war erstaunt über so viel Coolness. Einen kurzen Moment lang störte es ihn, dass sie nicht eifersüchtig reagierte. In ihm kam die Frage auf, was sie denn die fünf Tage in der Woche machte, wenn er in München war. Sah sie das bei sich auch so locker? Andererseits konnte er keine Ansprüche stellen. Immerhin war er derjenige, der sich in einer festen Beziehung befand.

Vielleicht war es an der Zeit, die Ordnung wiederherzustellen, damit jeder genau wusste, wo er hingehörte.

Ben nahm Evas Hand und zog sie zu sich heran. »Wollen wir ein bisschen zu dir? Mein Flieger geht erst in ein paar Stunden.«

Da Eva ihm gerade bescheinigt hatte, dass er ein Frauentyp war, sah er diese Frage eher als rein rhetorisch an.

»Sei mir nicht böse, Ben, aber ich bin wirklich durch heute. Du hättest keinen Spaß mit mir.«

»Und der Benny? Darf der mit?« Er schnappte sich die Perücke und setzte sie auf.

Eva verzog zweifelnd das Gesicht, und als Ben in den Spiegel schaute, war klar, dass der Versuch, unwiderstehlich auszusehen, seine Wirkung verfehlte. Er sah nicht aus wie Benny Biber. Vielmehr wie ein zugekiffter Hippie, der eine Tüte zu viel geraucht hat.

»Nein, seid mir bitte beide nicht böse. Ich bin müde. Ein andermal, ja?«

»Äh, klar.«

Das hörte sich nicht nach Leidenschaft an. Zu allem Übel kam auch noch Kalle, ohne zu klopfen, in die Garderobe. Es ging zu wie im Taubenschlag.

»Ach, hier bist du!«, rief er Ben zu.

Hinter ihm standen zwei Männer mit Kamera und Mikrofon bewaffnet. Ben suchte hektisch auf dem Tisch seine Sonnenbrille und setzte sie auf. Kalle vertröstete die Männer per Handzeichen einen Augenblick und schloss die Tür hinter sich.

»Bist du wahnsinnig? Wenn die mich so sehen!«

»Ganz ruhig. Ich kenne die beiden«, meinte Kalle. »Die senden nichts, was ich nicht freigebe. Sind vom Inselfernsehen. Die wollen ein Interview mit dir machen. Weil man doch so wenig von dir weiß.«

»Und das nicht ohne Grund. Dir ist doch klar, was für mich auf dem Spiel steht. Wir haben eine Abmachung, Kalle. Ich singe zweimal die Woche, meine Titel dürfen auf die CD, ein paar T-Shirts und gut. Von Interview und Fernsehen war keine Rede!«

Eva ging zur Tür. »Ich geh dann. Wir telefonieren, ja? Guten Flug!« Und raus war sie.

Wie jetzt?, dachte Ben. Kein Kuss, kein Schäferstündchen für Benny und Ben?

Kalle legte den Arm um seinen Star. »Na, komm schon. Mir zuliebe. Vergiss nicht, wer dir hier die Chance gegeben hat.«

»Jetzt hör aber auf.« Ben befreite sich von Kalles Arm. »Das hab ich dir doch schon doppelt und dreifach reingespielt.«

»Ja! Ist ja schon gut.«

Kalle zog die Augenbrauen erwartungsvoll nach oben und blickte Ben mitleidheischend an.

»Na, meinetwegen. Du gibst ja doch keine Ruhe! Aber nur dieses eine Mal. Und Privates erfahren die von mir überhaupt nicht, dass das von vornherein klar ist. Sag ihnen das.«

»Super. Ich gebe dir noch ein paar Minuten. Komm einfach raus, wenn du so weit bist.« Er ging wieder zur Tür und drehte sich noch einmal um. »Und mach was mit den Haaren. Du siehst ja aus wie ein zerzauster Pirat in *Fluch der Karibik*.«

Dann war auch er raus.

Ben drehte sich zum Spiegel und richtete seine Perücke. Danach zwang er sich wieder in den verschwitzten Anzug und setzte die Sonnenbrille auf.

»Ich sollte die doppelte Gage verlangen«, murmelte er verärgert.

Für ein Interview aus dem Stand heraus hatte er um diese Uhrzeit keine Nerven mehr. Vielmehr sollte er weiter an seinem Projekt arbeiten, wenn ihn Eva schon abblitzen ließ. Und dann war da auch noch Clarissa, die sich zwischenzeitlich bestimmt sechs Mal per WhatsApp gemeldet hatte. Für sie musste er sich auch noch eine plausible Ausrede einfallen lassen, warum er sich nicht zurückgemeldet hatte.

»Okay! Dann geben wir diesen Fernsehheinis mal, was sie wollen. Mein Name ist Benny Biber! Die Frauen lieben mich, die Männer wollen sein wie ich.«

Er zog die Sonnenbrille ein wenig Richtung Nasenspitze, zwinkerte sich im Spiegel zu und schob sie wieder nach oben. Perfekt! Von Ben – nichts zu sehen.

Das Spiel läuft

Als Ben an diesem Freitagmorgen ins Büro kam, hätte er am liebsten sofort wieder kehrtgemacht und sich zu Hause in sein gemütliches Bett verkrochen. Bei dem Versuch, im Flugzeug nicht einzuschlafen, war er kläglich gescheitert – noch bevor der Pilot nach dem Start das Fahrwerk eingefahren hatte. Über vierundzwanzig Stunden nicht zu schlafen, war schon eine Herausforderung. Noch schlimmer jedoch war es, zwischendrin nur für eineinhalb Stunden die Augen zu schließen. Sein Kopf fühlte sich an, als hätte er von einer Schläfe zur anderen einen Muskelkater. Seine extrem lichtempfindlichen Augen schützte er mit einer Sonnenbrille. Sein Kreislauf war im Keller und er schwitzte. Typischer Fall von Übernächtigung, die nur mit einer großen Tasse kräftigem schwarzem Kaffee zu bändigen war.

»Guten Morgen, Doris.«

»Oje. Kater? Gestern zu viel getrunken?«

»Nein. Ich konnte nicht schlafen. Saß die halbe Nacht an diesem Bauprojekt und habe meinen toten Punkt überwunden. Danach war es vorbei mit Schlafen.«

»Das kenne ich«, meinte Doris verständnisvoll. »Ein Eimer Kaffee gefällig?«

Ben nickte.

»Mir ging es das letzte Mal so, als ich mich allein um die Hochzeitsvorbereitung kümmern musste. Bis fünf Uhr morgens habe ich Einladungen eingetütet und adressiert.«

»Und dein damaliger Verlobter hat dir dabei nicht geholfen?«

»Tja, der Gute hat es damals vorgezogen, mit seiner Ex eine Kissenschlacht zu veranstalten. Wenn du verstehst, was ich meine.«

Ben trank von seinem Kaffee. »Autsch! Wie hast du das rausgekriegt?«

»Ich hab in sein Handy geschaut. Da hat sie sich bei ihm für die tolle Nacht bedankt und ihm viel Glück für seine Ehe gewünscht.«

Ben zog sein Handy aus der Hosentasche und löschte nebenbei den Verlauf. Auch die Fotos, die ihm Eva in letzter Zeit geschickt hatte. Ebenso die aus dem Papierkorb. Dass sich Frauen heutzutage aber auch so gut mit Technik auskennen! Er schob das Handy wieder zurück in die Tasche.

»Ich nehme an, du hast es ihm nicht verziehen, sonst wärst du ja heute verheiratet, oder?«

»Soll ich dir was sagen? Wenn es irgend so ein Flittchen gewesen wäre, die er in einer Bar aufgerissen hat, dann hätte ich vielleicht noch ein Auge zudrücken können. Aber die Ex?«

»Du findest auch noch deinen Traummann, Doris. Wirst schon sehen.«

»Die Guten sind alle schon vergeben. Und die, die noch keine haben, mit denen stimmt meist etwas nicht. Entweder es sind Psychos, oder sie haben Altlasten.«

»Glaub mir, Doris. Irgendwann steht dein Traumprinz mit einem weißen Schimmel vor dir.«

»Wenn er ein Auto hätte, würde mir das schon reichen!«

Ben lachte, nahm seine Tasse und ging zum Schreibtisch. Seine Gedanken blieben noch ein bisschen bei Doris. Das musste er sich unbedingt merken. Fremdgehen mit Flittchen: gut. Mit der Ex: nicht so gut.

»Ah, Valdern. Gut, dass ich Sie sehe.« Zöllner passte Ben auf dem Flur ab. »Kommen Sie doch bitte gleich mal in mein Büro.«

»Klar, Herr Zöllner. Ich bringe nur noch schnell …« Er hob seine Tasche und die Tasse in die Luft.

»Ja, ja. Machen Sie nur.«

Zöllner ging zurück zu seinem Büro, Ben bog zu seinem Schreibtisch ab. Hoffentlich wollte der Chef nicht die ersten Entwürfe sehen. Alles, nur das nicht. Seine gedanklichen Ergüsse und Berechnungen von heute Nacht in der Garderobe waren alles andere als vorzeigbar.

Als Ben das Büro seines Chefs betrat, beendete der gerade ein Telefonat.

»Valdern! Kommen Sie rein und schließen Sie die Tür. Setzen Sie sich. Kaffee?«

»Nein, danke. Ich hatte gerade einen.«

»Wie läuft es mit dem Einkaufszentrumdings?«

»Ganz gut. Ich komme voran.«

»Verbummeln Sie das nicht, Valdern. Wie gesagt: Ich zähle in dieser Sache auf Sie.«

»Das weiß ich auch sehr zu schätzen, Herr Zöllner.«

»Sie wissen, dass andere hier im Büro auch gerne diese Chance bekommen hätten?«

Was wollte er Ben damit sagen? Hatte er vor, ihn unter Druck zu setzen? Wenn ja, dann hatte er sein Ziel bereits mit der ersten Frage *Wie läuft es mit dem Einkaufszentrumdings?* erreicht.

»Das ist mir durchaus bewusst, Herr Zöllner.« Er musste unbedingt damit aufhören, immerzu Zöllners Namen zu sagen. Das hatte so etwas Unterwürfiges.

Zöllner stand auf, ging zur großen Fensterfront und blickte hinaus.

»Mit meiner Tochter auch alles klar?«

»Ich verstehe nicht …« Ben rückte auf dem Sessel hin und her.

»Na, passt alles zwischen Ihnen? Verstehen Sie mich nicht falsch, Valdern. Nicht, dass ich Sie aushorchen möchte. Aber, Sie wissen ja …«

»Nicht so richtig«, erklärte Ben vorsichtig und saß mittlerweile aufrecht.

»Na, Töchter und Väter. Die reden nicht über so etwas. Ich wollte nur wissen, wo Sie sich in zehn Jahren sehen!«

Nun waren Geschick und Fingerspitzengefühl gefragt. Antworten wie: »Auf einer großen Livebühne mit zwanzig leicht bekleideten Tänzerinnen, mit denen man sich vor und nach der Show eine Garderobe teilt«, waren an dieser Stelle äußerst unpassend und unbedingt zu vermeiden. Ben konzentrierte sich und fühlte sich in seinen Chef hinein. So gut dies nach einer durchzechten Nacht ging. Was wollte dieser Mann hören? Bestimmt etwas mit Erfolg, Kinder, Zuhause, Ehe, eigene Firma …

»Ich denke, ich habe da ein klares Bild vor Augen, Herr Zöllner.«

Das war natürlich gelogen. Ben hatte ja schon Probleme, seinen Chef klar zu sehen. Wie sollte er da in die Zukunft blicken?

»Ich strebe das an, was jeder Mann tun sollte. Familie, Erfolg im Beruf …« Ja, das war gut.

Zöllner setzte sich wieder. »Warten Sie nur nicht zu lange, Valdern. Ich will Ihnen sicher nicht zu nahetreten.«

Ben legte seine Stirn in Falten und sah seinen Chef weiter wortlos an.

»Ich meine nur: Der Schiri hat das Spiel schon angepfiffen. Das Spiel läuft!«

»Das ist mir bewusst.«

Er war sich nur nicht im Klaren, in welcher Mannschaft er war und gegen wen es ging. Zöllner sprach derart in Rätseln, dass sich Ben mittlerweile ziemlich bescheuert vorkam. Saß er wirklich dermaßen auf der Leitung? Der Form halber änderte Ben seine Sitzposition.

»Gut. Dann will ich nichts gesagt haben. Sie können sich wieder an die Arbeit machen.«

»Danke, Chef.«

Ben stand auf und ging zur Tür.

»Das sollten wir öfter machen.«

Ben drehte sich um. »Bitte?«

»Na, das hier. So ein Gespräch unter Männern. Das hat doch etwas Erfrischendes. Ach, und, Valdern, wegen heute Abend. Es kommen wichtige Leute. Ich gehe davon aus, dass Sie sich adrett kleiden? Nicht dieses Sakko.«

Ben sah an sich herunter. »Ach, das alte Ding. Na klar. Sie können sich auf mich verlassen.«

»Gut. Clarissa trägt bei diesen Anlässen gerne ein schlichtes Cocktailkleid. Nur für den Fall, dass sie es Ihnen nicht gesagt hat.«

»Nein, aber gut zu wissen. Wo ist sie überhaupt?«

»Clarissa kommt heute nicht. Sie hat zwei Außentermine. Wissen Sie das nicht?«

Ben schluckte. »Ach, wo sind nur meine Gedanken? Natürlich! Sie hat es mir bestimmt geschrieben.«

»Geschrieben? Wie gesagt: tick tack …«

»Klar!«

Ben verließ das Büro.

Er setzte sich an seinen Platz und steckte sein Notebook ins Dock, um es mit dem großen Bildschirm zu verbinden.

Was wollte Zöllner? Ging es nun ums Projekt, oder ging es um Clarissa?

Er wählte Saschas Nummer. »Hallo, Sascha. Ich bin's.«

»Hey, alter Kämpfer. Na? Wie war's?«

»Super. Volles Haus. Erzähl ich dir später. Ich brauche dich nachher.«

»Ich weiß. Die Streicher sind bei *Eiskalt* noch ein wenig laut, und der Bass setzt sich nicht so durch, wie ich mir das vorstelle. Ich bin da heute noch mal ran und hab 'nen Kompressor und ein paar Filter drübergelegt.«

»Es geht um was anderes. Ich brauche dich nachher beim Shoppen.«

»Mich?« Sascha klang überrascht. »Du weißt schon, dass ich hauptsächlich Sweatshirts trage?«

»Ja. Darüber müssen wir irgendwann einmal intensiv sprechen. Du bist keine neunzehn mehr. Du musst mit mir einen Anzug kaufen gehen.«

Sascha war es nur recht. Schließlich war das ein guter Grund, mal wieder seine Hitschmiede zu verlassen.

»Wann? Wo?«

»Ich würde sagen, wir treffen uns um vier beim Brunnen am Karlsplatz.«

»Gut! Oder warte ... lieber direkt am Karlstor. Am Brunnen fotografieren sich die Leute ständig gegenseitig, wie sie vor einem Wasserstrahl stehen. Habe ich noch nie kapiert!«

»Du Banause. Ist doch schön. Wo würdest du dich denn in München fotografieren lassen?«

Sascha überlegte. »Vor irgendeinem Brauhaus oder auf dem Marienplatz vor dem Rathaus. Warte, jetzt hab ich's. Am Platzl! Mit dem Schuhbeck. Das wär's. Da sind alle neidisch.«

»Und du meinst, in Japan oder irgendwo in Oregon kennen die unseren Alfons?«

»Klar. An original white sausage, please!«

»Du warst dort noch nie essen, stimmt's?«

»Nö. Lädst mich ja nicht ein.«

»Also, vier Uhr am Karlstor?«

»Kein Thema. Wofür brauchst du eigentlich einen Anzug?«

»Ich bin heute Abend bei meinem Chef eingeladen.«

»Ah! Lernen wir den Schwiegertiger kennen?«

»Wen?«

»Na, Frau Zöllner senior.«

»Die kenne ich doch schon. Ich erzähl dir später, was dort heute los ist. Ich muss jetzt aber wirklich weitermachen, sonst wird das nichts mit vier Uhr. Tschau, bis später!« Ben legte auf.

Seine Gedanken blieben bei Frau Zöllner hängen. War er vielleicht wie sie? Hatte vielleicht vor Jahren auch zu ihr jemand gesagt, dass das Spiel bereits angepfiffen sei? Die Unterhaltung eben mit seinem Chef war äußerst merkwürdig gewesen. Ben fühlte sich unter Druck gesetzt, und er fragte sich, ob Clarissa im Bilde war.

Ist eine Beziehung vielleicht am Ende immer ein Kompromiss? Seiner wäre eine hübsche Frau, wohlhabend mit erstklassigem Background. Ein florierendes Architekturbüro, über dessen Eingang vielleicht irgendwann einmal sein Name stehen würde. Zugegeben, es gab schlimmere Kompromisse. Und die Liebe? Die ist vielleicht wirklich nur eine Erfindung irgendwelcher Fantasten, die sich in irgendwelche Traumwelten flüchten, nur, um der Realität nicht in die Augen sehen zu müssen.

Bei näherer Überlegung fand Ben immer mehr Gefallen an seinem Kompromiss. Sollte er einfach zugreifen? Vielleicht war es in diesen Kreisen, in denen sich die Zöllners bewegten, das Höchste, was man von seiner Partnerin an Zuneigung erwarten konnte.

Eva war jedenfalls anders. Sie strahlte eine Wärme aus, wie er sie bei Clarissa noch nicht erlebt hatte. Doch was sollte das für eine Zukunft sein? Womöglich würde er enden wie Mark Tomate, der Jahr für Jahr versuchte, sich über Wasser zu halten. Von Luft und Liebe konnte man nicht leben. Und Mark nicht vom Schlager. Zumindest nicht davon, was Herr Tomate als Schlager bezeichnete. Am Ende des Tages zählte eben nur, was auf der Habenseite stand.

»Träumst du?«

»Was?«

Patrick warf seine Aktentasche neben seinem Schreibtisch auf den Boden und zog die Jacke aus. Er wirkte genervt. »Ich sagte: Träumst du?«

»Nein. Quatsch. Ich hab nur gerade hier, wegen des Projekts …« Ben verkniff sich jegliche Erklärungen. Über das Großprojekt sollte er gerade mit Patrick nicht unbedingt sprechen. »Wo kommst du her?«

»Außentermin!«, haute Patrick raus, ließ sich auf seinen Bürostuhl fallen und krempelte die Ärmel hoch.

Es war besser, ihn in Ruhe zu lassen. Bens Blick schweifte zum Empfang neben dem Eingang. Doris lächelte zu ihm herüber. Er lächelte zurück. Dann sah er aus dem Augenwinkel, wie Patrick lustlos irgendwelche Zahlen in eine Excel-Tabelle hämmerte. Vielleicht war es wirklich an der Zeit, Nägel mit Köpfen zu machen. Auch auf die Gefahr hin, dass man ihn kaufte. Aber … hat nicht jeder seinen Preis?

Lass mich dein Zuhälter sein

»Verdammt! Schon so spät?«, murmelte Ben, als er auf seine Uhr blickte. München an einem Freitagnachmittag, da konnte der Weg in die Innenstadt ein wenig länger dauern. Außerdem wollte er nicht Saschas Phobie vor fotografierenden Menschen allzu sehr strapazieren.

»Machst du noch lange?«, fragte er Patrick, der ihn mit müdem Blick ansah.

»Ich muss das hier noch fertig machen. Sag, hast du schon mal eine Parkgarage …« Patrick verstummte und widmete sich wieder seinem Bildschirm. »Wen frag ich denn!«, fügte er noch hinzu.

Ben war sich nicht sicher, ob sein Kollege wirklich etwas fragen oder nur diese Spitze loswerden wollte. Er beließ es dabei, da er es nun wirklich eilig hatte. Er schnappte sich seine Tasche und schob seinen Stuhl an den Schreibtisch.

»Bis Montag!«

»Yepp! Montag.«

Als sich Ben in die Warteschlange vor der Tiefgarage am Stachus einreihte, kam ihm Clarissa in den Sinn. Bestimmt war sie sauer, weil er sich bis jetzt immer noch nicht bei ihr gemeldet hatte. Dumm, dass sie nicht im Büro gewesen war. Für ein klärendes Gespräch am Telefon, dafür war die Funkstille zu weit fortgeschritten. Er zog sein Ticket aus dem Schlitz an der Schranke und fuhr ins zweite Untergeschoss. Um diese Uhrzeit war es sinnlos, auf Deck eins einen Platz zu suchen. Überhaupt war es ein Unding, als Münchner mit dem Auto durch die Stadt zu gurken.

Ben lief durch die Stachuspassagen. Verdammt. Zehn Minuten zu spät. Eigentlich nicht seine Art. Als er über die Treppe oben am Karlsplatz angekommen war, sah er aus der Ferne Sascha, wie er ein japanisches Pärchen vor dem Karlstor fotografierte.

»Magst du dich dazustellen?«, fragte er Sascha, als er neben ihm stand.

»Ja, toll. Da bist du ja!«

»Please! Come between us. Your friend can make a photo«, freute sich der Mann und winkte Sascha wild zu sich. Seine Frau grinste.

»Oh no. I must go«, versuchte Sascha sich aus der Affäre zu ziehen.

»Nun tu ihnen doch den Gefallen. Wir sind ein freundliches München. Vielleicht bist du ja bald der Star in Japan.«

»Die sind aus China.«

»Dann da. Komm, ich nehme dir die Kamera ab.«

Der Chinese kam einen Schritt näher und zog Sascha zu sich und seiner Frau. Sie nahmen ihn in die Mitte.

»Du siehst aus wie ein Austauschschüler!«, rief Ben und machte sich kurz mit der Kamera vertraut.

»Jetzt red nicht, mach!«

»Sascha, du weißt schon, dass manche Kameras nicht auslösen, wenn einer nicht lacht?«

»Du, ich geh gleich!«

»Cheese!«, kam es von den beiden Touristen, während Ben je eine Serie im Hoch- und im Querformat schoss.

»This is a famous german songwriter!«, haute Ben raus.

Sascha verdrehte die Augen. »Du hast sie doch nicht mehr alle!«

Dies verursachte bei den beiden Urlaubern den Drang, auch jeweils einzeln mit der Berühmtheit abgelichtet zu werden.

»Jetzt komm schon. Schau nur, wie die sich freuen.«

»I've been looking for freedom …«, sang der Chinese und seine Frau summte freudig mit.

»Ja, ja«, meinte Ben, »das ist von ihm!«

»Ah! Oh!«

»Sag mal … spinnst du?«

»Lass mir doch den Spaß!«

»Jez fliagan gleich die Locken aus der Käsa …!«, sang der Chinese weiter und spulte alles runter, was ihm einfiel. Seine Frau schunkelte.

»Das heißt zwar Löcher, aber ja, das ist auch von ihm!«

»Ah! Oh! Is from the China Oktoberfest. With bavarian beer!«

»Ja, alles von ihm. Here, your camera!«

Sascha zog Ben am Arm und von den beiden weg. Die winkten den Männern noch freudig hinterher.

»Nie wieder!«

»Das war doch nett. Hast du nicht gesehen, wie sich die beiden gefreut haben? Du hast eben zwei Menschen sehr glücklich gemacht. Nein, ich muss mich verbessern. Drei! Das war der Knaller.«

»Der Knaller wäre es gewesen, wenn du pünktlich gekommen wärst. Dann hätte ich mir diese Aktion sparen können.«

»Du, Sascha, dann wären die vielleicht an so eine Spaßbremse geraten. So ein bisschen Völkerverständigung kann niemals schaden.«

Sascha schüttelte den Kopf. »Was meinst du, wenn die daheim spitzkriegen, dass ich nicht der Hasselhoff bin!«

»Das hat ja auch keiner behauptet. Ich habe nur gesagt, das Lied ist von dir. Jetzt komm, mach dir lieber Gedanken, was wir für mich zum Anziehen kaufen.«

Sie gingen die Neuhauser Straße hinunter.

»Wozu brauchst du einen Anzug? Dein Schrank ist voll mit Sakkos und anderen Dingen, die in meinem Schrank nicht zu finden sind.«

»Ach, die alten Dinger. Ich brauche was Gescheites! Ich bin heute Abend bei meinem Chef eingeladen.«

»Da gehst du doch ständig ein und aus. Ui, gehen wir kurz auf ein Bierchen ins Augustiner?«

»Es ist halb fünf!«

»Ja, aber Freitag!«

Ben ging nicht weiter darauf ein. »Heute findet ein Empfang mit Hausmusik statt. Ich hab dir doch schon mal erzählt, dass die immer so eine Klassiknummer am Start haben.«

»Ach, und da darf der Herr heute hin?«

»Klar.«

»Oh! Die nächste Stufe. Der Schlagersänger wird der Upperclass vorgestellt. Na, da brauchen wir natürlich einen angemessenen Zwirn. Nicht, dass die am Ende glauben, du bist über den Lieferanteneingang ins Haus gelangt.«

Ben mochte es, mit Sascha dumm daherzureden. Es erinnerte ihn an frühere Zeiten, als das Leben noch unbeschwerter gewesen war.

»Jetzt red nicht so einen Stuss. Außerdem wird der Architekt der Upperclass vorgestellt«, wetterte Ben.

Sascha hielt an der Wildsau vor dem Jagdmuseum. »Wo willst du denn eigentlich hin? Ich meine, wir sind jetzt sicher an zwanzig Geschäften vorbeigerannt.«

»Wir sind schon da. Da schau, der ›Hirmer‹. Da hab ich meinen Kommunionsanzug gekriegt.«

Sie gingen weiter zum Haupteingang.

»War der Anzug auch so schön weiß wie der vom Biber?«

»Schmarrn. Der war dunkelblau. Meine Mutter hat damals gefragt, ob ich lieber einen Samtanzug möchte oder den aus Cord.«

»Und? Was ist es geworden?«

»Ich sagte, ich möchte den Samtanzug. Dann hat meine Mutter aufs Preisschild gesehen. Sie wurde ganz blass und hat gesagt: ›Spinnst du? Weißt du, was der kostet? Wir nehmen den Cordanzug.‹«

»Keine Rolltreppe!«, maulte Sascha und tippelte hinter Ben die Stufen in den dritten Stock hinauf.

»Das war damals schon so. Tut dir ganz gut, die Bewegung. Hast ein bisschen was angesetzt, was?«

»Quatsch. Das ist nur das Shirt.«

»Hättest ja den Aufzug nehmen können.«

Ben fühlte sich unbeholfen, wie sie so zwischen den Kleiderständern mit den feinen Anzügen umherschlurften.

»Wie wäre es denn mit dem hier?«, fragte Sascha und griff sich wahllos das erste Teil von der Stange.

»Dunkelblau mit goldenen Knöpfen? Ich bin doch kein Kapitän.«

»*Lass mich dein Kapitän sein, und nimm mich mit zu dir heim, wir segeln um die Weeeeeelt, und haben die Taschen voller ...*«, sang Sascha drauflos.

»Kann ich Ihnen behilflich sein?«

Ein Herr mittleren Alters stand plötzlich hinter den beiden. Er trug einen dunkelgrauen Anzug und ein weißes Hemd mit dunkelblauer Krawatte. Aus der Brusttasche blitzte ein Einstecktuch, und seine Lackschuhe waren derart poliert, dass sich das Umfeld darin spiegelte.

»Wir brauchen genau diesen Anzug«, sagte Sascha und zeigte mit dem Finger auf den Verkäufer.

»ICH brauche einen Anzug«, berichtigte Ben und schob Sascha beiseite.

»Was genau haben Sie sich denn vorgestellt?«

»Hose, Sakko.«

Der Verkäufer schmunzelte.

»Nun ja, ein wenig präziser müssten Sie schon sein. Soll es ein klassischer Anzug sein, ein Dreiteiler oder vielleicht ein Frack? Smoking, Cutaway?«

»Cuta… was?«

»Das Ganze gibt es natürlich auch noch in verschiedenen Stoffen. Leinen, Wolle. Kaschmir ist auch toll.«

»Hm …« Ben blickte zu Sascha. Der kratzte sich überfordert am Kopf.

»Was ist denn der Anlass?«

»Ich bin heute Abend auf ein klassisches Konzert eingeladen«, erklärte Ben.

Sascha nickte zustimmend.

»Na, das ist doch schon ein Anfang. Damit können wir arbeiten. Bitte folgen Sie mir.«

Ben war erleichtert, dass der Mann so viel Zuversicht ausstrahlte und schnurstracks einen der hinteren Bereiche des Stockwerks ansteuerte. Die drei blieben vor einer Wand stehen, die eine große Auswahl an Anzügen bereithielt. In allen Farben. Also, zumindest in allen gefühlten Grautönen, die es für Geld zu kaufen gab. Der Verkäufer drehte sich zu Ben um, scannte ihn mit seinem Laserblick für drei Sekunden von oben bis unten und zog ein Sakko von der Stange.

»Das würde passen. Die Farbe schreit nicht und ist schön gedeckt.«

»Das ist grau«, erklärte Sascha trocken und zog die Stirn in Falten.

»So einfach ist das nicht. Das ist eisgrau. Wir hätten ihn aber auch noch in Grafitgrau, Blaugrau, Basaltgrau und Taube. Wobei ich den blaugrauen Stoff nicht empfehlen würde. Der könnte Sie etwas blass machen.«

Ben und Sascha nickten zustimmend.

»Probieren Sie doch einfach mal diesen hier an. Ich sehe, was ich sonst noch für Sie habe.«

»Danke. Was meinen Sie zu schwarz?« Ben wollte nicht komplett ahnungslos dastehen und sich einbringen. Schließlich ging es ja um ihn.

»Schwarz ginge, wenn es eine Beerdigung wäre. Oder ein offizieller Empfang. Ich hätte aber noch eine kleine Auswahl in einem frischen Anthrazit.«

»Ah«, sagte Ben.

Sascha setzte sich in einen abgesteppten Ledersessel, und Ben verschwand in der Garderobe und zog den Vorhang zu.

»Van Laak!«, rief er Sascha zu.

»Was?«, rief Sascha ein wenig zu laut.

»Nimm die Kopfhörer raus! Der Anzug. Der ist von Van Laak!«

»Sagt mir nichts. Bestimmt holländisch.«

»Die haben hier ganz schön was am Start. Nur Edelmarken. Vom Feinsten. BOSS, Armani, Caruso …«

»Caruso? Der hat doch Opern gesungen.«

»Strellson, Dressler …«

»Dressler? Macht der jetzt Anzüge? Das ist doch der Dings, der aus der *Lindenstraße*.«

Ben öffnete den Vorhang. »Und? Was sagt mein musikalischer Freund?« Er drehte sich auf der Stelle.

»Nicht schlecht, der Zwirn«, urteilte Sascha.

»Na, das sieht doch schon mal gut aus«, meinte der Verkäufer, der mit drei weiteren Anzügen um die Ecke kam. »Die Hose ist ein bisschen weit. Aber das kann man ändern.«

»Ich brauche den Anzug heute Abend.«

»Dann vielleicht der hier?«

Ben beäugte das nächste Stück, das ihm sein Berater gebracht hatte, und verschwand damit erneut in der Kabine. Der Verkäufer kümmerte sich so lange um den Herrn, der neben Ben aus der Kabine kam. Dieser hatte allerdings eine eigene Beraterin dabei. Seine Frau.

»Sag mal, Ben, wie fandest du denn vorhin die Idee mit dem Kapitän? Wollen wir da was draus machen? Ich könnte da schnell ein paar Reime raushauen.«

»Gott bewahre. Bloß nichts mehr mit *Lass mich dein … sein.* Das ging schon mal in die Hose. Damals wurde ich fast von der Bühne geschossen.«

»Was meinst du?«

Ben streckte seinen Kopf durch den Vorhang. »*Lass mich dein Zuhälter sein!* Klingelt es?« Er verschwand wieder. Die Frau, die an der Hose von Bens Kabinennachbarn herumzupfte, guckte düpiert drein.

»Au ja. Da war was. *Lass mich dein Zuhälter sein, du gehörst nur mir allein, wir machen beide ganz viel Geld, das uns zusammen …*«

»Also, ich darf doch sehr bitten!«, rief die Dame in strengem Ton.

»'tschuldigung. Das ist ein Schlager!«, verteidigte sich Ben.

»Das ist doch kein Schlager.«

Die Frau zog am Kragen ihres Mannes herum und streifte mit der Hand wild über dessen Rücken, um den Stoff zu glätten. Vielleicht war es aber auch nur einfach eine Marotte. Ihr Mann sagte gar nichts und blieb artig stehen, bis sie mit der Prozedur fertig war.

»War aber sehr beliebt auf Mallorca«, sagte Sascha.

»War es nicht«, sagte Ben aus der Kabine heraus.

»Pst!«, zischte Sascha.

»Das auf Mallorca sind doch keine Schlager. Ich bitte Sie. Bestenfalls sind das Trinklieder«, mutmaßte die Frau.

»Wie auch immer. Es kommt an.« Sascha verteidigte seine Zunft.

»Michael Holm, das waren Schlager! Oder Roberto Blanco«, fuhr sie fort und wies ihren Mann an, dass er sich drehen sollte. Sie wollte den Hosensaum von allen Seiten begutachten.

»*Gruppentherapie*. Das hat der in der Kabine gesungen«, verkündete Sascha freudig.

»Kenne ich nicht.«

»Ist ein Hit auf Mallorca.«

»Hörst du jetzt auf!«, ermahnte ihn Ben, als er neu bekleidet aus der Kabine trat.

»Dann verheiz mich nicht für ein Foto an die Japaner.«

»Ich dachte, das waren Chinesen?«

Der Verkäufer kam wieder hinzu und trug weitere Anzüge auf dem Arm.

»So! Wie sieht es denn hier aus?«, fragte er und hängte die Anzüge in Bens Garderobe.

»Kennen Sie *Gruppentherapie*?«, wollte Sascha wissen.

Der Verkäufer sah ratlos drein und widmete sich wieder Bens Anzug. Der Mann neben Ben drehte sich noch zweimal vor dem Spiegel, bis ihn seine Frau stoppte und den Stoff nun auch im Brustbereich glatt strich. Ja, eindeutig eine Marotte. Er ließ es artig über sich ergehen.

»Der passt wie angegossen«, freute sich Ben und schaute an sich runter.

Der Verkäufer stimmte ihm zu. »Wollen Sie vielleicht noch ein anderes Modell probieren? Ich hätte ein wunderschönes Stück aus ...«

»Nein. Besser wird's nicht. Den nehme ich.«

»Eine gute Wahl. Noch ein Hemd dazu?«

»Danke. Hemden habe ich genug.« Ben zog das Jackett aus.

»Auch eines für Manschettenknöpfe?«

»Ist das nicht zu viel des Guten?«

»Manschettenknöpfe gehen immer und suggerieren Erfolg und Bodenständigkeit.«

»Erfolgreich bist du. Dank mir.« Sascha blickte zur Dame nebenan und lächelte sie an, sie jedoch nicht zurück.

»Na gut. Wenn Sie meinen. Irgendwo habe ich zu Hause noch so Dinger herumliegen. Eine Krawatte brauche ich auch noch. Wenn ich schon mal hier bin.« Ben verschwand wieder in der Kabine.

Der Verkäufer suchte ein Hemd, der Mann nebenan drehte sich weiter.

»Wie gut, dass ich dabei bin. Sonst hättest du stundenlang gesucht«, bemerkte Sascha etwas süffisant und ließ sich wieder in den Sessel fallen.

»Dafür bin ich dir auch sehr dankbar!«

»Und du hast wirklich Manschettenknöpfe, du Spießer?«, fragte Sascha in die Kabine.

»Klar. Habe ich damals zum Abschlussball von meinem Vater bekommen.«

Sascha lachte.

Ben zog sein Hemd aus. *Lass mich dein Zuhälter sein.* Was für ein Titel. Genau einmal hatte er ihn im UNIVERSUM gespielt. Nein. Stimmt nicht ganz. Er war genau bis zur zweiten Strophe gekommen. Sangria auf weißem Anzug kam einfach nicht gut.

Dirty Talk kann nicht
schaden

Die Einfahrt der Zöllners war bereits mit Edelkarossen zuge-
parkt. Sie ließen darauf schließen, dass an diesem Abend nur die
gut betuchte Fraktion am Start war. Er stellte seinen Wagen zwischen einem weißen Wiesmann und einem silberfarbenen Tesla
S auf der Straße ab. Sein Handy vibrierte. Eva hatte ihm ein
Bild geschickt, auf dem sie nur mit einem knappen Bikini am
Strand lag. Ben erinnerte sich, dass er dieses Bild vor Wochen
von ihr gemacht hatte.

> Ev: Damit du nicht vergisst, wie schön die Insel ist.

Er wäre in diesem Augenblick auch lieber dort gewesen. Nicht
nur wegen Eva. Okay, hinter den Mauern, vor denen er parkte,
wartete eine wunderschöne Frau auf ihn. Doch zwischen klassischer Musik im Kreise spießiger Geschäftsleute und Mallorca
am Strand bei Abendsonne fiel die Wahl nicht schwer.

Nachdem Ben das Handy wieder in seine Innentasche des
Sakkos hatte gleiten lassen, hielt er kurz inne und zog es mit
einem breiten Grinsen wieder hervor. Er startete die App.

Be: Gleich komm ich und leg mich dazu, du Luder!

Ben versendete die Nachricht und überlegte, ob er das Bild löschen sollte. Nein. Er war gespannt, wie Eva auf seine Nachricht reagieren würde. Ein wenig Dirty Talk konnte sicher nicht schaden. Vor allem deshalb, weil sie ihn gerade erst wegen Müdigkeit hatte abblitzen lassen. Bestimmt dachte sich Eva just in diesem Augenblick einen Kosenamen für ihn aus. »Luder« für sie war bestimmt nicht die erste Wahl gewesen, aber immer noch besser als Maus oder Schatz. Er korrigierte den Knoten seiner neuen Krawatte und kniff die Augen zusammen.

»Schnapp sie dir, Tiger!«, ermutigte er sich selbst, stieg aus dem Wagen und holte vom Rücksitz die Blumen, die er kurz vor Ladenschluss ergattert hatte. Das Papier des überdimensionalen Rosenstraußes ließ er im Wagen. Dann ging er auf dem Gehsteig an der Hecke der Zöllners entlang, bevor er abbog und das Grundstück betrat.

Er klingelte und zupfte noch schnell die Hemdsärmel etwas weiter aus den Sakkoärmeln. Dadurch kamen die Manschettenknöpfe besser zum Vorschein. Er räusperte sich und griff in den Kragen, um seinem Hals ein wenig mehr Freiheit zu verschaffen. Gerade, als er die Klingel erneut betätigen wollte, öffnete sich die Tür und Clarissa stand in einem schwarzen Cocktailkleid und mit ihrem Handy in der Hand vor ihm. Na bitte. Da hatte der Verkäufer doch nicht so ganz recht gehabt. Schwarz ging immer und er hätte wunderbar zu Clarissa gepasst. Sie sah klasse aus. Ein Stück hinter ihr flanierten bereits ein paar Gäste mit Gläsern in der Hand umher.

»Was soll denn das heißen: *Gleich komm ich und leg mich dazu!*« Clarissa deutete auf ihr Handydisplay.

»Ui, ich, das hat bestimmt was … ich meine …«

»Du hast ja Nerven. Ich hab mir gestern Abend die Finger wund geschrieben. Erst meldest du dich vierundzwanzig Stunden überhaupt nicht, und dann so etwas?«

Mist! Erwartungsvoll die Hände in die Hüften gestemmt, wartete sie auf eine Erklärung. Die musste allerdings wirklich warten, da weitere Gäste hinter Ben eintrafen, was ihm ein wenig mehr Zeit verschaffte. Eigentlich hatte er sich eine plausible Erklärung für seine Sendepause der vergangenen Nacht einfallen lassen wollen.

»Herr und Frau Kramer! Schön, Sie wieder begrüßen zu dürfen.« Clarissa reichte den Neuankömmlingen die Hand. Die warfen einen prüfenden Blick auf Ben.

»Darf ich vorstellen?«, reagierte Clarissa umgehend. »Herr Valdern, Architekt. Herr und Frau Kramer.« Sie schüttelten sich die Hände. »Herr Kramer ist …«

»Bauunternehmer!«, beendete Ben den Satz. »Natürlich kenne ich Sie. Die Sanierung in Sendling vergangenes Jahr. Ich muss sagen: sehr beeindruckend.«

Die Kramers fühlten sich geschmeichelt, und Clarissa freute sich offensichtlich, zu sehen, dass ihr Freund durchaus imstande war, mit der feinen Gesellschaft Small Talk zu betreiben. Doch dadurch war Ben ganz sicher noch nicht von der Leine.

»Gehen Sie doch bitte schon vor und nehmen sich ein Glas Champagner. Haben Sie einen schönen Abend.«

Frau Kramer hakte sich bei ihrem Mann unter. Die beiden betraten den Eingangsbereich und waren sofort damit beschäftigt, weitere Gäste zu begrüßen. Man kannte sich.

»Also?« Clarissa deutete wieder auf ihr Handy.

»Du, da muss irgendwas mit der Autokorrektur passiert sein. Das sollte eigentlich heißen: Gleich bin ich bei dir! Darf ich vielleicht erst einmal hereinkommen?«

»Du Luder?«, fragte Clarissa entgeistert nach und verschloss hinter Ben die Tür.

»Tja, was soll ich sagen«, stammelte Ben. »Ich dachte, vielleicht gefällt dir das?«

Clarissa steckte ihr Handy in ihre schwarz-glitzernde Clutch. »Meinst du nicht, du wärst mir eine Erklärung wegen gestern schuldig?«

»Ach ja! Du … eine dumme Geschichte. Hab ich doch glatt mein Handy im Büro auf dem Schreibtisch liegen lassen. Ich meine … in der Schublade.«

»Ach ja?«

Clarissa tippte mit einem Fuß auf der Stelle. Das blieb Ben natürlich nicht verborgen. Es machte ihn nervös.

»Ja, wenn ich es dir sage. Was meinst du, wie ich gesucht habe. Wollte ich dir gleich heute Morgen im Büro sagen. Ich wusste ja nicht, dass du es so oft bei mir versucht hast. Wo warst du eigentlich heute den ganzen Tag?«

Sehr gut, Ben, lobte er sich innerlich. Immer mit einer Gegenfrage kontern. Dadurch bestand die Möglichkeit, Clarissa selbst in Bedrängnis zu bringen. Außerdem verschaffte er sich dadurch Zeit, was sicherlich auch seinem Puls zugutekam.

»Ich war mit Patrick auf der Baustelle. Mein Vater meinte, ich soll ihm mal auf die Finger gucken. Er wirkt in letzter Zeit ein wenig demotiviert.«

Dies wäre ein guter Zeitpunkt gewesen, für seinen Kollegen ein gutes Wort einzulegen. Immerhin war sich Ben bewusst, woher diese fehlende Motivation kam. Doch Patrick war ein großer Junge, und Ben hatte gerade selbst alle Hände voll zu tun, sich bestmöglich zu verkaufen.

»Ja, das ist mir auch schon aufgefallen«, meinte er und streckte Clarissa den Blumenstrauß entgegen.

»Du hättest wenigstens heute mal zwischendurch anrufen können.«

Ben setzte seinen leidvollsten Blick auf. »Glaub mir, ich wollte mich gleich heute Morgen bei dir melden. Als ich aber gesehen habe, wie oft du es versucht hast, wollte ich es dir gerne persönlich erklären. Am Telefon, das wäre einfach zu plump gewesen. Und gestern Abend vom Festnetz aus …, ich war einfach so in meine Arbeit vertieft.«

Clarissa gab sich mit dieser Erklärung zufrieden. Außerdem wurde es für sie langsam Zeit, ihr Cello zu stimmen.

»Na, dann will ich nicht so sein.« Sie hakte sich bei ihm unter. »Pass aber das nächste Mal auf, was du schreibst. Wenn dir das bei einem Kunden oder bei meinem Vater passiert – Gott bewahre. Allerdings …« Clarissa hielt inne und blickte Ben mit zusammengekniffenen Augen an. »Die Sache mit dem Luder, damit kann man arbeiten. Wir können da später gerne drauf zurückkommen.«

»Ui, nichts dagegen.«

Clarissa gab den Strauß einer Bedienung und begleitete Ben zu ihren Eltern. Gleich danach widmete sie sich endlich ihrem Instrument.

Zöllner ließ es sich natürlich nicht nehmen, Ben wie eine Trophäe herumzuzeigen, und stellte ihn ein paar wichtigen Geschäftspartnern vor. Dann widmete auch er sich seiner Geige, um diese in Einklang mit Clarissas Cello zu bringen.

Ben sah sich verstohlen um. Alle waren sie da. Aus Politik, Wirtschaft und Kultur. Ben war sich stets bewusst gewesen, dass Zöllner ein einflussreicher Mensch war. Nicht umsonst hatte er es so weit gebracht. Dass allerdings alle Spalier stehen würden, wenn der Herr Architekt rief, damit hatte er nicht gerechnet.

»Das wurde aber auch mal Zeit, dass Sie an einem unserer Abende teilnehmen!«

»Frau Zöllner!«

Sie reichte ihm ein frisches Glas Champagner. Er stieß mit ihr an.

»Haben Sie Clarissa schon einmal am Cello gehört?«, wollte sie wissen.

»Ja, tatsächlich. Sie hat mir schon einmal etwas vorgespielt«, bestätigte Ben und bemühte sich, Bewunderung zu versprühen.

»Aber das ist nicht dasselbe«, versicherte ihm Frau Zöllner. »Wissen Sie, wenn mein Mann auf der Geige übt, dann ist das auch nicht immer schön. Aber verraten Sie mich bitte nicht.« Sie kicherte.

»Sie können sich auf mich verlassen.« Ben nahm einen großen Schluck und grüßte ein vorbeischlenderndes Pärchen.

»Aber wenn alle Instrumente zusammenspielen, dann ist das wirklich ein Genuss für die Ohren. Sie werden sehen. Ich meine, hören.«

»Da bin ich mir sicher, Frau Zöllner. Ich weiß genau, wovon Sie sprechen. Ich hatte mal einen Freund mit einem E-Bass. Das war auch keine Freude. Ich war damals dabei, als er seiner Oma etwas vorspielte. Schließlich hatte sie das Instrument samt Musiklehrer finanziert. Die arme Frau hat nur geweint.«

»Nein, wirklich?«

»Ja. Sie wollte eigentlich, dass er Akkordeon lernt. Oder Hackbrett.«

»Und was ist aus dem Musikanten geworden?«

Ben leerte sein Glas. »Als ich ihn das letzte Mal gesehen habe, hatte er einen Entzug hinter sich.«

»Ah! Ich muss dann auch wieder. Die anderen Gäste bei Laune halten. Viel Vergnügen mit der Musik!«

Ben nickte ihr lächelnd zu und stellte sein Glas auf ein Tablett, das vorbeigetragen wurde. Dann zog er sein Handy aus dem Jackett. Schließlich hatte er noch etwas zu erledigen. Er vergewisserte sich zweimal, ob er in der App auch wirklich Evas Nummer ausgewählt hatte. Mit einem Grinsen tippte er erneut:

Be: Gleich komm ich und leg mich dazu, du Luder!

»Und senden«, murmelte er. Auf eine Antwort musste er nicht lange warten.

Ev: Luder? Echt jetzt?

Be: Sorry. Dumme Autokorrektur. Ich meinte: MEINE LIEBE!

Was noch Dümmeres fiel ihm in diesem Moment nicht ein. Das musste er sich unbedingt merken. *Luder* war nicht kompatibel mit Eva.

Als Eva nicht mehr antwortete, lehnte sich Ben gelangweilt an eine kleine Säule und nuckelte an seinem Champagner.

Von seinem Platz aus hatte er den perfekten Blick zu Clarissa, die ihr Cello zwischen die Beine nahm und konzentriert zu ihrem Vater blickte. Neben ihm standen noch zwei Jungs, etwa Anfang zwanzig. Der eine mit einem schwarzen Rollkragenpullover, der andere mit weißem Hemd, Fliege und Pullunder. Die beiden ergänzten das Ensemble mit Bratsche und Querflöte zum Quartett.

Herr Zöllner räusperte sich und klopfte mit seinem Geigenbogen auf den oberen Rand des Notenständers. Das anwesende Publikum hatte bereits in vier bestuhlten Reihen Platz genommen.

»Liebe Gäste, Beatrice, ich … nein, *wir* freuen uns sehr, dass Sie so zahlreich an diesem heutigen Abend erschienen sind. Wir entführen Sie nun in die große Welt der klassischen Musik.«

Ben zwinkerte Clarissa zu. Sie quittierte es mit einem Lächeln. »Begleiten wird mich heute wie immer meine bezaubernde Tochter Clarissa am Cello. Wir spielen Ihnen heute …«

»Frank!« Frau Zöllner machte auf sich aufmerksam.

»Ja, Schatz?«

Seine Frau zeigte auf die beiden anderen Musikanten, die mit rotem Gesicht unschuldig dreinblickten.

»Ach ja, Quirin und Nepomuk sind auch mit dabei. Wir spielen Ihnen heute Wolfgang Amadeus Mozart, das Quartett in G-Dur, Köchelverzeichnis 285a, Andante – Tempo di minuetto.«

Es folgte Applaus, gepaart mit einem Raunen. Einige der Gäste blickten sich gegenseitig zustimmend an und nickten wohlwollend über die Wahl des Musikstücks.

Ben war sich sicher, dass bestimmt ein Drittel der hier Anwesenden nicht den Unterschied zwischen Bach, Mozart und Guildo Horn heraushörte. Aber sich begeistert zunicken. Was für eine Bagage. Er schlürfte abermals von seinem Champagner.

Die ersten Töne erklangen, und Ben lauschte verträumt der Musik, die unerwartet gut in seinen Ohren ankam. Bis die Geige des Hausherrn einsetzte. Ein paar Zuhörer vor ihm in den Sitzreihen zuckten zusammen, als hätte ein Ober ein volles Tablett fallen gelassen.

Auch Quirin blies auf diesen Schreck hin ein wenig zu fest in seine Querflöte, wodurch ein Ton fast eine Note höher aus seinem Instrument herauskam. Nepomuk hingegen war anscheinend der Master of Desaster und versuchte, Zöllners schräge Töne mit seiner Bratsche, und zwar durch immensen Druck des Bogens, zu übertönen.

Clarissa blieb cool. Anscheinend hatte sie schon vor längerer Zeit resigniert. Vielleicht dachte sie, was soll's, nicht meine Veranstaltung. Sie strich mit dem Bogen schwungvoll über die Saiten und brachte damit das Quartett einigermaßen in Einklang.

Ben dachte an Sascha und stellte sich vor, wie das Quartett dieses Stück in seinem Tonstudio einspielte. Sascha würde sagen: »Herr Zöllner, und wenn ich schreiende Katzen und quietschende Reifen drüberlege, das wird nicht besser.«

»Na? Auch aus Versehen hierher verirrt?«

Ben wurde aus seinen Träumen gerissen. Neben ihm stand plötzlich eine junge Frau, Mitte zwanzig. Die langen blonden Haare lagen auf ihren Schultern, ihren Hals schmückte eine Kette mit einem Peace-Anhänger. Sie trug eine weite weiße Hose und eine quietschbunte Bluse mit Blumenmuster. Die grün lackierten Zehennägel, die aus ihren mit Kork besohlten Sandalen blitzten, stachen Ben sofort ins Auge. Besonders der eine, der mit kleinen Strasssteinchen verziert war. Nicht, dass Ben sonst zuallererst auf die Füße einer Frau sehen würde. Sie fielen ihm auf, weil ihre Schuhwahl in diesem Ambiente ziemlich aus der Reihe tanzte.

Die junge Frau sah Ben mit ihren leuchtend grünen Augen an und wartete geduldig auf eine Antwort. Offenbar war sie sich ihrer Wirkung auf Männer durchaus bewusst. Deshalb gab sie ihm etwas Zeit, damit er sich sammeln konnte. Ob Ben allerdings von ihrer jugendlichen Schönheit oder von ihrer außergewöhnlichen Art, sich zu präsentieren, angetan war, stand zu diesem Zeitpunkt für ihn noch nicht fest.

»Ich ... ich wurde eingeladen.«

»Ah! Auch so ein Baulöwe?«

»Na, vielmehr ein armer kleiner Architekt«, entgegnete Ben bescheiden.

»Ich bin Tina. Tina Zöllner!« Sie streckte ihm ihre Hand entgegen.

»Psst!« Clarissas Mutter zischte Tina an und unterstrich dies mit einem strengen Blick und dem Zeigefinger auf den Lippen. Auch Clarissa sah genervt zu Ben und seiner neuen Bekanntschaft herüber.

»Ach«, flüsterte Ben. »Dann sind Sie mit Clarissa verwandt?«

»Kann man wohl sagen.« Tina sprach nun auch etwas leiser. »Ich bin ihre Schwester.«

Bisher hatte Clarissa ihre Schwester mit keiner Silbe erwähnt.

Das konnte er Tina natürlich nicht preisgeben. Er wollte Clarissa nicht in eine missliche Lage bringen.

»Ach ja. Sie hat schon viel von Ihnen erzählt«, log er.

»Wirklich? Das wundert mich aber. Wissen Sie, ich bin das schwarze Schaf in der Familie. Und wer sind Sie?«

»Entschuldigung. Wie unhöflich von mir. Ben. Ben Valdern.«

»Arbeiten Sie für meinen Vater?«

»Psst!«, zischte Frau Zöllner erneut.

Tina machte mit ihren Händen eine beruhigende Geste.

»Ja, ich bin bei Zöllner & Zöllner angestellt«, flüsterte Ben hinter vorgehaltener Hand. »Und … ich bin Clarissas Freund.«

»Ach, Sie sind das? Meine Mutter hatte mal was erwähnt«, flüsterte Tina genauso leise zurück, damit sie nicht erneut Anstoß erregten.

»Ich hoffe, nur Gutes.«

Darüber schwieg Tina sich aus. Schlagartig wechselte sie ihren Gesichtsausdruck von zuckersüß in skeptisch. »Na, das trifft sich doch gut, oder?«

»Was meinen Sie?« Ben sah zwischenzeitlich zu Clarissa und bekundete ihr mit seinem Daumen, dass sich die musikalische Darbietung klasse anhörte. Was natürlich absolut gelogen war. Zöllner malträtierte seine Geige wie ein Irrer.

»Na, wenn man Berufliches und Privates vereinen kann?«

Ben war sich nicht sicher, aber er glaubte, einen gewissen Unterton durchzuhören. Das lag nicht an Zöllners Geige.

»Das war eher eine glückliche Fügung.« Er beugte sich noch etwas näher zu Tina. »Ich würde sagen, ich hatte Glück.«

Tina nuckelte an ihrem Glas Wasser. »Das würde ich auch sagen. Heiße Braut, wohlhabend, mit florierendem

Architekturbüro. Was ist das erst für ein Glück, dass auch Sie ein Architekt sind.«

Ben wollte etwas darauf erwidern, hielt aber kurz inne. Er sah Tina an. Sie grinste und trank erneut.

Er bohrte nach. »Kann es sein, dass ich eine gewisse Abneigung mir gegenüber wahrnehme?«

»Aber woher denn? Wir sind doch eine Familie. Nicht wahr?«

Sie lächelte ihn an und schlenderte weiter. Kurz drehte sie sich nochmals um und deutete mit Mittel- und Zeigefinger ein paarmal zwischen ihren Augen und Ben hin und her. Damit war das geklärt. Sie hatte ihn im Visier.

Ben sah ihr etwas verträumt nach. Tina hatte etwas in ihm ausgelöst. Was, das wusste er nicht. Cool wie eine Katze schlenderte sie hinter der letzten Stuhlreihe entlang. Ihr Gang war fantastisch. Obwohl sie ihre Hüften einsetzte, bewegte sich ihr Oberkörper überhaupt nicht. Wie ein Model schwebte sie durch den Raum. Sah er da einen pinkfarbenen Stringtanga durch die weiße Leinenhose leuchten?

Ben stellte sich vor, wie er als Benny Biber auf der Bühne performte: Die Fans auf dem Höhepunkt, in der ersten Reihe vor der Bühne Tina, die ihn anschmachtete. Er, wie er in die Knie ging und nur für sie eine seiner Schnulzen sang. Tina reagierte mit roten Wangen, ihre grünen Augen sahen ihn verklärt an. Sie reichte ihm die Hand, er zog sie auf die Bühne. Er nahm sie, während er weitersang, fest in den Arm. Sie hatte zitternde Knie und lehnte ihren Kopf an seine Schulter. Dann der Schlussakkord. Die Menge klatschte begeistert, Tina schloss sich an. Er verbeugte sich und bedankte sich überschwänglich beim Publikum …

Leider vermischte sich an dieser Stelle sein Traum mit der Wirklichkeit. Er stand mit dem Champagnerglas neben der Säule und verbeugte sich, während die Gäste des Hauses dem

Quartett Applaus schenkten. Die abendliche Darbietung war überstanden, und Ben kam wieder zu sich. Glücklicherweise hatten nur wenige seine Verbeugungen mitbekommen. Schnell stellte er sein Glas auf einem kleinen Tischchen ab und applaudierte ebenfalls.

Zöllner reichte Clarissa die Hand, um sie stolz dem Publikum zu präsentieren, wodurch sich die Applausfrequenz nochmals beschleunigte. Ben war klar, dass dieses Publikum nur aus einem Grund freudig klatschte. Weil sie es wieder einmal geschafft hatten, ohne größere Gehörschäden das kleine Konzert zu überstehen. Nun konnte man zum gemütlichen Teil des Abends übergehen.

Warum nur hatte Clarissa bisher nichts von der Existenz ihrer Schwester erzählt? Gelegenheiten dazu hatte es immerhin genug gegeben. Er hatte ihr schließlich fast seinen gesamten Stammbaum aufgelistet. Gefühlt bis zurück zur Kaiserzeit. Nicht zu erzählen, dass man einen Thermomix besaß oder dass man über acht Ecken mit Dieter Bohlen verwandt war, das hätte er verstanden. Dass man als Kind Angst vor den Muppets gehabt oder eine Zahnspange getragen hatte, das konnte man jederzeit verschweigen. Aber eine Schwester? Vielleicht gab es dafür ja einen triftigen Grund. Wie es schien, verband die beiden Geschwister nicht sonderlich viel. Rein äußerlich hätten beide unterschiedlicher nicht sein können. Vielleicht gab es ja eine Erklärung dafür.

Dass er bereits mit der verlorenen Tochter der Zöllners Bekanntschaft gemacht hatte, war Clarissa an ihrem Cello jedenfalls nicht verborgen geblieben.

IBIZA IM WELTLADEN

»Na? Hat es dir gefallen? Du kannst ruhig ehrlich sein!« Clarissa genehmigte sich einen großen Schluck Schampus.

»War wirklich toll. Besonders dein Spiel auf dem Cello hat mir sehr gut gefallen.«

»Ja? Wirklich? Lieb, dass du das sagst.« Sie küsste ihn. »Weißt du, was das Schönste an diesen Veranstaltungen ist?«

»Nein.« Er konnte ja schlecht sagen: dass es irgendwann wieder aufhört.

»Alle sitzen da, sehen mich an und lauschen meiner Musik. Das ist ein tolles Gefühl. So was müsstest du mal erlebt haben.«

»Ja, kann ich mir lebhaft vorstellen.« Das war nicht gelogen. Nur saß bei ihm niemand. »Du, mal was anderes. Du hast mir überhaupt nicht gesagt, dass du …«

»Meine Damen und Herren, liebe Gäste …« Es war Zöllner, der Ben dazwischenfunkte. »Ich habe eine Überraschung für Sie. Clarissa, Ben, kommt doch bitte an meine Seite.« Er winkte die beiden freudig zu sich.

Ben traute seinen Ohren nicht. Was kam denn nun? Er warf einen Blick zu Frau Zöllner hinüber. Sie hatte einen roten

Kopf und ihr Dekolleté war voller hektischer Flecken. Warum wurde er von seinem Chef plötzlich geduzt?

Clarissa nahm Ben an der Hand. Man sollte meinen, sie sei in diese Überraschung, oder was auch immer das sein sollte, eingeweiht. Ben fühlte sich unwohl, als er neben seinem Boss stand und von der ganzen Bagage angeglotzt wurde. Vor achthundert Menschen auf Malle zu singen, das machte ihm nichts aus. Hier aber fühlte er sich nackt. Was vielleicht daran lag, dass er nicht als Benny Biber mit Perücke und Sonnenbrille vor den Leuten stand.

Zöllner zwängte sich zwischen seine Tochter und Ben und nahm beide wie ein Ringrichter an die Hand.

»Clarissa, du warst wieder einmal wunderbar am Cello. Was soll ich sagen, meine lieben Gäste. Die Schönheit hat sie von ihrer Mutter, aber das musikalische Talent, das hat sie von mir.« Er lachte schallend.

Ein paar der Gäste lachten mit, aus welchen Gründen auch immer. Überhaupt waren alle sehr steif. Ben sah ganz hinten im Raum Tina an der Wand lehnen. Süffisant grinste sie ihn an und machte den Eindruck, als hätte sie sich gerade innerlich übergeben.

»Ich möchte Ihnen heute mitteilen, dass meine Clarissa und Ben seit längerer Zeit ein Paar sind!«

»Hört, hört!«, rief eine Frau in einem dunkelblauen Kostüm affektiert.

»Ben ist einer meiner vielversprechendsten Architekten. Nicht wahr, Ben?« Zöllner drückte Bens Hand etwas fester. Wahrscheinlich ein Zeichen, dass er etwas sagen sollte.

»Wenn Sie das sagen, Chef.«

»Ach, heute Abend bin ich doch nicht dein Chef«, witzelte Zöllner. »Vielleicht hören wir bald die Hochzeitsglocken läuten? Na?« Erwartungsvoll blickte er Ben an.

Ben sah an ihm vorbei zu Clarissa. Sie hatte den gleichen Blick drauf wie ihr Vater. Er fühlte sich plötzlich in die Ecke gedrängt. Auf keinen Fall wollte er sich unter diesem Druck zu etwas hinreißen lassen. Voller Hoffnung, Clarissa würde ihn aus der peinlichen Situation befreien, sah er sie weiter an. Doch sie grinste nur und ließ ihn zappeln.

»Ich ... äh, wir wollen nichts überstürzen. Wir wohnen ja noch nicht mal zusammen.«

Aua. Das wollte niemand hören. Herr Zöllner nicht – und schon gar nicht Clarissa. Den meisten Gästen schien es egal zu sein, ob die beiden zusammenwohnten, heiraten würden oder überhaupt auf der Welt waren.

Tina hingegen freute ganz offensichtlich diese unerwartete Wendung der Charade, die sie glaubte erkannt zu haben.

»Papa, nun setz den armen Ben doch nicht so unter Druck«, versuchte Clarissa die Lage endlich zu entschärfen und lächelte gequält in die Runde.

»Wie dem auch sei, meinen Segen habt ihr. Vielleicht krabbelt ja bald etwas Kleines durch diese Räume. Tribbel, trabbel! Na? Haha! Also, weiter geht es. Habt einen schönen Abend, im Nebenraum warten ein paar Kanapees auf euch. Guten Appetit!«

Es gab Applaus. Kein Wunder. Mögliche Hochzeit: langweilig. Essen und Trinken für lau: yeah!

Ben wäre am liebsten im Erdboden versunken. Ein Typ in einem schwarzen Armani-Anzug grinste dämlich, als wollte er sagen: *Na, Kleiner, jetzt haben die beiden dich aber gewaltig an den Eiern!*

Ben war plötzlich klar, dass das Gespräch an diesem Tag in Zöllners Büro nicht von ungefähr gekommen war. Er wollte seinen Schwiegersohn in spe einnorden und durch die Blume sagen: »Junge, heute Abend ist es so weit.« Da hatte er allerdings die Rechnung ohne seinen Angestellten gemacht.

»Wie gesagt, Ben, nicht zu lange warten!«, flüsterte ihm Zöllner ins Ohr und klopfte ihm auf die Schulter. Dann küsste er seine Tochter auf die Wange und ging zu seiner Frau, die sich mit einem der Stadträte unterhielt.

Ben sah ihm nach und nahm Clarissa an der Hand. »Das war ja schräg. Hast du davon gewusst?«

»Ich? Ach, woher«, antwortete sie kurz in einem Ton, der sie verriet. Die Enttäuschung war ihr ins Gesicht geschrieben.

»Na? Darf man gratulieren?« Tina stand plötzlich vor den beiden und grinste hämisch.

»Ah, auch wieder mal hier. Ihr beiden habt euch ja schon bekannt gemacht, oder?« Clarissa war alles andere als begeistert, dass sich gerade in diesem Moment auch noch ihre Schwester die Ehre gab. Die Spannung zwischen den beiden lag förmlich in der Luft.

Bussi links, Bussi rechts. Das war alles an Emotionen, was die beiden austauschten.

»Schon lange hier?« Clarissa sah ihre Schwester von oben bis unten prüfend an.

»Lange genug«, antwortete diese. »Das ist also der Erbe?« Sie musterte Ben wieder von Kopf bis Fuß. »Schick, muss ich schon sagen. Da machst du ja unseren Eltern eine riesige Freude. Und Architekt ist er auch noch! Wie das alles passt. Zufälle gibt es ...«

»Tja, irgendwann findest auch du noch deinen Traummann«, meinte Clarissa schnippisch. »Vorausgesetzt, er verirrt sich in deinen Ökoladen!«

»Das ist kein Ökoladen, sondern ein Weltladen. Aber das weißt du ja.« Tina war über die abschätzige Bemerkung ihrer Schwester wohl nicht sonderlich überrascht.

Ben war die Situation allerdings unangenehm, und er versuchte, die Stimmung mit einer Prise Humor zu heben: »Weltladen? Gibt es da Kontinente?«, fragte er scherzhaft.

»Haha!«, kam es abfällig von Tina.

»Meine kleine Schwester meint, die Welt verbessern zu müssen. Obwohl sie einiges mehr zu bieten hätte.«

»Irgendjemand muss ja auf die Welt aufpassen. Wo es doch immer mehr Ausbeuter darauf gibt.« Sie zwinkerte Ben zu.

Der lächelte gequält.

»Na, mir soll's recht sein. Solange du in deinem Lädchen bleibst und dich nicht wieder an irgendwelche Bäumchen kettest.«

»Das war kein Bäumchen, sondern eine zweihundert Jahre alte Linde.«

»Von mir aus«, meinte Clarissa gleichgültig. »Holz ist Holz, egal wie alt. Es knistert immer gleich in meinem offenen Kamin.«

Ben versuchte, rettend dazwischenzugehen: »Weltladen also? Ist ja interessant.« Doch ihm kam es so vor, als wäre er gar nicht anwesend.

»Das ist ja ein toller Spruch«, konterte Tina. »Holz ist Holz! Dass ich nicht lache. Der wäre was für deinen Grabstein. Damit ihn deine Kinder und Enkelkinder immer wieder lesen können, wenn sie einmal im Jahr an Allerheiligen angereist kommen.«

»Das wird nicht passieren. Oder denkst du wirklich, dass ich Kinder in diese ach so schlimme Welt setzen werde? Nicht, dass sie später mal wegen zu hoher Ozonwerte husten müssen.«

»Du kannst dich ruhig darüber lustig machen. Aber die Natur wird sich zu wehren wissen.«

»Geht es vielleicht noch lauter?«, ging Herr Zöllner dazwischen. »Ihr seid doch keine zwölf mehr. Tina! Eine passendere Kleidung hast du nicht gefunden?«

»Hallo, Papa. Schön, dich auch zu sehen.«

»Das hat sie aus ihrer Ökokiste«, lachte Clarissa und sah Ben an, Beifall heischend für ihre taktlose Bemerkung.

Ben allerdings hatte keine Lust, sich vor ihren Karren spannen zu lassen. Vielmehr war er alles andere als erheitert über seine Partnerin. Ihm war klar, dass sie tough war. Hier aber stand sie knapp an der Schwelle zur Gemeinheit. Egal, was in der Vergangenheit zwischen ihr und Tina vorgefallen sein mochte.

»Ihr hört jetzt sofort auf damit. Peinlich ist das!«, befahl Zöllner und warf seinen Töchtern böse Blicke zu, bevor er sich wieder seinen Gästen widmete.

Tina gab vor, ihre Mutter zu suchen. Ben folgte ihr mit seinem Blick. Sie gefiel ihm. Genauso stellte er sich eine junge Frau vor, die ihre Zelte abbrach, um dort zu leben, wo andere Urlaub machten. Und bei ihr war das nicht Mallorca. Nein. In Tinas Fall war das eindeutig Ibiza. Vor Jahren war er mal auf Ibiza gewesen. Da hatten alle so ausgesehen.

***

»Sorry übrigens, dass du das heute mitbekommen hast.«

»Was meinst du?« Ben zog in Clarissas Wohnung sein neues Sakko aus und warf es über das weiße Ledersofa im Wohnzimmer. Dann ließ er sich auf selbiges fallen und streifte die Schuhe von den Füßen.

»Na, das mit meiner Schwester. Du musst ja denken, dass wir zwei Zicken sind.«

Nein. Das glaubte Ben sicher nicht. Für ihn hatte es nur eine Zicke gegeben an diesem Abend.

»Quatsch. Ein Zwist zwischen Schwestern. Was ist schon dabei?« Er wollte sich nicht weiter damit auseinandersetzen. Außerdem war er müde.

»Da war schon ein bisschen mehr als ein Zwist. Weißt du, sie hat meinem Vater damals ganz schön geschadet.«

Ben legte den Kopf in den Nacken und schloss die Augen. »Warum denn das? Hat sie ihm seine Geige weggenommen?«

Clarissa entledigte sich ihrer High Heels, lümmelte sich ebenfalls aufs Sofa und legte ihre Füße auf Bens Beine. »Schlimmer. Sie hat ihn vor der ganzen Stadt lächerlich gemacht. Mein Vater, Stadträte, Bauunternehmen, Presse, alle waren sie zusammengekommen, um beim ersten Spatenstich einer riesigen Wohnanlage im Münchner Norden mit dabei zu sein. Und meine Schwester und ihre Ökospinner saßen angekettet auf den Bäumen und haben gegen das Bauvorhaben protestiert. Du kannst dir vorstellen, was passiert ist, als die Presse davon Wind bekommen hat, dass Tina die Tochter des Architekten ist.«

Ben begann, Clarissas Füße zu massieren. »Na, aber das ehrt sie doch, wenn sie sich so für die Umwelt einsetzt.«

»Soll sie doch. Im Regenwald. Von mir aus auch an den Polkappen.«

Ben hielt kurz inne, machte aber mit der Massage umgehend weiter, als er sich von Clarissa einen fordernden Blick einfing.

Er war nicht ganz mit Clarissas Meinung über ihre Schwester einverstanden. Doch wen interessierte schon seine Meinung. Clarissa bestimmt nicht. Außerdem wusste er von seinen früheren Beziehungen, wie er sich in solchen Fällen verhalten musste. Zuhören, nicken und um Gottes willen nicht einschlafen.

»Weißt du, Ben, die Welt wird nicht besser, nur, weil mitten in München drei Bäume mehr stehen. Scheißegal, wie alt die sind.«

Sie stand auf, goss sich an ihrer Hausbar etwas Hochprozentiges ein und kam wieder zurück aufs Sofa, um sich weiter von Ben verwöhnen zu lassen. Ob er auch etwas trinken wollte, tat dabei nichts zur Sache.

»Aber das ist doch sicher schon lange her.«

»Vier Jahre.«

»Ja, schon, aber hey, ihr seid Schwestern.« Ben bemühte sich, neutral zu bleiben.

»Manchmal glaube ich, sie ist adoptiert. Das kannst du mir glauben. Drückst du bitte dort ein bisschen fester? Diese neuen Manolos bringen mich um.«

Ben tat, wie ihm befohlen. »Und, was ist das für ein Laden, den sie da hat?«

»Ach, so ein Weltladen mit fair gehandeltem Zeug. Du weißt schon, dass bei dem Bauern einer Kaffeeplantage auch das Geld ankommt oder so. Ich weiß nicht genau.«

»Heißt das, dass du noch nie dort warst?«

»Warum sagst du das jetzt so vorwurfsvoll? Wenn sie was von Chanel im Angebot hat, werde ich schon bei ihr vorbeischauen. Verdammt! Und das Mädel hatte so viel Potenzial.«

»Vielleicht setzt sie es ja genau dort ein, wo sie meint, dass es am meisten bewirkt.«

»Sag mal, auf wessen Seite bist du eigentlich?«

»Auf keiner. Ich meine nur, dass sie das macht, was ihr Spaß bringt. Ist doch gut, wenn sie zu ihrer Überzeugung steht.«

»Ha! Überzeugung ist ja gut und schön, aber man beißt nicht in die Hand, die einen füttert. Oder was denkst du, wo das Geld für ihren kleinen Laden herkommt? Dafür sind die Betonklötze, die ihr Vater baut, schon gut genug.«

Ben nickte zustimmend und beließ es bei dieser Aussage. Hier konnte er nicht mehr gewinnen. Außerdem kannte er Tina zu wenig, als dass sie ihm in diesem Moment wichtig gewesen wäre. Seine Lider wurden schwer.

»Sag bloß, du schläfst gleich ein!«, protestierte Clarissa und setzte sich auf.

»Ich? Nein. Ich bin nur kurz ...«

Clarissa setzte sich auf ihn, löste den Knoten seiner Krawatte und öffnete seinen obersten Hemdknopf.

»Ich dachte, dass ich dir mal zeige, was so ein Luder alles draufhat.« Sie fuhr mit ihrer Hand in sein Hemd.

Stimmt, da war doch noch was gewesen!, dachte Ben. Die WhatsApp. Na ja, wo er schon mal hier war ... Außerdem konnte er jetzt nicht den Schwanz einziehen. Immerhin hatte er sie durch seinen Fauxpas quasi herausgefordert.

»Ach, so ist das. Na, da bin ich ja mal gespannt, was du gleich mit mir anstellst«, meinte er mit erwartungsvollem Unterton.

»Ich? Nein, mein Lieber. Ich zeige dir nur, was du alles mit mir machen darfst. Die Arbeit liegt ganz bei dir.« Sie stand auf und streckte ihm die Hand entgegen. »Außerdem hab ich heute schon Cello gespielt. Was hast du getan?«

Ben nahm Clarissas Hand, stand auf und folgte ihr ins Schlafzimmer. »Ich? Ich habe heute schon neben dir und deinem Vater gestanden und mich von Münchens High Society begaffen lassen. Das war mindestens genauso anstrengend wie Cellospielen.«

»Von mir aus. Jedenfalls bist du heute dran. Wie weit bist du übrigens mit dem Projekt?«

Ben blieb stehen. »Nicht dein Ernst!«

»Was denn? Ich frag doch bloß!«

»Wir gehen gerade Richtung Schlafzimmer und wollen *Shades of Grey*, Teil zwei bis vier, drehen, und du fragst nach dem Projekt?«

»Von einer Kamera war heute nicht die Rede!«

Clarissa zog an Bens Arm, und er folgte ihr weiter.

»Clarissa, du bist wirklich keine Romantikerin.«

»Was soll es denn nun sein? Romantik oder Luder?«

»Auch wieder wahr!«

Ben versuchte in dieser Nacht, nicht mehr weiter an Projekte, Eva oder dickköpfige Schwestern zu denken. Das fiel ihm auch nicht sonderlich schwer. Denn Clarissa zog alle Register und bewies einmal mehr, dass sie nicht nur auf dem Cello die richtigen Töne traf.

LECKERLI

»Herr Valdern, Ben! Ich wusste immer schon, dass da ein Teufelskerl in Ihnen, ich meine, in *dir* steckt.« Zöllner stellte sich neben seinen besten Mitarbeiter und klopfte ihm wie so oft auf die Schulter.

Ben hatte nichts dagegen. Immerhin hatte er in den vergangenen zwei Wochen Blut und Wasser geschwitzt, um sein großes Projekt voranzutreiben. An diesem Montag war es endlich so weit, das Ergebnis vorzustellen.

»Danke, Chef. Ich weiß es wirklich zu schätzen, dass Sie ...«

»Ach, papperlapapp! Sag Frank zu mir. Du gehörst doch quasi zur Familie.« Zöllner packte ihn an den Oberarmen und schüttelte ihn freudig. Er wirkte etwas übermütig, ja fast erleichtert. Anscheinend war er froh, dass es sich nicht als Fehler erwiesen hatte, Ben mit dem großen Bauvorhaben zu beauftragen.

Bens Kollegen, die um den großen Tisch im Besprechungszimmer herumsaßen, klatschten Beifall. Vereinzelt lobte man ihn für seine gelungene Präsentation. Einzig Patrick schaute griesgrämig drein.

Zöllner richtete sein Wort an die gesamte Mannschaft. »Ich denke, mit Bens Planung haben wir gute Chancen, den Zuschlag für das Projekt zu bekommen.«

Doris zwinkerte Ben zu. Er lächelte, klappte sein Notebook zu und zog das Kabel zum Beamer aus der Buchse.

»Das will ich hoffen«, meinte Ben. »Ich muss sagen, es war eine große Herausforderung. Danke für das Vertrauen, das Sie, ich meine, das *du* in mich gesetzt hast.«

»Ich vertraue dir meine Tochter an. Da sollte ein Einkaufszentrum das geringste Problem sein.« Er kam Ben etwas näher. »Wenn du verstehst, was ich meine.«

Ben nickte. Vielleicht war es nur eine väterliche Floskel, und sein Chef versuchte, witzig zu sein. Doch er kannte ihn mittlerweile zu gut, um zu wissen, dass Zöllner alle Worte wohl bedachte, die seinen Mund verließen. Wahrscheinlich war das seine Art zu sagen: »Ben! Ich gebe dir eine große Chance, beruflich Fuß zu fassen, dafür heiratest du meine Tochter. Quid pro quo.«

Clarissa kam und legte den Arm um ihren Helden. »Das hast du toll gemacht«, meinte sie und gab ihm einen Klaps auf den Hintern.

»Würdest du das bitte lassen?«, fauchte Ben.

»Nicht wahr, meine Schöne? Das hat er toll gemacht.«

Vater und Tochter grinsten ihn an, als sei er ein Welpe, der das erste Mal erfolgreich das Stöckchen apportiert hat. Fehlte nur noch, dass man ihm den Kopf tätschelte und ihm ein Leckerli zwischen die Zähne schob. Wobei er das Leckerli bestimmt in Form von körperlicher Zuwendung seitens Clarissa erwarten durfte. Nur, an diesem Tag würde das nicht mehr passieren, kam es Ben in den Sinn.

Die Mitarbeiter nutzten die Gelegenheit, um aufzustehen. Sie machten sich über den Champagner und die Schnittchen her, die auf einem Tisch neben der Fensterfront aufgebaut waren. Diese kleine Aufmerksamkeit des Hauses gab es immer, wenn eine große Präsentation anstand. Zuckerbrot und Peitsche.

»Wie geht es denn nun weiter?«, wollte Ben von seinem Chef wissen.

»Ungeduldig, was? Ein Heißsporn! Wie ich in deinem Alter. Das gefällt mir. Ein paar Korrekturen müssen wir schon an der einen oder anderen Stelle noch machen. Dann muss auch der Statiker noch mal drüber und wir reichen das Ding ein.«

»Und wie sieht es aus? Haben wir gute Chancen, dass ...«

»Mach dir keine Sorgen. Ich kenne da ein paar Leute, die schulden mir noch was.«

Ben hakte nach. »Aber es geht ja nicht nur um den Bau an sich. Was, wenn ein anderes Angebot vorliegt, das günstiger ist?«

Zöllner lachte schallend, Clarissa schloss sich ihm an und fuhr mit der Hand über Bens Rücken, so, als wollte sie ihn beruhigen.

»Ich erkläre dir, wie das läuft.« Er legte Ben den Arm um die Schultern und zog ihn näher zu sich heran, um nicht so laut sprechen zu müssen. »Was anfangs geplant ist, ist eine Sache. Was können wir denn dafür, wenn plötzlich während der Bauphase die Rohstoffpreise steigen oder unerwartete Änderungen des Bauplans erforderlich werden?«

Er ließ von Ben ab, grinste schelmisch und wartete auf eine Reaktion von seinem Schwiegersohn in spe.

Clarissa legte den Kopf auf seine Schulter und sah unschuldig drein. »Glaub mir, Schatz, noch nie hat ein Bau das gekostet, was am Anfang in der Planung stand. Zwei Steckdosen mehr und schwupps, schon stimmt das Ganze nicht mehr.«

»Ha! Steckdosen! Das ist gut, das muss ich mir merken«, sagte ihr Vater lachend und holte drei Gläser Champagner. »Jetzt lasst uns erst einmal anstoßen, Kinder. Steckdosen! Herrlich!« Er verteilte die Gläser.

Ben fühlte sich mittlerweile wie eine Art Strohmann. Ursprünglich hatte er Träume aus Beton, Ziegel, Glas und Metall verwirklichen wollen. Seit einigen Minuten jedoch hatte er das Gefühl, Teil einer ganz banalen Geldmaschinerie zu sein. Und er legte den Schalter um.

»Prost!«

»Prost!«

»Prost! Auf dich mein Schatz.« Clarissa prostete Ben zu. »Das muss heute Abend gefeiert werden. Lass uns doch wieder mal ins Mangostin gehen.«

Umgehend bereute es Ben, sich bis zu diesem Zeitpunkt noch keine Ausrede ausgedacht zu haben. Er nahm noch einen Schluck Champagner und stellte das Glas ab. Er musste Zeit schinden.

»Ins Mangostin?«, fragte er nach. Er nahm die Faust vor den Mund, so, als müsse er kurz innehalten, um den aufsteigenden Blubberbläschen in seinem Rachen zu trotzen. Dann zog er sein Stofftaschentuch aus der Hosentasche, um sich den Mund abzutupfen.

»Ja! Ins Mangostin. Da waren wir schon lange nicht mehr. Ich rufe gleich an und reserviere einen Tisch.«

Zöllner sah freudig zu Ben und wartete dessen Zusage ab. Doch die ließ auf sich warten.

»Tja, das Mangostin also. Es ist so, dass ich …« Es wollte ihm ums Verrecken nichts Plausibles einfallen. Sport? Schon hundert Mal vorgeschoben. Treffen mit einem alten Schulfreund auf ein Bierchen? Nein. Nicht schon wieder.

»Ach, wenn es darum geht.« Zöllner lächelte selbstgefällig und zog seine Geldscheinklammer aus der Innentasche seines Jacketts. Er entnahm ihr vier grüne Scheine und drückte sie Ben in die Hand. »Geht natürlich auf mich. Ist mir doch eine Freude, das junge Glück zu unterstützen. Macht euch ein paar schöne Stunden.«

Ben sah das Geld in seiner Hand an, dann Clarissa. »Nein. Danke, sehr großzügig.« Er gab es Zöllner zurück. »Dafür reicht es gerade noch.«

»Möchtest du woanders hingehen? Oder … soll ich uns was Feines kochen?« Clarissa wirkte in diesem Augenblick ungewohnt devot. Für gewöhnlich bestimmte sie das Abendprogramm und ließ keinen Raum für gemeinsame Entscheidungen.

»Es geht heute Abend nicht. Ich bin, gewissermaßen, schon verplant. Habe ich dir das nicht gesagt?«

»Nein«, meinte Clarissa schnippisch. »Das wüsste ich.«

»Ich habe noch einen Termin. Wird spät heute.«

»Ach ja? Was ist es denn diesmal? Sport? Oder ein alter Schulfreund?«

Ben war froh, dass er diese Ausreden nicht vorgeschoben hatte, und verbannte diese sofort aus seinem Repertoire.

»Nein!«

»Was denn dann?«

»Ich … es ist … das darf ich nicht sagen.«

Sehr gut, Ben, lobte er sich selbst. Das ist immer gut. Geheimnisvoll bleiben. Spannung aufbauen und Zeit gewinnen. Somit konnte er sich in aller Ruhe einen triftigen Grund überlegen. Außerdem war es nicht gelogen. Er konnte ihr wirklich nicht sagen, dass er einige Stunden später im UNIVERSUM auf der Bühne stehen musste.

»Wie soll ich denn das verstehen?«

»Wenn ich es sage, liebste Clarissa, dann wäre doch die ganze Überraschung weg.« Selbstsicher schnappte sich Ben erneut sein Glas und trank es mit einem Zug aus.

»Nun dräng ihn doch nicht so. Er wird schon einen guten Grund haben, nicht wahr?«

Ben nickte Zöllner zu und freute sich über die unerwartete Unterstützung. »Natürlich!«, bestätigte er die Vermutung seines Chefs.

»Das will ich hoffen. Aber das eine sage ich dir, heute sitze ich nicht alleine zu Hause herum. Ich gehe aus. Mit meinen Freundinnen.«

Fast hörte es sich wie eine Drohung an.

Zöllner nahm seine Tochter an der Hand. »Meine Liebe, ein Mann benötigt auch mal seine Freiheit. Du musst ihn ziehen lassen, damit er am Ende des Tages nach Hause zurückkehrt. Habe ich nicht recht?«

»Bedingt«, meinte Ben. »Es ist so, dass ich es einfach nicht schaffen werde, heute Nacht noch zu …«

»Das war doch nur bildlich gesprochen. So, und nun entschuldigt mich. Ich muss noch ein paar Telefonate führen.« Zöllner küsste seine Tochter auf die Stirn, dann boxte er Ben freundschaftlich an die Brust.

»Ich hoffe, du hast wirklich einen guten Grund«, sagte Clarissa und stellte ihr Glas neben ihm auf den Tisch.

»Es tut mir wirklich …« Noch bevor er den Satz beendet hatte, war Clarissa gegangen.

Erstmals spielte Ben mit dem Gedanken, Clarissa nachzugehen und alles zu erzählen. Dass er nebenbei Sänger sei. Die Perücke, der weiße Anzug, Schlager, die Fans … Vielleicht hätte sie es verstanden. Womöglich wäre sie sogar stolz auf ihn und einfach nur froh, dass er keine Affäre hatte, zu der er zweimal wöchentlich eilte. Moment! Da war doch noch was gewesen. Klar – Eva! Das wäre natürlich nicht optimal, wenn sie von seiner Inselfreundin erfahren würde. Natürlich wäre das Erste, was Clarissa nach seiner Beichte eingefordert hätte, ihn live auf der Bühne zu sehen. Ob sie ihrem Vater dieses Geheimnis erzählen würde? Was, wenn sie ausflippte und die Bombe im Büro platzen lassen würde? Bens Gedanken überschlugen sich.

»Also, ich hätte ja die Aufzüge an der Fassade angebracht.«

Patrick stand plötzlich mit einem Teller vor ihm und biss von einem Schinkenschnittchen ab.

»Was?«

»Die Aufzüge«, wiederholte Patrick. »Ich hätte den Platz im Inneren des Gebäudes anders genutzt.«

Ben kam diese Ablenkung sehr gelegen. Sie verhinderte, dass er übereilt und unüberlegt bei Clarissa eine Beichte ablegte.

»Ja und? Ist doch gut. Die Aufzüge in der Mitte des Komplexes und an den beiden Enden die Rolltreppen. Was ist daran schlecht?«

»Nicht schlecht. Machen nur alle. Sieh dir doch die ganzen Einkaufszentren an. Egal ob Frankfurt, Nürnberg oder München. Sehen alle gleich aus.«

»Und was hättest du gemacht?«, fragte Ben und blickte seinen Kollegen erwartungsvoll an.

»Glasaufzüge.«

»Wie?«

»Glasaufzüge. An allen Ecken. Lockert die Fassade auf und ist ein optisches Highlight.«

Ben überlegte, ob er dem gepeinigten Tiefgaragenprofi überhaupt widersprechen sollte. Immerhin sprühte der nur so vor lauter Neid.

»Du weißt aber schon, dass Glasfahrstühle immer eine Kältebrücke sind. Ganz zu schweigen von der Gefahr eines Ausfalls, wenn es Frost gibt.«

»Das ist mir durchaus bewusst. Aber da gibt es heute die tollsten Sachen. Voll beheizt, Thermoverglasung.«

Ben packte sein Notebook in die Tasche. »Mag ja sein. Du vergisst aber die Lastenaufzüge. Oder willst du die auch außen anbringen? Viel Erfolg beim Statiker!«, sagte Ben. Leider etwas zu ausgelassen, was Patrick sichtlich ärgerte.

»Ich verstehe schon. Eine Nummer zu groß für mich, was?« Er wischte sich grob den Mund mit einer Serviette ab und warf sie auf den Teller, den er auf dem Tisch abstellte.

»So meinte ich das doch nicht!«, versuchte Ben die Situation abzuschwächen.

»Ach, wenn du Fragen zur Tiefgarage hast, du weißt ja, wo du mich findest.« Er ging.

»So warte doch, ich …«

Ach, egal. Ben ließ ihn ziehen. Patrick war alt genug und musste sich aus seiner Lage selbst befreien. Warum er nicht schon lange bei Zöllner im Büro auf den Tisch haute, war Ben schleierhaft. Wahrscheinlich aus dem Grund, warum frischgebackene Ehemänner für jeden Betrieb ein Sechser im Lotto waren. Die Verantwortung, das sichere Einkommen, Hausbau, all das waren die Gründe, warum sich Patrick in der Duldungsstarre befand. Wenn dann auch noch ein Kind unterwegs war, traute man sich anscheinend noch nicht einmal mehr, nach einer Gehaltserhöhung zu fragen. Also, nicht sein Problem.

Sein Handy vibrierte.

Sa: Mach mich jetzt auf zum Flughafen. Treffen uns am Gate.

Stimmt, dachte Ben und klopfte sich an die Stirn. Heute jettete er nicht alleine auf die Insel. Sascha hängte sich an ihn dran. Tat ihm gut, mal aus seinem stickigen Studio zu kommen. Ob allerdings eine enge Flugzeugkabine und ein überfülltes UNIVERSUM eine gute Wahl für seinen Freigang waren, blieb abzuwarten.

***

»Da bist du ja. Ich warte hier schon wer weiß wie lange«, motzte Sascha. »Hast du mal die Schlange an der Sicherheit gesehen?«

»Ja, sorry. Der Verkehr!«

»Der kluge Mann fährt Bahn.«

»Und der erfolgreiche einen Fünfer! Und? Bist du bereit, deine Mucke mal wieder vor Ort zu genießen?«

Sascha hängte sich seine Notebooktasche über die Schulter. »Aber so was von. Vorausgesetzt, ich bin bis dahin noch einigermaßen nüchtern. Lass uns gleich mal im Flieger einen zwitschern.«

»Wie gesagt, ich bin mit dem Wagen hier. Wenn wir wieder zurück sind, würde ich auch gerne damit wieder nach Hause fahren.«

»Siehst du! Noch ein Grund, mit der Bahn zu fahren. Außerdem bist du bis dahin locker wieder nüchtern.«

»Nee, lass mal. Es ist unprofessionell, wenn ich alkoholisiert auf die Bühne gehe.«

»Na, die paar Textzeilen bete ich dir mit zwei Promille noch runter.«

»Nur blöd, dass ich der Entertainer bin, und du bist der Mann am Mischpult.«

Sascha beließ es dabei. Er wirkte aufgeregt. Ben wurde bewusst, wie selbstverständlich für ihn die Fliegerei mittlerweile geworden war. Was für Sascha die S-Bahn war, war für ihn eine Boeing. Mit dem Unterschied, dass am Hauptbahnhof kein Nacktscanner stand.

»Ein Bier bitte.«

»Macht drei fünfzig.«

Sascha sah zuerst die Stewardess und dann Ben verwundert an, bevor er seine Geldbörse zückte.

»Stimmt so.«

»Danke. Und für Sie?«

»Nichts, danke.« Ben lächelte die hübsche Brünette an, bevor sie den Servierwagen eine Reihe weiter nach vorne schob.

»Seit wann kostet denn das Trinken was im Flieger?«

»Du bist wirklich schon lange nicht mehr geflogen, was?« Sascha nickte.

»Warum sitzt zwischen uns eigentlich keiner?«

»Weil ich Gang und Fenster für uns reserviert habe. Mit etwas Glück bleibt der Platz frei. Erst recht, wenn wenig los ist.«

»Ah!«

»Und? Was erwartest du von deinem Kurztrip?«

Sascha nahm einen kräftigen Schluck aus der Dose und stellte sie auf sein Klapptischchen.

»Bier, fesche Mädels und einen erstklassigen Herrn Biber auf der Bühne. Ich bin ja so gespannt! Meinst du, es ist voll heute Abend?«

»Ist immer voll.« Ben legte seinen Kopf an die Lehne.

»Na, hoffentlich. Ich will doch sehen, wie meine Mucke bei den Leuten ankommt.«

»Unsere Mucke! Du wirst staunen, wie gut auch die anderen Sachen laufen.«

»Was genau meinst du mit *die anderen Sachen*?«

»Die Sachen, die du müde belächelst.«

Sascha richtete sich auf. »Sag nicht ›Schlager‹!«

»Doch, ich sag's: Schlager!«

Sascha nahm einen weiteren Schluck und ließ sich zurück in den Sitz fallen. »Du hast gesagt, dass das Ausnahmen sind. Ein Versuch quasi.«

»Ja. Und voilà. Der Versuch ist geglückt. Die Leute stehen drauf.«

»Aber nur, weil du dort schon 'ne Nummer bist. Sie lassen es dir wahrscheinlich nur durchgehen.« Sascha drückte den Knopf an seiner Armlehne und stemmte mit seinem Körper die Rückenlehne nach hinten.

»Hey! Sagen Sie mal. Kommen Sie doch gleich zu mir auf den Schoß!« Eine Dame mittleren Alters entrüstete sich hinter Sascha und drückte mit aller Kraft gegen seine Lehne.

»Oh, sorry. War das zu weit?«, meinte Sascha unschuldig. Dabei drehte er sich um und spähte zwischen den Sitzen nach hinten.

»Zu weit? Sie werden es für die kurze Zeit wohl aushalten müssen, aufrecht zu sitzen.«

»Da haben Sie recht«, mischte sich Ben ein. »Bitte entschuldigen Sie die Unannehmlichkeiten.«

Sacha stellte seine Lehne wieder in aufrechte Position.

»Sorry noch mal«, rief er und grinste Ben an. »Also, wie war das? Du willst so ein Schlagerfuzzi werden?«

»Doch nicht *nur*. Außerdem haben sich die Zeiten geändert. Das ist nicht nur Schmalz, was es da gibt. Hast du dich schon mal intensiv mit dieser Materie ...«

»Nein!«, platzte es umgehend aus Sascha heraus. »Das ist gegen meine Berufsehre.« Er verschränkte die Arme.

»Sascha, ich bitte dich. *Ich flieg jedes Jahr auf Malle mit dem Gerd, dem Heinz, dem Kalle, denn da trinken wir zusammen und die Leber steht in Flammen?* Wirklich?«

»Hey, du kannst ihn ja schon!«, freute sich Sascha und trank sein Bier leer.

»Aber nur, weil sich der Text umgehend in mein Hirn eingebrannt hat.«

»Du sagst doch immer, wir brauchen Texte, die man auch noch mit ein paar Promille mitgrölen kann.«

»Schon. Aber nicht nur. Die Leute wollen auch was anderes hören. Glaub mir. Außerdem laufen auch im Radio immer mehr deutschsprachige Sachen. Sogar den Drews spielen sie wieder häufiger.«

»Der hat ja auch gute Sachen«, meinte Sascha trocken und klappte sein Tischchen hoch. Die Dose steckte er, nachdem er sie zerdrückt hatte, in die Tasche der Lehne vor sich.

Ben setzte sich auf. »Und genau da will ich auch hin. Mal was anderes. Nicht nur immer die Partymucke. Klar, macht schon Spaß. Aber zwischendrin ein bisschen Schlagerpop ...«

»Schlagerpop?«

»Ja, Schlagerpop.«

»Nie gehört«, meinte Sascha etwas desinteressiert.

»Weil du eben nie rausgehst. Lass uns ein wenig den Horizont erweitern. Du wirst sehen, das funktioniert. Und wir kommen vielleicht ganz woanders hin damit. Der Mark Tomate hat mir da irgendwie einen Floh ins Ohr gesetzt von wegen: Silbereisen, Fernsehgarten, Stefan Mross und so.«

Auch Sascha setzte sich nun auf.

»Ach nee. Ich dachte, du willst unterm Radar bleiben? Du weißt schon, dass diese besagten Formate nicht im UNIVERSUM aufgezeichnet und dann auch nur dort wieder ausgestrahlt werden?«

»Klar weiß ich das.«

»Und wie willst du das dann deinem Chef erklären? Ganz zu schweigen von Clarissa. *Ach ja, was ich noch sagen wollte: Ich kann heute nicht zur Arbeit kommen, ihr könnt mich aber im Sat1-Frühstücksfernsehen bewundern. Ruft aber nicht an, ich habe das Handy aus.* Hast du dir das in etwa so vorgestellt?« Sascha zog die Augenbrauen hoch.

Ben atmete tief durch und lehnte sich wieder zurück. Da hatte sein Freund wohl schon ein wenig weitergedacht als er selbst.

»Wenn es erst einmal so weit ist, dass ich im Fernsehen bin, dann ist sowieso alles Wurst. Hör es dir heute einfach mal an, dann wirst du sehen, dass auch die anderen Lieder super funktionieren.«

»Na, meinetwegen. Wie läuft es eigentlich zwischen dir und der Architektin?«

»Clarissa!«

»Mein ich doch. Und? Zieht ihr bald zusammen?«

»Gott bewahre. Ich habe so schon genug Schwierigkeiten, mir was einfallen zu lassen, wo ich zweimal die Woche hingehe. Wie würde das erst sein, wenn wir zusammenwohnen? Ich komme ja die ganze Nacht nicht heim. Da reicht es nicht mehr, von wegen: *Es wird etwas spät heute bei mir, ich schlafe daheim.*«

»Schon klar.«

»Ich brauch übrigens noch eine gute Ausrede, warum ich heute nicht mit ihr ins Mangostin gegangen bin.«

»Sag doch einfach, weil du mit Eva auf Mallorca in der Kiste warst!«

Ben boxte Sascha in den Oberarm. »Lass es mich nicht bereuen, dass ich dir alles erzähle. Das ist genau der Grund, warum ich dir Clarissa nicht vorstelle. Viel zu gefährlich, dass du dich verplapperst.«

»Ich mach doch nur Spaß!«, lachte Sascha. »Vielleicht bin ich neidisch, dass du gleich zwei Frauen am Start hast.«

»Da brauchst du nicht neidisch zu sein. Manchmal ist das echt anstrengend. Wobei ich glaube, dass sich das mit Eva langsam von selbst erledigt.«

»Ach ja? Gründe?«

»Nur so ein Gefühl. Sie sagt zwar, dass es ihr nichts ausmacht, dass ich in Deutschland eine Freundin habe, aber ...«

»Klar macht ihr das was aus. Von was träumst du nachts?«

»Bestimmt hast du recht. Vielleicht ist es auch besser so. Aber schade wäre es schon.«

»Und dass du diese Clarissa in die Wüste schickst? Daran schon mal gedacht? Malle, Wohnung, Eva, Biber ...«

»Du, das kann jeden Tag vorbei sein. Das ist mir zu unsicher.«

»Unsicher!«, lachte Sascha. »Nicht mal ein Bausparvertrag ist heute mehr sicher. Entweder du brennst für die Musik oder eben nicht. Schau mich an. Was meinst du, was meine Eltern auf mich eingeredet haben, ich solle irgendwas anderes machen. Bank, Versicherung oder so.«

»Und? Erzählst du ihnen von Benny Biber?«

»Nein.«

»Von Hämorrhoidencremes?«

»Nein.«

»Von Fußpilzwerbespots?«

»Nein.«

»Warum nicht?«

»Weil das nichts zur Sache tut. Fakt ist aber, dass ich meinen Lebensunterhalt verdiene. Und das nicht schlecht. Und ich habe Spaß bei der Arbeit. Kannst du das von dir behaupten?«

»In ein Haus oder Einkaufszentrum zu gehen, das man selbst geplant hat, das ist schon geil.«

Sascha ballte die Faust vor seinem Gesicht. »Aber brennst du auch dafür?«

»Wer weiß das schon.«

»Ich an deiner Stelle würde Clarissa von Benny Biber erzählen und sehen, was passiert.«

Ben lachte. »Das sagt sich so leicht. Apropos, da wir schon so schön von Frauen sprechen. Dir würde eine Beziehung auch guttun. Nicht, dass du mir am Ende noch mal einsam stirbst. Vielleicht solltest du wirklich hin und wieder dein Studio verlassen und unter die Leute gehen. Würde auch deiner natürlichen Bräune guttun.«

»Da brauchst du keine Angst zu haben. Wie es der Teufel will, habe ich gerade neulich erst eine echt scharfe Maus kennengelernt.«

»Ach! Sieh einer an. Und das erfahre ich so nebenbei?«

»Fragst mich ja nicht.«

»Und? Wie ist das denn passiert? Sag bloß, du warst auf einer Party oder so.«

»Ich doch nicht. Ich bin zur Mülltonne gegangen, da ist sie quasi in mich reingelaufen. Hat sich tausend Mal entschuldigt und so.«

»Und? Komm schon. Lass dir nicht alles aus der Nase ziehen.«

Sascha tat cool. »Viel gibt es da nicht zu erzählen. Wir sind einen Kaffee trinken gegangen und haben uns für nächste Woche verabredet.«

»Warum denn erst nächste Woche?«

»Weil sie mit ein paar Freundinnen für ein paar Tage verreist ist.«

Ben nickte verständnisvoll und freute sich, dass sein Kumpel vielleicht doch nicht als Einsiedlerkrebs enden würde.

»Meine Damen und Herren, wir haben bereits mit dem Landeanflug begonnen. Bitte stellen Sie Ihre Lehnen ...«, tönte es aus den Lautsprechern.

Ben gurtete sich an. »Und wann stellst du mir deine Flamme mal vor?«

»Die kennt ja mich noch nicht mal richtig. Und dann stellt sich natürlich die Frage: Soll ich ihr Ben Valdern oder Benny Biber vorstellen? Von dem habe ich ihr nämlich erzählt.«

»Untersteh dich!«

»Was denn? Irgendwas Spannendes muss ich ja auch zu berichten haben. Oder soll ich ihr etwa was von Fußpilz erzählen? Du bist ein tolles Thema fürs erste Date. Sie hat schon ganz große Ohren bekommen.«

»Das darfst du ja auch. Aber lass den Biber bitte vorerst auf Mallorca. In good old Germany bin ich immer noch Ben, der Architekt.«

KEINE BADEHOSE AUF
MALLORCA

Völlig verträumt sah Sascha aus dem fahrenden Taxi. »Jetzt schau dir das an. Die Leute, die Lichter, die Kathedrale. Es hat sich nichts verändert, seit ich das letzte Mal hier war.«

Seine glänzenden Augen glichen denen eines Kindes, das zum ersten Mal mit der Bimmelbahn durch den Europapark fährt.

»Was soll sich auch verändern? München verändert sich auch nicht ständig. Und mach das Fenster zu. Die Klima ist an.«

»Geht nicht«, antwortete Sascha. »Muss die Stadtluft schnuppern.«

Ben ließ ihm den Spaß. Wieder einmal wurde ihm bewusst, wie selbstverständlich es für ihn war, auf den Balearen zu sein. Manchmal sah er während der Fahrt nicht einmal aus dem Fenster, sondern tippte auf seinem Handy herum. Doch jetzt war es fast so, als würde er mit Saschas Augen die Insel neu entdecken. Welch ein Privileg, wöchentlich hier aufschlagen zu dürfen.

Vor dem UNIVERSUM war bereits, wie gewöhnlich, einiges los.

»Meine Fresse. Ich muss wirklich öfter mal raus.«

»Meine Rede«, bestätigte Ben. »Bitte halten Sie am Nebeneingang«, wies er den Taxifahrer an und bezahlte. Dort stand bereits Kalle und rauchte eine Zigarette.

»Was sehen meine trüben Augen!« Kalle lachte und kam den beiden entgegen. »Mensch, was für ein seltener Gast. Gibt es dich überhaupt noch?«

»Wie du siehst. Hallo, Kalle, schön, dich zu sehen.«

»Hallo, Kalle«, schloss sich Ben seinem Freund an. »Und? Alles im Griff?«

»Klar. Kennst mich doch. Heute Mittag hatten wir zwar ein bisschen Probleme mit dem Mischpult, Knut hat das aber schnell wieder hingekriegt. Kommt rein in die gute Stube. Sascha? Bier?«

»Immer her damit.«

Kalle legte den Arm um Sascha und ging mit ihm zum Tresen, hinter dem Eva bereits herumwirbelte. Ben, eigentlich Star des Abends, dackelte hinterher.

»Eva! Kuck, wen ich hier habe. Ihr beiden kennt euch doch noch, oder?«

»Klar«, meinte Eva. »Hallo, Sascha. Na? Auch wieder mal im Lande?«

»Ich muss doch überprüfen, ob der hier alles richtig macht.« Sascha zeigte mit dem Daumen zu Ben, der hinter ihm stand.

Ben drückte sich an seinem Spezi vorbei an die Bar und beugte sich darüber, um Eva einen Kuss zu geben.

Sie kam ihm auf halber Strecke entgegen. »Na?«, meinte sie knapp.

»Gut siehst du aus.«

»Dank dir. Bier?« Eva schnappte sich ein Glas und begann zu zapfen.

»Erst nach dem Auftritt. Aber einen O-Saft würde ich nehmen. Sonst alles klar?«

»Alles klar. Sascha, du trinkst doch bestimmt eins!«

»Immer her damit, und nicht aufhören nachzuschenken«, meinte Sascha und haute mit der flachen Hand auf den Tresen.

»So kennt man ihn«, grölte Kalle und klopfte Sascha auf den Rücken.

An Sascha hatte er schon immer einen Narren gefressen gehabt.

Es dauerte nicht lange, bis auch Knut die Neuankömmlinge begrüßte. Eva stellte geschäftig die Getränke, die geordert wurden, auf die Tabletts der Bedienungen. Die Zeit dazwischen verbrachte sie damit, den Tresen mit einem Tuch trocken zu halten. Gegenüber Ben war sie reserviert, und er war versucht zu fragen, ob sie etwas hatte. Doch er ließ es sein und trank von seinem O-Saft.

Auf der Bühne quälte Mark Tomate die Gäste und sich selbst. Mit aller Gewalt versuchte er, die Meute zum Mitmachen zu animieren. Wie von der Tarantel gestochen lief er die Bühne auf und ab und klatschte übereifrig in die Hände. Leider schlug er dabei unentwegt auf das Mikro, was Knut regelrechte Schmerzen verursachte.

»Scheiße! Ich muss ihm das echt jedes Mal sagen, dass er das lassen soll«, schimpfte er.

»Gib ihm doch ein Headmikro!«

»Sascha, alles schon versucht. Er meint, er braucht was in den Händen. Bevor er auf der Bühne an sich selbst rumspielt, drücke ich ihm lieber ein Mikro in die Hand.« Knut zuckte erneut zusammen. »Verdammt! Der killt mir noch die Boxen.«

»Ach! Die halten das schon aus«, meinte Sascha. »Sieh nur, er gibt sich solche Mühe. Das Lied ist übrigens von mir«, prahlte er, obwohl es an dieser Stelle besser gewesen wäre, das nicht preiszugeben.

Mein Schatz, du bist so wunderschön
und herrlich heute anzuseh'n.
Ich schwör', auch wenn ich nüchtern bin,
hab ich nur dich im Sinn.
Trink doch noch einen Sekt mit mir,
oh ja, mein Schatz, ich sage dir,
nach ein, zwei Gläschen und noch mehr
gibst du mich nicht mehr her.

Ja, ohne Zweifel. Das war eines der unsterblichen Werke von Sascha.

»Hallo Süßer! Wen hast du denn da mitgebracht?« Bibi Bordell stellte sich, wie immer halbnackt, neben Ben und blickte erwartungsvoll zu Sascha.

Der verschluckte sich fast und war umgehend auf Sendung. »Ja, wen haben wir denn da?«, fragte er schelmisch. »Ben, willst du mir die Dame vorstellen?«

»Klar. Bibi, das ist Sascha, mein Engineer. Er macht mir die Musik. Sascha, das ist Bibi Bordell.«

Sascha reichte Bibi die Hand.

»Warum so förmlich!«, rief sie und drückte ihre silikonverstärkten Brüste an den jungen Münchner.

Der war natürlich verzückt und ließ die kleine Bibi gewähren.

»Das Lied, das Mark gerade singt, habe ich geschrieben«, verkündete er stolz.

»Toll!«, freute sich Bibi und drehte keck einen Fuß auf der Stelle.

Ben begriff umgehend, dass er von nun an hier am Tresen überflüssig war. »Du, während ihr euch bekannt macht, gehe ich schon mal in die Garderobe. Bleib am besten hier. Ich bin eh in einer halben Stunde dran.«

»Das glaubst du aber, dass ich so was von hierbleibe«, sagte Sascha begeistert und hatte umgehend Bibi im Arm, die an seinem Bier nuckelte.

Ja, da war Bibi schmerzfrei. Angst vor Nähe kannte sie nicht und war innerhalb von Sekunden mit jedem auf Du. Ben hoffte, dass ihr das nicht irgendwann zum Verhängnis würde.

In seiner Garderobe nahm Ben den weißen Anzug vom Haken, legte ihn über den Stuhl und begann, sich auszuziehen. Es klopfte.

»Herein!«

»Störe ich?«

»Eva. Schön. Quatsch, ich meine ... komm rein!«

Ben ging in T-Shirt und Unterhose auf Eva zu, um sie erneut zu küssen. Ihre Lippen berührten sich nur kurz. Sie setzte sich auf das kleine Sofa, das in der Ecke stand.

»Du hast nicht erwähnt, dass du Sascha mitbringst.«

»Das war Hals über Kopf. Ich weiß es auch erst seit gestern.«

Eva schlug die Beine übereinander, Ben schlüpfte in die weiße Anzughose.

»Schön, ihn wiederzusehen. Er war ja schon Ewigkeiten nicht mehr hier«, meinte Eva und fuhr sich durchs Haar. Es hatte den Anschein, als würde sie um irgendeinen heißen Brei herumreden.

Ben schnappte sich das Hemd von der Garderobe und knöpfte es auf. »Sag mal ... ist was mit dir?«

»Nein. Was soll sein?« Eva tat so, als wäre sie von dieser Frage überrascht.

»Ich meine nur. Du wirkst so ... ich weiß auch nicht.«

»Nö. Alles gut. Und bei dir? Alles okay daheim?«

»Ja, passt. Stell dir vor, mein Chef war von meiner Planung für das Einkaufszentrum total begeistert. Du weißt doch, ich habe dir davon erzählt.«

»Ja? Schön.«

Ben hatte sich mehr Reaktion von Eva erwartet. Sie stand auf und lehnte sich an den Schminktisch.

»Und Clarissa?«, meinte sie. »Hat die sich auch gefreut?«

Ben hielt kurz inne, bevor er weiter sein Hemd zuknöpfte. Daher wehte also der Wind. Es war so weit. Irgendwann hatte es ja dazu kommen müssen. Der Punkt, an dem jede Affäre einmal strandet. Der Punkt, an dem es einer der beiden Parteien nicht mehr genügt, ein Abenteuer zu sein.

»Klar«, meinte Ben knapp.

Er strich Eva über die Wange und setzte sich vor den Spiegel. Dann schnappte er sich die Perücke und zog sie sich übers Haar.

»Willst du mir irgendetwas sagen?«, fragte Ben, ohne sie anzusehen.

»Ach, Ben. Ich weiß auch nicht.«

Ben drehte seinen Stuhl zu Eva.

Sie sah ihn an und musste lachen. »So kannst du aber nicht rausgehen. Deine Haare gucken ja noch unter der Perücke hervor.« Sie begann, Bens Frisur zu korrigieren.

Er hielt ihre Hand fest. »Damit ist es aber nicht getan, oder?«

»Was meinst du?«

Ben drehte sich wieder zum Spiegel. »Ein paar Haare unter der Perücke verschwinden zu lassen.«

»Ich verstehe immer noch nicht …«

Ben war klar, dass Eva es nicht aussprechen wollte. »Du möchtest mehr, oder?«

»Ach, Ben.« Sie setzte sich wieder aufs Sofa. »Weißt du, es gibt Tage, da ist alles wunderbar. Dann gibt es solche wie heute. Da warte ich den ganzen Tag, bis du kommst, und denke mir, dass ich das nicht mehr möchte. Ich bin jetzt fünfundvierzig. Vielleicht sollte ich langsam damit aufhören, das Leben einer Zwanzigjährigen zu führen.«

Ben stand auf, ging zu Eva und setzte sich neben sie. »Heißt das, du willst das mit uns beenden?«

»Wenn ich das wüsste.«

»Verlangst du von mir, dass ich mich entscheide?«

»Ach, Quatsch.« Eva stand auf. »Das wäre ja total kindisch. Ich wusste doch von Anfang an, auf was ich mich einlasse.«

Ben nahm Evas Hände und sah ihr tief in die Augen. »Eva, ich kann momentan nicht alles stehen und liegen lassen. Es steht zu viel auf dem Spiel. Gerade fange ich an, nach der Pleite als Architekt wieder Fuß zu fassen. Und das mit Clarissa …«

Eva küsste Ben auf die Wange und atmete tief durch. »Ach, weißt du was, wir vergessen das Ganze. Vielleicht sind das ja die Wechseljahre.«

»Schmarrn. Mit fünfundvierzig.«

Eva lachte. Wie es schien, wollte sie das Thema einfach mal in die Waagschale werfen. Nun zog sie die Notbremse.

Ben küsste Eva. »Wir reden einfach noch mal in Ruhe darüber. Einverstanden?«

»Klar. Mensch, da schneie ich einfach so vor deinem Auftritt in deine Garderobe und belästige dich mit meinem Zeug.«

»Wenn wir beide nicht darüber reden, mit wem reden wir dann darüber? Mit Bibi oder Mark?«

»Gott bewahre.« Eva wischte sich über die Augen. »Also, ich geh dann mal. Toi toi toi!«

»Hey.«

Eva blieb abwartend stehen.

»Alles klar?«, wollte Ben wissen.

»Natürlich.« Dann schloss sie die Tür.

Ben setzte sich wieder vor den Spiegel und sah sich an. Er dachte an Clarissa und daran, wie sie mit dieser Situation umgehen würde, wäre sie an Evas Stelle.

Schnell verwarf er die Frage, legte sich die Goldkette um den Hals und setzte die Sonnenbrille auf. Denn solche Gedanken machte sich Ben, nicht aber Benny.

Er stand auf und zog sein Sakko an. Ein letztes Mal musterte er sich vor dem großen Spiegel an der Wand. Benny Biber war bereit, nicht nur *ein* Herz zu erobern. Wenn, dann sollten es mindestens ... alle sein!

**Ich brauche keine Badehose auf Mallorca,
mich kriegt die Sonne sowieso niemals zu
seh'n – oh oh.
Was brauch' ich eine Badehose auf Mallorca,
mich kriegt die Sonne sowieso niemals zu
seh'n – oh oh oh.**

Ich freue mich, wie jedes Jahr, auf meine große
Reise,

bei der ich hin und wieder ganz vergesse, wie
ich heiße.

Ich packe meinen Koffer und studiere, was ich
brauche.

Das geht bei mir ganz fix, oh ja, seitdem ich
nicht mehr rauche.

Doch eine kleine Sache, die lass' ich stets zu
Haus –

normal, denn ich geh' ja nur bei Dunkelheit
hinaus.

Ich brauche keine Badehose auf Mallorca,

mich kriegt die Sonne sowieso niemals zu seh'n – oh oh.

Was brauch' ich eine Badehose auf Mallorca,

mich kriegt die Sonne sowieso niemals zu seh'n – oh oh oh.

Meine Freunde legen morgens schon ihr Handtuch auf die Liege,

während ich mich noch gemütlich schön auf der Matratze wiege.

Sie drehen sich nach links und rechts für eine angenehme Bräune,

ich bin mir ziemlich sicher, dass ich da nicht viel versäume.

Und wenn es abends dunkel wird, dann steh' ich langsam auf,

ich trink was aus der Minibar, dann komm' ich besser drauf.

Ich brauche keine Badehose auf Mallorca,

mich kriegt die Sonne sowieso niemals zu seh'n – oh oh.

Was brauch' ich eine Badehose auf Mallorca,

mich kriegt die Sonne sowieso niemals zu seh'n – oh oh oh.

Der Saal kochte und Sascha klatschte vom Tresen aus begeistert mit. Immer wieder scannte er mit seinen Blicken das UNIVERSUM ab und versuchte, möglichst viel davon aufzusaugen. Er sah zu Ben auf die Bühne, der die Leute erstklassig im Griff hatte. Die Beats kamen fett aus den Boxen, der Mix und das Mastering waren perfekt und ließen den Körper beben. Man konnte nicht anders, als mit dem Rhythmus mitzugehen. Allen voran Benny Biber, der souverän auf der Bühne performte. Die Musik des Titels war längst vorüber, als das Publikum immer noch den Refrain sang. Der Entertainer hatte nichts weiter zu tun, als das Mikrofon in die Leute zu halten und die kleine Pause zu genießen.

Kalle prostete Sascha zu. »Na, was sagst du zu unserem Wunderknaben?«

»Hammer. Mir war klar, dass er hier gut ankommt. Aber dass es so megageil ist, das hätte ich nicht gedacht.«

»Tja, Sascha, dann rede deinem Freund mal gut zu. Da geht noch was. Der Feigling traut sich nur nicht, Nägel mit Köpfen zu machen.«

Sascha stellte sein Bier ab und blickte Kalle an. »Wegen seines Jobs in München? Das alleine ist es doch nicht. Er hat ja auch eine Perle am Start.«

Kalle blickte verwundert drein, sah Sascha an und dann auf die Bühne. »Was? In München auch? So ein Hund. Prost!«

Mark setzte sich verschwitzt neben Sascha. »Mensch, Sascha! Na? Hast du mich gesehen da oben? Hast nicht gedacht, dass ich es noch draufhabe, was? Eva, machst du mir bitte ein kühles Blondes?«

»Gelernt ist gelernt, Mark.«

»Das da oben ist nur ein Strohfeuer. Wirst schon sehen. Die Leute stehen auf echte Gefühle.«

Eva stellte Sascha sein Pils auf den Tresen.

»Wenn du das sagst.« Sascha knallte sein Glas gegen das von Mark.

»Sascha, lass uns doch wieder mal was zusammen machen. Ich hab da irre viele Ideen. Ich wollte Benny mit ins Boot holen, damit er sich an meine Fersen heften kann. Aber, was soll ich sagen ...«

»Klar, Mark. Wir können ja mal telefonieren!« *In hundert Jahren oder so.*

»Seid ihr gut drauf?«, brüllte Benny von der Bühne.

»JAAAAA!«

»Geht noch was?«

»JAAAAA!«

Der Bass setzte ein und die Hände gingen klatschend nach oben.

»Ab, auf die Insel ...«

»OLÉ OLÉ HÓLA!«

»Welche ich meine ...«

»DAS IST DOCH SONNENKLAR!«

»Einmal im Jahr ...«

»HABEN WIR SPASS WIE NIE!«

»Malle ist die ALLERBESTE …«

»GRUPPENTHERAPIE!«

Ja, Benny Biber hatte die Menge im Griff. Auf der Bühne gab es keine Baupläne, keine Clarissa, keine Schulden, die noch zu bezahlen waren. Es gab nur ihn und …

TINA?! Scheiße!

»OLÉ OLÉ HÓLA!«, brüllte die Meute.

Ben sah von der Bühne auf die erste Reihe nach unten. Tina sah nach oben, lächelte und winkte. Neben ihr fünf weitere Mädels, die auch wie sie ein rotes T-Shirt mit der Aufschrift *Mädelsabend – Finger weg* trugen.

Benny Biber versuchte, sich zu konzentrieren. Was machte Tina hier? War es ein Zufall? Nein. Zufälle gab es nicht. War sie am Ende mit Clarissa gekommen? Nein. Er hatte gesehen, welches Verhältnis die beiden pflegten.

»Sonnen… sonnenklar«, brabbelte Benny in sein Mikro und bewegte sich äußerst unkoordiniert dazu.

Immer wieder blickte er zu Tina, um sich davon zu überzeugen, dass er nicht träumte.

Tina grinste unentwegt und saugte mit einem Strohhalm an ihrem Cocktail. Er blickte zum Tresen. Eva war zu beschäftigt, um seinen Auftritt zu verfolgen. Dafür sah ihn Sascha etwas ungläubig an. Kalle signalisierte ihm irgendwas und Mark schüttelte den Kopf.

»Wir haben Spaß …« Er versuchte sich an den Text zu erinnern.

Von diesem Augenblick an war er komplett aus dem Takt und der Text war wie aus seinem Hirn gelöscht.

»Was hat er denn?«, fragte Kalle Sascha.

»Kalle, ganz ehrlich. Keine Ahnung. Das ist nicht wirklich gut.«

Mark drängte sich zwischen die beiden und legte seine Arme auf ihre Schultern. »Das, was ich immer sage. Das junge Gemüse hat es einfach nicht drauf. Aber von einem alten Hasen wie mir wollen die nichts annehmen.«

Kalle sah Mark zweifelnd an.

»Na, was denn, Kalle! Mich kannst du nachts wecken und ich kann alles abrufen. Profi eben.«

Sascha sah wieder zur Bühne. Sein Freund sah zu ihm herüber. Da geschah es: Benny Biber, der Star des Abends, wurde von einem heranfliegenden Plastikbecher unglücklich am Kopf getroffen. Nicht, dass dieser Becher größeren Schaden hätte anrichten können. Dummerweise aber stand Benny direkt an der Bühnenkante. Und er verlor das Gleichgewicht. Da half auch das hektische Rudern mit den Armen nichts mehr.

Unter den Buhrufen seiner vermeintlichen Fans stürzte Benny Biber an diesem Abend in hohem Bogen in die Menge. Man konnte nur hoffen, dass einige Gäste dies als Stage-Diving ihres Stars deuteten. Für gewöhnlich warteten die Fans nur darauf, ihr Idol aufzufangen, damit dieses ein Bad in der Menge nehmen konnte.

Im UNIVERSUM war dies leider anders. Wie auf Knopfdruck sprangen alle auseinander und boten dem Sänger in seinem weißen Anzug genügend Platz, um gepflegt auf dem biernassen Boden zu landen. Kurz nach seinem Aufschlag erreichte auch das Mikro die Erde, was deutlich aus den Boxen zu hören war – *die* Chance für einige Feierwillige, sich das Teil zu schnappen, um sich auch einmal lallend an den Texten des Herrn Biber zu versuchen.

»GRUPPENTHERAPIE!«, grölte ein angetrunkener Typ mit Muskelshirt und hochrotem Kopf ins Mikro.

»GRUPPENTHERAPIE!«, riefen ein paar Hundert Leute hinterher.

»HOSSA, HOSSA, HOSSA!«

Nein, das war nicht von Benny.

Sascha sprang vom Barhocker und lief zu seinem Freund. Nicht so einfach, bei voller Hütte. Kalle und Knut folgten ihm. Kalle, um sich zu vergewissern, dass seinem Goldesel nichts zugestoßen war, Knut sicherlich nur wegen des Mikros. Mark Tomate setzte sich entspannt auf Saschas Platz und trank dessen Pils aus. Wäre doch schade drum gewesen.

JUNGGESELLINNENABSCHIED

»Weg da. Geht zur Seite!«, rief Sascha, während er sich zielstrebig auf die Bühne zuarbeitete.

Kalle überholte Sascha und schnaufte sich wie eine Dampfwalze durch die Leute.

Endlich vorne angekommen, sahen sie Benny auf dem Boden liegen. Den Kopf auf den Oberschenkeln einer dunkelblonden Kleinen, die vor der Bühne kniete.

»Geht es ihm ... TINA?«

»Hey, Sascha. Auch hier?«

»Was heißt hier ...«

Kalle kniete sich neben Tina und tätschelte Bennys Gesicht. Er öffnete die Augen.

»Da ist er ja wieder«, meinte Tina freudig.

Für Kalle war die Sache damit erledigt. Er stand auf, um Bibi Bordell zu suchen. Wenn jemand wieder die Konzentration der Gäste auf die Bühne lenken konnte, dann sie.

»Was machst du denn hier?«, wollte Sascha von Tina wissen.

»Junggesellinnenabschied.«

»Wie? Ihr macht das auch?«

»Klar.«

Ben kam langsam zu sich. »Was machst du denn hier?«, fragte auch er.

»Hab ich doch gerade gesagt. Junggesellinnenabschied!«

»Wie? Das macht ihr auch?«

Sie grinste wieder. Sie fand das offenbar alles sehr amüsant. Ganz im Gegensatz zu Ben. Er machte Anstalten aufzustehen. Sascha packte seinen Arm und zog ihn hoch. Für die umstehenden Menschen war Benny Biber zu diesem Zeitpunkt nicht mehr interessant. Bibi hatte die Bühne geentert und hypnotisierte mit ihren Brüsten die ersten Reihen. Ob sie sang oder nicht, spielte keine Rolle.

»Geht es wieder?«, fragte Sascha seinen Freund, ohne die Antwort abzuwarten, und wandte sich umgehend an Tina. »Das ist ja eine Überraschung, dass du hier bist. Warum hast du denn nichts gesagt? Dann hätten wir zusammen fliegen können.«

»Das hat sich kurzfristig ergeben. Linda dort drüben heiratet nächste Woche. Da haben wir eben gebucht.«

Ben wies die beiden an, ihm zu folgen. Ein paar Schritte weiter setzte er sich auf die Treppe des Bühnenaufgangs.

»Ihr beiden kennt euch also?«

»Stell dir vor, Ben, was für ein Zufall. Ich habe dir doch erzählt, dass mir jemand …«

»… vor deinem Studio in die Arme gelaufen ist«, beendete Ben den Satz.

Tina übte sich in Schweigen.

»Genau. Das ist sie. Tina, das ist der wahrhaftige Benny Biber, wie er leibt und lebt, Benny, ich meine Ben, das ist Tina.«

Ben sah Tina an, die verschmitzt dreinblickte und weiterhin abwartete.

»Wir kennen uns«, meinte er zu Sascha, ohne den Blick von Tina zu nehmen.

»Nein! Woher denn?«

»Sie ist Clarissas Schwester.«

»Nein!«

»Doch!«

»Das gibt es ja nicht. So klein ist die Welt.«

Sascha legte den Arm um Tina, blickte eine Weile zwischen Ben und ihr hin und her, bis auch bei ihm endlich der Groschen fiel.

»Oh!«, meinte er und nahm den Arm von Tinas Schulter. »Das ist ja … ich meine … oh!«

Tina blickte drein, als wäre sie die Unschuld vom Lande.

Ben stand auf und rückte seine Perücke zurecht. »Sascha, ich glaube, Tina und ich müssen da was klären. Du entschuldigst uns kurz?«

Ben nahm Tina am Arm und zog sie Richtung Garderobe.

»Klar, ich meine, lasst euch ruhig Zeit. Wir müssen danach aber auch einiges klären, Tina!«, rief Sascha ihr nach. »Das kann doch alles kein Zufall sein!«

Ben sah sich nach Sascha um. Verklärt sah Sascha wieder zur Bühne und wippte mit dem Kopf zum Rhythmus, den Bibi mit ihrem Allerwertesten vorgab. Ben war nicht ganz klar, ob Sascha wirklich so naiv war oder einfach nur drei oder vier Pils aus ihm sprachen.

»Spionierst du mir nach?«, wollte Ben von Tina wissen, sobald er die Garderobentür von innen geschlossen hatte.

»Was heißt spionieren? Wie Sascha schon sagte: reiner Zufall«, meinte sie frech und sah sich im Raum etwas um.

»Blödsinn.«

»Nun sei nicht so. Ist doch lustig. Der Freund meiner Schwester ist ein Schlagerheini. Ich lach mich tot!« Sie ließ sich aufs Sofa fallen.

»Erstens bin ich kein Schlagerheini und zweitens ist das ein ernst zu nehmendes Genre.«

»Wenn du das sagst.« Tina zog die Beine aufs Sofa und legte sich lang.

»Was soll das denn werden?«

»Benny, ich bin gerade psychisch so labil. Du, meine Schwester, das Architekturbüro, mein Vater, ich weiß überhaupt nicht, ob ich das alles alleine verarbeiten kann.«

»Ich heiße Ben. Schon vergessen? Also, so ist das. Du willst mich erpressen.« Ben zog sich die Perücke vom Kopf und warf sie auf den Schminktisch. »War ja klar, dass das irgendwann so kommen musste.«

»Dich? Erpressen? Ach, woher denn. Viel eher brauche ich eine Therapie. Also, therapiere mich.« Sie sah ihn an.

»Wie? Ich soll mit dir schlafen?«

»Ha! Also, wenn du Sex als Therapie verstehst, dann stehen die Heilungschancen für meine Schwester eins zu einer Million.«

Ben drehte sich um. »Und … was stellst du dir dann vor? Geld?«

»Quatsch. Mann, du bist vielleicht schwer von Begriff. Jetzt verstehe ich langsam, warum meine Schwester mit dir zusammen ist. Du sollst mir erzählen, was Sache ist. Damit ich das in meinem Hirn irgendwie geregelt bekomme. Hast du einen Plan? Willst du meine Familie zu Tode singen, sie blamieren? Sie mit deinem Goldkettchen erschlagen?«

Ben fasste an seinen Hals und suchte den Verschluss der Kette, um sie abzunehmen. »Was denkst du denn von mir?«

»Das weiß ich noch nicht. Also, erzähl es mir.«

Ben atmete tief durch, legte die Kette auf den Tisch zu seiner Perücke und klatschte in die Hände. »Gut. Bleibt mir ja doch nichts anders übrig. Ob du es glaubst oder nicht, mir macht beides Spaß und ich habe keinerlei Hintergedanken.«

»Was macht dir denn mehr Spaß? Meinen Vater zu hintergehen oder meine Schwester? Ich möchte alle Einzelheiten wissen. Sonst kann ich für nichts garantieren.«

»Tina, können wir bitte ernst bleiben? Ich hintergehe niemanden. Es ist vielmehr ein … Nicht-alles-Erzählen. Ich war hier doch schon auf der Bühne, da kannte ich Clarissa und euren Vater noch gar nicht.«

»Laaangweilig!«, gähnte sie und hielt sich die Hand vor den Mund.

»Das mag sein, ist aber so. Ich ging pleite, habe mich mit der Singerei über Wasser gehalten, dein Vater hat mir einen Job angeboten, ich bin mit Clarissa zusammengekommen und singe hier nebenbei immer noch. Ende der Geschichte!«

Tina setzte sich auf. »Und warum machst du dann so ein riesiges Geheimnis um das alles hier?«

»Ach, weißt du, irgendwann kommt man an den Punkt, da ist es zu spät, alle Karten auf den Tisch zu legen.«

Sie lehnte sich wieder zurück. »Hm, und das ist wirklich die ganze Geschichte?«

»Ja!«

»Du bist ja noch langweiliger als die ganze Sippe, die zweiwöchentlich meinen Eltern den Champagner wegsäuft.«

»Tja, mit mehr Aufregung kann ich leider nicht dienen.«

»Aber ein wenig textsicherer solltest du noch werden. Sonst wird das nichts mit dir und deiner Karriere in dieser Saufanstalt.«

Ben stand auf. »War ja klar, dass das nichts für die Dame aus gutem Hause ist.«

»Da bist du anscheinend nicht ganz im Bilde, mein Lieber. Ich habe mit meiner Familie überhaupt nichts am Hut. Mir macht es Spaß, sie vor den Kopf zu stoßen. Für mich gibt es nur meinen Weltladen und alle paar Wochen für ein paar Tage Ibiza. Das reicht mir. Mit meinen Inselklamotten auf einen der legendären Empfänge zu gehen, ist sozusagen mein Abnabelungsprozess.«

»Vielleicht unterschätzt du deine Familie. Ich bin mir sicher, wenn du mit ihnen …«

Tina winkte ab. »Vergiss es. Die haben mich schon lange aufgegeben. Spätestens als ich erklärt habe, dass ich nicht in Papas Firma einsteigen möchte. Da haben die mich fallen gelassen. Und meine feine Frau Schwester auch. Nur weil ich anderer Meinung war, was unsere Umwelt betrifft.«

»Ja, Clarissa hat da was erzählt. Coole Sache.«

Tina lächelte Ben an. »Ja, das war was. Mann, wie blöd die alle geguckt haben. Meine Schwester und mein Vater haben mich tatsächlich von der Polizei abführen lassen. Kannst du dir das vorstellen?«

Ben zog die Augenbrauen hoch. »Ehrlich gesagt: ja!« Er setzte sich endlich.

Tina stand auf und lehnte sich gegen den Schminktisch. »Und nun? Wann wollen wir es denn meiner Familie sagen?«

»Was sagen?« Ben legte besorgt die Stirn in Falten.

»Na, dass du hier auf der Bühne hüftschwingend die Frauen ganz wuschig machst mit deinen Kettchen. Bitte, bitte! Darf ich es ihnen sagen?«

»Untersteh dich.«

»Dann will ich wenigstens dabei sein.« Sie klatschte bittend in die Hände.

»Nix da. Du hältst dicht.«

Tina zog eine Schnute. »Na, meinetwegen. Du scheinst mir in Ordnung zu sein. Und langweilig!«

Ben zog sein Sakko aus und hängte es auf den Kleiderbügel. »Sag mal, was ist das eigentlich mit Sascha? Jetzt mal ehrlich. Zufall? Für wie blöd hältst du mich eigentlich?«

»Seit zwei Minuten nicht mehr für so blöd.« Sie lachte. »Nein, im Ernst. Das war einfach. Ich bin dir vom Büro aus gefolgt, als du zu Sascha gefahren bist. Tags drauf bin ich wieder hin, hab ein bisschen gewartet, bis er rauskam ... das hat vielleicht gedauert! Und schwupps, hier bin ich. Das war vielleicht leicht mit dem. Aber süß ist er. Hat geplaudert wie ein

Wasserfall. Das wollte ich alles überhaupt nicht wissen. Ich wusste bis dato gar nicht, dass es so etwas wie Stimmungssänger gibt.«

»Tja. Warum auch? In deinen Kreisen ist es wohl nicht üblich, Spaß zu haben.«

»Da kennst du die Upperclass, die bei meinem Vater ein und aus geht, aber schlecht. Hast du nicht gesehen, wie die abgegangen sind, als mein Vater seine Geige gequält hat?«

Beide lachten.

»Spielst du eigentlich auch ein Instrument?«

»Tamburin. Aber nur, wenn ich auf Ibiza mit einem Joint im Mundwinkel angezwitschert ums Lagerfeuer hüpfe. Natürlich mit meinen Hare-Krishna-Freunden.«

»Echt?«

»Boa ey. Spaß!«

»Ich dachte schon.«

»Was? Nur, weil ich mich etwas locker anziehe und nicht steif durch die Gegend laufe, bin ich gleich eine Aussteigerin? Wenn du wüsstest, was ich in den letzten Jahren alles auf die Beine gestellt habe.«

»Und deine Freundinnen da draußen? Ist das auch nur ein Fake, dass die hier sind?«

Sie zuckte mit den Schultern. »Wer weiß das schon!«

Es klopfte an der Tür, und Sascha streckte, ohne ein »Herein« abzuwarten, seine Nase in die Garderobe.

»Die Bibi ist fertig. Die ist ja vielleicht eine Nummer. Ich glaube, ich schreib der 'nen Song. Und? Bei euch?«

»Komm rein. Tina weiß jetzt alles.«

Sascha schloss die Tür hinter sich. »Was?«

»Na, das mit mir und Benny Biber.«

»Ach so!«, rief Sascha. »Klar! Jetzt aber mal ehrlich, Tina. Das war doch kein Zufall, dass du mir in die Arme ...«

»Nö!«, meinte Tina trocken. »Ich wollte dich kennenlernen, damit ich mehr über deinen Freund hier erfahre.«

Sascha sah zu Ben. Der zuckte mit den Schultern. »Aber bedeutet das, dass wir uns jetzt nicht mehr treffen?«

»Warum denn das?«, fragte Tina nach.

»Na, jetzt, wo du alles weißt, da bin ich ja überflüssig.«

Tina ging auf Sascha zu. »Also, ich finde das ja ganz lustig mit euch beiden. Bleibt es bei nächster Woche?«

»Klar!« Da war Sascha schmerzfrei. »Hey, dann können wir ja alle zusammen heimfliegen!«

»Nö. Wir sind noch bis Freitag hier«, meinte Tina.

Sascha kniff die Augen zusammen, spitzte den Mund und nickte ihr bewundernd zu. »Das ist ja mal ein amtlicher Junggesellinnenabschied.«

»Tja! Wenn, dann schon richtig.«

»Ach, und, Tina?« Ben sah Tina mit ernster Miene an.

»Ja?«

»Kein Wort. Das ist meine Sache. Ich bestimme, wann ich es Clarissa sage. Hörst du?«

Sie hob ihre Hand. »Großes Schlagerehrenwort. Es wird mir schwerfallen. Wo ich doch so viel mit meiner Schwester unternehme.«

»Ha, ha.«

Ben hätte weniger Probleme mit der Situation gehabt, wenn Tina und Clarissa ein gutes Verhältnis gepflegt hätten. So lag die Gefahr nämlich eher darin, dass Tina ihrer Schwester mit dieser Hiobsbotschaft eins auswischen wollte.

Die Tür ging auf und Kalle kam herein. »Da ist er ja. Was soll das denn? Es war abgemacht: keine Groupies im hinteren Bühnenbereich.« Kalle setzte seinen Türsteherblick auf.

»Kalle, das ist die Schwester von … das ist Tina.« Jede weitere Erklärung war überflüssig.

Damit gab sich Kalle zufrieden. Warum auch immer.

Knut kam hinzu. »Ach, hier seid ihr alle. Benny, nichts passiert. Das Mikro ist noch heil und hat den Sturz gut überlebt. Tja, Qualität zahlt sich am Ende eben doch aus.«

»Danke, Knut. Da bin ich aber beruhigt. Könnten jetzt bitte alle rausgehen? Hier geht es ja zu wie im Taubenschlag. Ich würde mich gern umziehen.«

»Klar, Ben. Ich bin am Tresen«, meinte Sascha und nahm Tina in den Arm. »Jetzt verwandelt er sich«, erklärte er ihr.

»Lass mich raten: in Ben Valdern.«

»Schlaues Mädchen. Hab ich dir eigentlich erzählt, dass ich das Lied, das er am Anfang …« Die Tür fiel ins Schloss.

Was für ein Abend. Ben ließ sich aufs Sofa fallen. Er schloss für einen Moment die Augen, als es schon wieder klopfte. »Was denn noch?«

Die Tür öffnete sich einen Spalt. »Ich dachte, vielleicht möchtest du ein kühles Bier.«

»Ach, Eva, du. Komm rein. Lieb von dir.« Er streckte den Arm aus, schnappte sich das Glas und trank es fast auf ex aus.

»Hast du dir wehgetan?«

»Nö. Halb so schlimm.«

»Und wer ist die Kleine, die Sascha im Schlepptau hat?«

»Ach, das, das ist die … das ist eine Bekannte von ihm.«

»Ah.« Sie zog die Stirn in Falten.

Ben fand, dass es besser war, nicht noch mehr Wissen über die Verbindungen zwischen Insel und Festland zu vermitteln. »Wir fliegen erst in vier Stunden. Sehen wir uns noch?«, fragte er, stand auf und zog Eva zu sich heran.

»Nö, du. Ich bin müde. Meine Schicht ist zu Ende. Tanja macht den Rest an der Bar. Ein andermal, okay? Melde dich, wenn du wieder in Deutschland bist.«

»Klar.«

Ben war enttäuscht. Zu gerne hätte er die Beziehung zu Eva an diesem Abend wieder ein wenig vertieft. Vielleicht war es aber besser so. Tina wusste nun von Benny Biber. Dass der auch noch eine Mallorca-Perle auf der Insel hatte, sollte sie nicht interessieren.

Sie küssten sich und Eva ging.

Ben trank den Rest seines Biers. Dann ließ er sich wieder aufs Sofa fallen.

Abermals wurde ihm bewusst: Sänger auf Mallorca zu sein, war knallharte Arbeit. Und die wurde Nacht für Nacht neu bewertet. Keine Vorschusslorbeeren, kein Bekanntheitsbonus. Wer verkackte, wurde gnadenlos von der Bühne katapultiert. Dieses Mal wenigstens nicht mit einem Döner, sondern nur mit einem Becher. Ob dies allerdings ein Fortschritt in seiner Karriere als Sänger war?

***

»Sascha, wir müssen«, drängte Ben, als er viel später wieder an die Bar kam. »Da bin ich doch glatt ein wenig eingenickt.« Er rekelte sich.

Vereinzelte Heimatlose torkelten durchs UNIVERSUM. Es hatte den Anschein, dass sie lediglich den Ausgang nicht fanden. Zu dieser Zeit war Ben nur ungern hier. Es war ein Trauerspiel, zu sehen, welche einsamen Gestalten sich fern der Heimat hier noch aufhielten. Da war es für ein paar Stunden in Evas Bett wesentlich angenehmer.

»Echt, schon?«, bockte Sascha und klang wehleidig. »Können wir nicht noch einen Tag dranhängen?«

»Äh, Sascha, du weißt schon, dass ich …«

»Ja, ist ja gut. Tina, Deutschland ruft. Meinst du wirklich, wir können uns nächste Woche sehen? Auch wenn du jetzt alles über deinen Schwager weißt?«

»Ich glaube, das Risiko kann ich eingehen«, meinte Tina und gab Sascha einen flüchtigen Kuss auf die Wange. Sie stand von ihrem Barhocker auf und streckte Ben die Hand entgegen.

Er schüttelte sie. Das hatte so etwas Offizielles.

»Auf gute Verwandtschaft. Ich sage es dir aber gleich, ich habe kein gutes Gefühl dabei.«

»Was meinst du genau?«

»Ben, du scheinst mir echt ein netter Kerl zu sein. Ich meine, hey! Wer setzt sich schon eine Perücke auf und singt Schlager?«

»Schlager, Schlagerpop und Stimmungsmusik bitte«, verbesserte Ben, was er aber auch hätte sein lassen können.

»Von mir aus. Du passt jedenfalls nicht zu meiner Familie. Nicht falsch verstehen. Nicht einmal ich passe zu meiner Familie!«

»Was genau willst du mir eigentlich sagen?«, hakte er nach.

»Ich sage dir, da stimmt etwas nicht bei meiner Schwester und meinem Vater. Bisher war niemand gut genug für seine Lieblingstochter. Dann tauchst du auf – und plötzlich läuten die Glocken?«

»Darf ich das verwenden?«, rief Sascha hektisch dazwischen, schnappte sich einen Bierdeckel, zückte einen Kuli und schrieb, während er sich den Text laut vorsagte.

»Immer, wenn du auftauchst, läuten meine Glocken …«

Ben und Tina warfen sich einen irritierten Blick zu.

»Vielleicht liegt das ja an mir«, verteidigte sich Ben.

»Das wünsche ich dir. Ich will ja nicht den Teufel an die Wand malen, aber … pass einfach ein wenig auf.«

Ben nickte, empfand die Ratschläge jedoch alles andere als gut gemeint. Viel eher sprach für ihn aus Tina eine verprellte Schwester und Tochter, die es ihrer Sippe mal so richtig heimzahlen wollte.

»Mach ich. Wo ist eigentlich dein Anhang?«

»Ich glaube, die sind weitergezogen.«

»Na gut. Dann also Donnerstag? Gleiche Zeit, gleicher Ort?«

»Mal sehen«, meinte Tina. »Muss die Mädels fragen. Vorausgesetzt, ich finde sie jemals wieder.«

»Hört mal!«, rief Sascha stolz und hielt den Bierdeckel hoch, um besser davon ablesen zu können. »Pass auf – mal nicht den Teufel an die Wand, pass auf – und reich mir einfach deine Hand – denn immer, wenn du auftauchst, dann läuten meine Glocken – uuuh – ahhh …«

Ben und Tina sahen sich schmunzelnd an.

»Ganz super. Ein Nummer-eins-Hit!«, schwärmte Tina.

»Ja, Sascha. Toll. Das ist was für den Mark!«

»Ben, meinst du wirklich?« Sascha sah sich um. »Schade. Der ist, glaube ich, vorhin schon gegangen.«

Ben schnappte sich den Bierdeckel und steckte ihn ein. Nicht, dass Sascha am Ende des Tages diesen literarischen Erguss noch in die Tat umsetzen wollte.

»Ich kann ihm das ja am Donnerstag geben.«

Sascha gab sich mit diesem Vorschlag zufrieden, stupste mit dem Finger an Tinas Nase und folgte dem Entertainer zum Taxi.

»Ich kann es immer noch nicht fassen, dass du Tina so ahnungslos in die Falle getappt bist«, meinte Ben zu Sascha, als er sich in der Abfertigungshalle mit einer Flasche Wasser neben ihn setzte.

»Ist doch alles gut gegangen. Und wenn es nun doch Zufall war?« Ben sah seinen Freund wortlos an.

Sascha starrte zurück und lenkte ein. »Ja, meinetwegen, dann war es eben Zufall.«

»Pass einfach nächstes Mal auf, wem du was erzählst. Ich kann mir das wirklich in meiner momentanen Situation nicht erlauben, dass irgendjemand aus Clarissas Familie oder jemand im Büro etwas von Mallorca mitkriegt.«

»Ja, kann ich machen. Aber die Tina, ich sage dir: Die ist so cool. Hat sie dir erzählt, dass sie total oft auf Ibiza ist? Das passt zu ihr!«, schwärmte Sascha. »Ne rote Ente fährt sie. Darf damit aber nicht in die Münchner Innenstadt fahren, weil sie keine grüne Umweltplakette hat. Sie ist so widersprüchlich!«

Ja, da musste Ben seinem Freund recht geben. Das war Tina wirklich. »Denkst du eigentlich auch, dass da irgendwas mit Clarissa nicht stimmt?«

»Woher soll ich das denn wissen? Du erzählst ja nichts. Aber Tina meinte jedenfalls zu mir, ich soll auf dich aufpassen. Kannst du mir erklären, auf was?«

Ben winkte ab. »Lass gut sein. Tina sieht Gespenster. Sie ist einfach das schwarze Schaf in der Familie.«

»Da irrst du dich, Herr Biber. Die Tina ist bunt. Knallbunt!«

***

Nachdem Ben seinen Freund zu Hause abgesetzt hatte, fuhr er ins Büro. Wie immer nach einem Auftritt drohte auch dieser Tag ein sehr, sehr langer zu werden. Noch dazu, wenn ein übereifriger Patrick am Schreibtisch neben Ben saß und auf Kommunikation gebürstet war.

»Müde siehst du aus. Die ganze Nacht deinen Erfolg gefeiert, was?«

»Quatsch.«

»Kannst du schon sagen. Steht dir ja zu. Würde ich doch auch nicht anders machen. Sorry wegen der Sache gestern mit den Aufzügen und so.«

»Schon okay«, beruhigte Ben seinen Kollegen knapp und versuchte wieder, sich auf seinen Bildschirm zu konzentrieren.

»Wo ist denn Clarissa heute?«

»Weiß nicht.«

»Na, wenn *du* das nicht weißt …«

»Patrick, Clarissa muss sich nicht bei mir abmelden, wenn sie wegfährt.«

»Entschuldigung!«, meinte Patrick mit abwehrender Geste. »Ich wollte dir nicht zu nahe treten.«

Bens Kopf drohte zu platzen. Nicht genug, dass er unter extremem Schlafmangel litt, sein Kopf hatte wohl bei seinem Sturz von der Bühne doch einiges abbekommen. Da waren die Wortsalven seines Nebenmanns eher suboptimal.

»Du bist ganz schön blass. Krank?«

»Nein, danke der Nachfrage. Mir geht es blendend.«

»Ist das Ding eigentlich schon durch?«, fragte Patrick und klopfte mit dem Kugelschreiber nervtötend dauerhaft auf seine Schreibunterlage.

»Was meinst du?«

»Na, beim Bauamt, Ausschuss, Stadtrat, was weiß ich? Das Einkaufszentrum! Hallo! Wie viele größere Projekte hast du denn nebenbei noch am Laufen?«

»Ach so. Weiß nicht. Muss ich Zöllner fragen.«

»Na, du bist ja entspannt. Ich hätte Hummeln im Arsch, wenn ich solch ein Ding in Aussicht hätte.«

Ben reagierte nicht darauf in der Hoffnung, Patrick würde endlich Ruhe geben. Falsch gedacht. Themenwechsel.

»Er hat übrigens gestern getreten.«

»Wer?«, fragte Ben genervt nach.

»Na, unser Kleiner. Vielleicht aber auch unsere Kleine. Aber schön wäre es schon, wenn wir einen kleinen Stammhalter bekämen.« Patrick öffnete seine Schreibtischschublade und holte ein Ultraschallbild hervor. »Hier. Das ist er. Oder sie. Kannst du da einen Pillermann erkennen?«

Patrick reichte Ben das Bild. Ben hatte Mühe, seinen Blick zu fokussieren.

»Sorry, Patrick. Für mich sieht das eher aus wie eine Wetterkarte. Wie herum muss ich denn …«

Patrick streckte sich, nahm Ben das Papier aus der Hand und gab es ihm richtig herum zurück.

Ben kniff die Augen zusammen und gab sich alle Mühe, etwas zu erkennen. Sein Kopf tobte.

»Und? Kannst du jetzt erkennen, wo der Kopf ist?«

»Sorry. Das wäre jetzt echt gelogen.« Er gab dem Papa in spe das Bild zurück. »Für mich sieht das aus wie ein Sturmtief.«

»Ha, das muss ich meiner Frau erzählen.«

Ben widmete sich wieder seiner Arbeit. Aus den Augenwinkeln beobachtete er Patrick, der immer noch das Ultraschallbild betrachtete. Wie es schien, war endlich Ruhe eingekehrt, und er konnte sich wieder voll und ganz seinen Mails, den Kopfschmerzen und der Müdigkeit widmen. Doch da hatte Ben die Rechnung ohne seinen Kollegen gemacht.

»Meine Frau hat ja neuerdings Sodbrennen. Das kommt immer, wenn … «

»Du, Patrick, wahrscheinlich hast du recht. Mir geht es wirklich nicht so gut. Ich gehe besser wieder heim und arbeite von dort aus. Nicht, dass ich am Ende noch jemanden anstecke.« Er stand auf und nahm seine Jacke von der Lehne.

»Mach das. Ich sag Bescheid, wenn jemand fragt. Du hast auch ganz schöne Augenringe. Vielleicht ein Virus! Bleib bloß weg. Nicht, dass du mir was anhängst und ich schleppe das nach Hause.«

Ben schnappte sich seine Tasche und verließ das Büro. Gespräche über Sodbrennen und Pillermänner waren ihm an diesem Tag eindeutig zu viel. Auch wenn durch seine Flucht die Kopfschmerzen nicht besser wurden, so wurden sie zumindest nicht schlimmer.

HEISSE STUDENTINNEN

Couch, Kaffee und ein leerer Block. Was benötigte ein Mann mehr an einem Dienstagnachmittag, nachdem er seinen Arbeitsplatz verlassen hatte, um zu Hause seiner Pflicht nachzugehen? Ben hatte Patrick schließlich nicht erzählt, an was er arbeitete.

»Mal sehen«, brabbelte er vor sich hin, legte den Kopf auf die Couchlehne, um sich von der Wohnzimmerdecke inspirieren zu lassen. Einen Versuch war es allemal wert. Er schloss die Augen und summte vor sich hin.

»Eiskalt – ich hab dir was Kleines mitgebracht und hab dabei nur an dich ... nein ... an mich gedacht, lass es gleich passieren ... Was für ein Quatsch.«

Er setzte sich auf, trank einen Schluck aus der Tasse und legte sich wieder lang.

»Eiskalt – du hast mir nur was angelacht ... angedacht ... vorgemacht! Genau ... vorgemacht.«

Umgehend schrieb er seine Satzfetzen aufs Papier. Das hatte er sich angewöhnt. Auch wenn es sich noch so schräg anhörte. Sobald nämlich ein Gedanke querschoss, war alles weg. Darum hatte er auch eine Art schwarzes Brett in seiner Küche, an das er alles pinnte, was ihm einfiel. Seit der Beziehung mit Clarissa war allerdings alles in einen Schuhkarton gewandert und dieser stand neben dem Biomüll unter der Spüle. Ein sicherer Platz. Clarissa kochte nicht gerne und spülte kein Geschirr. Somit war dieser Ort in Bens Wohnung quasi wie eine Art Fort Knox.

»Eiskalt – vorbei ist es mit unserm Glück zu zweit ... nein. Eiskalt – sagtest du mit dir und mir ... nein, mit uns ist es vorbei ... genau.« Wieder kritzelte er schnell alles aufs Papier, als es an der Wohnungstür klingelte.

»Scheiße! Gerade jetzt!« Er sprang auf und schlüpfte in die Filzpantoffeln, die er eigentlich schon seit seinem Karrierestart als Sänger hatte entsorgen wollen. Sein Albtraum war, dass ihm ein Fernsehteam oder die Presse unerwartet einen Besuch abstattete und er mit diesen Dingern die Tür öffnete. Das wäre der Renner auf YouTube. Als er an der Wohnungstür war, drückte er sein Gesicht gegen den Spion.

Verdammt! Clarissa!

Ungeduldig drückte sie erneut die Klingel. Gut, dass sie noch keinen Schlüssel hatte. Er hatte den Hausverwalter vorgeschoben, dass der nicht in die Puschen kam. In dem Moment fiel ihm ein, dass er sich immer noch keine Ausrede für den vergangenen Abend hatte einfallen lassen. Er öffnete.

»Clarissa, mein Schatz. Schön, dass du vorbeischaust.«

»Patrick hat gesagt, du wärst heimgefahren, weil du Sodbrennen hast?«

»Ach, der Spinner. Da bringt er wohl ein paar Personen durcheinander. Seine Frau hat Sodbrennen.«

»Seit wann interessierst du dich für den Gesundheitszustand von Patricks Frau? Und warum habe ich immer noch keinen Schlüssel?«

Sie zog ihre Strickjacke aus und warf sie über die sündhaft teure Skulptur aus Kupfer, die im Flur auf einem kleinen Podest stand. Dann streifte sie die Pumps von ihren Füßen.

»Du weißt doch, der Hausverwalter. Der ...«

»Gib mir mal die Nummer von dem Typen. Damit ich dem mal Feuer unterm Hintern mache.«

»Ja, später.« *Oder nie.*

Sie schmiss sich aufs Sofa. Ben sprintete wie von der Tarantel gestochen hinter ihr her und schnappte sich seinen Block.

»Was ist denn mit dir los? Und was hast du da?«

»Ach, nichts. Das ist nur …«

»Zeig es mir doch.«

Ben packte den Block in die kleine Kommode, die neben dem Esstisch stand. »Es war nur ein wenig unordentlich. Und? Alles klar bei dir?«

»Warum bist du denn nach Hause gegangen, wenn du kein Sodbrennen hast?«

»Ich hatte … also ich habe wahnsinnige Kopfschmerzen.«

Clarissa setzte sich und klopfte auf die Couch neben sich. »Na, komm schon. Ich massiere dich ein wenig.«

Ben setzte sich.

»Und? Was hast du gestern gemacht?«

»Du weißt doch, meine Liebe, dass ich das noch nicht verraten kann.« Sich weiter herauszuwinden, war das Beste, was er in diesem Moment tun konnte.

»Du machst es ja ganz schön spannend. Planst du etwa eine Reise?«

»Lass dich überraschen, mein Schatz.«

»Oder vielleicht einen Aufenthalt in einem tollen Spa?«

»Wie gesagt …«

Sie unterbrach die Schläfenmassage. »Jetzt weiß ich es. Du lässt mir einen Ring machen. Eine Sonderanfertigung. Deshalb auch der Block, den du vor mir versteckst. Oh, bitte lass ihn mich sehen.« Sie klatschte aufgeregt in die Hände.

Super! In Bens Hirn blitzten umgehend Bilder auf. New York, Luxushotel, Tiffany. Er musste sich ganz schnell etwas Besseres einfallen lassen als: Das darf ich noch nicht sagen. Die

Erwartungshaltung bei Clarissa stieg ins Unermessliche und sie baute sich mächtig Fallhöhe auf. Wie würde sie sich fühlen, wenn sie sich in ungeahnte Höhen steigerte und er urplötzlich mit seiner erfundenen Überraschung herausplatzte. *Schatz, ich hab dir einen Schal gekauft. Möchtest du ihn gleich anprobieren?* Das würde erbärmlich wirken.

»Es ist wirklich nichts Besonderes«, winkte Ben ab.

»Ah! Ich durchschaue dich. Das hat der Macker von Barbara, du weißt doch, von dem ich dir erzählt hab, auch gesagt. Der mit der Sondermüllentsorgungsfirma, bei dem mein Vater alles mit Asbest in Auftrag gibt. Macht 'ne Mörderkohle. Der hatte auch gesagt, dass es nur was Kleines ist. Weißt du, was er ihr geschenkt hat?«

Bens Hirn pochte. »Nein, aber du wirst es mir sicher gleich sagen.«

»Ein Gestüt!«

»Ein was?«

»Ein Gestüt. Mit allem Drum und Dran.«

Klar. Warum nicht? *Schatz, bevor ich es vergesse: Ich habe dir heute ein Gestüt gekauft. Willst du dir das nach dem Essen anschauen?*

»Findest du das nicht ein wenig übertrieben?«, wollte Ben wissen.

»Klar. Was denkst du denn? Ich reite ja noch nicht mal.«

»Na, das erklärt alles«, meinte Ben trocken und rieb sich die Schläfen.

»Ich könnte ja hierbleiben. Die ganze Nacht.« Clarissa legte ihr Bein über Bens Oberschenkel und begann, an seinem Ohrläppchen zu knabbern.

»Du, lass mal. Ich habe mächtige Kopfschmerzen.«

Sie schreckte zurück. »Jetzt sag bloß nicht, du hast Migräne!«

»Quatsch. Du, aber ich bin echt durch. Wenn du möchtest, könnten wir uns aber nachher etwas kommen lassen und *Wer wird Millionär* gucken.«

Clarissa nahm einen Finger zum Mund und starrte an die Decke. »Hm, lass mich überlegen. Frage: Wird Clarissa unter diesen Umständen bei Ben übernachten? a: Unbedingt. b: Weiß nicht. c: Von mir aus. d: Ich habe Besseres zu tun. Weißt du was? Ich nehme d.« Sie stand auf.

»Bist du jetzt sauer?«

»Ach, woher. Magst du dir vielleicht noch einen Tee machen? Dann kannst du dich nachher mit einer Wolldecke schön aufs Sofa kuscheln und ein kleines Schlummi machen.«

Ben überlegte kurz. »Gute Idee. Ich hätte sogar einen Tee ...«

»Das war ein Scherz! Seit wann bist du denn so eine Memme? Nimm eine Tablette und geh vor die Tür.«

»Du, echt nicht. Es dreht sich alles.«

»Ja, das wird es sich heute Nacht bei mir auch. Nachdem ich mir ein paar Cocktails im P1 genehmigt habe. Du kannst es dir ja hier schön gemütlich machen.«

Und ob er das tun würde. Ja, er freute sich sogar schon drauf. Der neue indische Lieferservice war klasse.

Clarissa schlüpfte in ihre Pumps. »Ach, aber morgen bist du fit.«

»Was ist morgen?«, fragte Ben nach.

»Na, weil wir uns morgen mit meinen Freunden treffen? Hallo?«

»Ach, stimmt. Da war was.«

»Ja. Das ist von langer Hand geplant. Ich will dich endlich vorstellen. Ein NEIN wird nicht akzeptiert. Also, sei ein Mann und freunde dich mit der Pharmaindustrie an.«

Ben willigte ein. Irgendetwas musste er ihr schließlich anbieten, um sie zufriedenzustellen. Fehlender Wohnungsschlüssel,

Geheimnisse, Migräne, verweigerter Sex, da musste schon etwas kommen.

Clarissa zog ihre Strickjacke an und öffnete die Wohnungstür. »Und sieh zu, dass du morgen im Büro bist. Mein Vater soll nicht denken, er hätte einen Fehler gemacht.«

»Was denn für einen Fehler?«

Clarissa blieb im Türrahmen stehen. »Du, der hat Großes mit dir vor. Oder denkst du, du hast das riesige Projekt bekommen, weil er dich aus dem Lostopf gezogen hat? Krank sein gibt es bei meinem Vater nicht. Er hat sich damals nach der Geburt meiner Schwester einer Vasektomie unterzogen und zwei Stunden später wieder auf einem Eisbeutel im Büro gesessen.«

»Ah. Vasektomie? Das ist doch ...« Ben wurde etwas schwummrig bei dem Gedanken.

»Genau. Aktive Geburtenkontrolle durch den Mann.« Sie küsste ihn auf den Mund. »Bis morgen im Büro.«

»Klar. Schönen Abend. Und trink nicht so viel!«, rief er ihr ins Treppenhaus nach.

»Ha!«, lachte sie. »Das ist, als ob du einem Marathonläufer sagen würdest: Lauf nicht so viel.«

Ben schloss die Tür hinter Clarissa. Wieder einmal zeigte sich, dass sie eine knallharte Frau war. Ob Tina doch recht hatte? Zöllner habe Großes mit ihm vor ...

Natürlich hatte er sich gefragt, warum gerade er den Auftrag bekommen hatte. Der Grund hatte für ihn aber schnell auf der Hand gelegen: wegen Clarissa. Wäre ja noch schöner gewesen, wenn er als ihr Freund ... Doch anscheinend zählten solche Nichtigkeiten bei seinem Chef gar nicht. Da kam es nur auf Leistung an. Was Clarissas Charakter erklärt hätte. Sie war schon sehr erfolgsorientiert. Auch im Bett. Bei ihr würde ein kleines Schäferstündchen niemals ohne Orgasmus enden. Manchmal rutschte ihr danach sogar ein gepflegtes YES heraus.

Ben holte den Block wieder aus der Schublade und legte sich zurück auf seine Couch.

»So. Wo war ich stehen geblieben? Eiskalt – sagtest du, mit uns ist es vorbei … hm … Gefühle waren dir wirklich einerlei … nein. Ich könnte niemals mit dir verheiratet … zusammen … glücklich sein. Genau! Ich könnte niemals mit dir glücklich sein …«

Ja, da war er in seinem Element. Und Sascha legte einen Beat drüber. Nun musste er nur noch den Mann der Töne davon überzeugen, dass der Schlager lebt. Diese Erkenntnis war bei Sascha noch nicht angekommen.

***

Als Ben am nächsten Morgen im Büro saß, ließ es ihm immer noch keine Ruhe, was Tina auf Mallorca gesagt hatte. Er solle auf sich aufpassen. Warum nur? Hatte Tina berechtigte Gründe, ihn, quasi einen Fremden, zu warnen? Oder wollte sie einfach nur ihrer Schwester die Tour vermasseln? Nein. So viel Menschenkenntnis hatte Ben. Irgendwas steckte dahinter …

Wo wäre also die Chance am größten, Hinweise zu finden, die Tinas Befürchtungen untermauerten? Zöllners Büro. Genau.

Ben haderte. Sollte er wirklich dieses Risiko eingehen? Immerhin hatte er seinem Chef viel zu verdanken. Egal. Er musste herausfinden, ob seine Zukunft auf einem soliden Fundament stand.

Patrick stand mit zwei Kolleginnen im Flur und präsentierte das neueste Ultraschallbild. Ganz verzückt jauchzten alle drei und deuteten wie wild auf dem Foto herum. Als ob die irgendwas darauf erkennen würden. Doris telefonierte gerade und Zöllner selbst war außer Haus. Clarissa war vermutlich mit ihrem Vater bei einem Termin oder schlief einen gewaltigen

Rausch aus. Er hatte nicht nur einmal miterlebt, wie viele Cocktails an einem Abend in seine Partnerin hineinpassten.

Vorsichtig erhob er sich von seinem Schreibtisch und schlich langsam Richtung Chefbüro. Er hielt inne. Unauffälliger wäre es, wenn er einfach lässig über das Parkett schlenderte. Immerhin arbeitete er in diesen Räumen. Er blieb neben Zöllners Büro stehen und interessierte sich für die tollen Fotografien, die in beachtlicher Größe an der Wand hingen. Er sah über seine Schulter, um zu checken, ob er Aufmerksamkeit erregt hatte. Doris telefonierte immer noch, während sie einen Ordner aus dem Regal holte, und Patrick zauberte ein weiteres Bild aus seiner Geldbörse. Das war Bens Augenblick. Jetzt oder nie. Er öffnete vorsichtig die Tür und zwängte sich durch den kleinen Spalt in den Raum seines Imperators. Langsam zog er das linke Bein ins Büro, bevor er sanft von innen die Tür schloss.

»Morgen!«, rief eine Stimme ihm zu.

Ben erschrak und machte mit einem Satz eine halbe Drehung. Vor ihm stand eine Frau mittleren Alters in Schürze, Birkenstocks und selbst gestrickten geringelten Stulpen. Sie hielt einen Papiereimer in der Hand.

»Guten Morgen«, stammelte Ben zurück. »Ich ... ich habe ... ich meine, ich bin hier, weil ... Also, ich soll hier warten und ... ich wollte sagen, ich suche etwas. Nicht in dem Sinne, wie Sie vielleicht denken.« Ben merkte, dass er sehr nervös wirkte.

Besonders, weil die Dame ihn mit dem Eimer in der Hand mit einem gleichgültigen Blick musterte. Als Ben nichts mehr sagte und nur starrte, fühlte sie sich wohl gezwungen, ebenso ausführlich ihre Anwesenheit in diesem Raum zu rechtfertigen: »Ich vertrete meine Kollegin. Ich habe hier gesaugt, die Fensterbänke gewischt und werde nun den Papiereimer entleeren.«

Ben hatte sich zwischenzeitlich gefangen. »Das ist schön«, meinte er.

»Ja, unglaublich schön.« Sie verließ den Raum, leerte den Inhalt des Eimers in den großen Sack, der am Putzwagen befestigt war, drückte Ben das leere Behältnis in die Hand und schob ihren Wagen einen Raum weiter.

Ben nickte ihr wortlos und lächelnd zu und schloss erneut die Bürotür von innen. Er fasste sich ans Herz, atmete tief durch und stellte den Papiereimer an seinen Platz neben Zöllners Schreibtisch. Jetzt aber schnell.

Ben blickte sich im Büro um. Hinter dem Schreibtisch befand sich die Egowand: Auszeichnungen, Anerkennungen und Urkunden schmückten fein säuberlich gerahmt das kalte Weiß der Wand. Vor dem Schreibtisch stand der kleine Ledersessel, in dem man tief versank, so beschissen war das Teil gepolstert. Auf dem Fensterbrett der großen Glasfront standen weitere Preise und Pokale. Wobei die meisten dieser Trophäen rein gar nichts mit dem Bauwesen zu tun hatten. Viel mehr waren hier die Erfolge sportlicher Betätigungen zu bewundern, mit denen sein Chef allem Anschein nach auch in seiner Freizeit sein Lebensmotto zelebrierte. Ob Tennis, Golf, oder Skifahren – höher, weiter schneller, Erster! Die meisten der Preise hatte er in den Neunzigern gewonnen. Zwischendrin eine kleine Oscarfigur mit der Aufschrift *Bester Papa*. Dass sich auch Tina daran beteiligt hatte, wagte Ben zu bezweifeln.

Nach einem kurzen Blick zur Tür öffnete Ben die oberste Schublade des Schreibtischs und staunte nicht schlecht. Zum einen, dass diese offen war, aber auch über deren Inhalt.

Heiße Studentinnen!, las Ben laut den Titel des Magazins, das er unter Excel-Listen und Berechnungstabellen fand. »Was für ein Schlüpferstürmer.«

Was Zöllner wohl sagen würde, wenn ihn eine seiner Töchter aus dem Heft heraus anlächeln würde? Aber Ben wollte nicht weiter den Moralapostel geben. Zumal er sich auch bis

Seite zwanzig intensiv die Frage stellte, ob diese Studentinnen wirklich heiß waren. Ja, waren sie. Er kramte weiter.

Schublade eins bis drei: nichts Besonderes. Außer zwei weiteren Heften mit etwas reiferen Damen war nichts Interessantes zu finden.

Er sah unter der Schreibunterlage nach. Zwei Kontoauszüge, ein Kostenvoranschlag für einen neuen Mercedes und die Speisekarte eines Lieferservices in der Nähe. Ente mit Erdnusssauce! Ein Gedicht.

Verdammt … irgendetwas musste doch zu finden sein.

Er ging an das Regal links neben dem Schreibtisch und musterte die Ordner. Daneben prangte ein übergroßes Ölgemälde, auf dem Zöllner grinsend und mit einem Schutzhelm zu sehen war. Die Krönung der Selbstverliebtheit. Das Bild stand an der unteren linken Ecke ein wenig von der Wand ab. Als Ben näher heranging, um den Makel zu korrigieren, bemerkte er, dass das Gemälde an einer Seite mit Scharnieren befestigt war. Er klappte es zur Seite, und ein Tresor, der in die Wand eingelassen war, kam zum Vorschein. Klassisch, mit Zahlenscheibe.

Er hörte Schritte auf dem Flur, die näher kamen. Schnell klappte er das Bild wieder zurück und ging zum Schreibtisch. Nein. Der Schreibtisch war nicht gut. Vielleicht doch besser vor den Schreibtisch. Panik stieg in ihm hoch. Was, wenn Zöllner kam? Was sollte er erzählen? Verdammt. Er musste sich unbedingt angewöhnen, stets eine Ausrede parat zu haben. In Stresssituationen war die Chance für einen Geistesblitz quasi bei null. Er tänzelte auf der Stelle hin und her und sah gebannt zur Tür. Vielleicht hätte er sich hinter der Tür verstecken sollen? Dummer Plan. Die Klinke bewegte sich nach unten. Scheiße! Ben tat das für ihn einzig Sinnvolle, das er in diesem Moment tun konnte: Er ließ sich einfach auf die Knie fallen.

»Was machst du denn hier?«

»Ach, Clarissa, du!«

Ben beugte sich nach vorne in den Vierfüßlerstand und krabbelte um den Schreibtisch herum.

»Was machst du denn da?«, wollte sie weiter wissen, während sie zwei Aktenordner auf den Schreibtisch ihres Vaters legte.«

»Ich suche etwas!«

»Ah! Und was?«

»Ich … ich war doch vor ein paar Tagen …«, er hielt inne, um Zeit zu schinden, und gab sich äußerst konzentriert.

Er drehte sich auf allen vieren und krabbelte zum Sessel vor dem Schreibtisch. Clarissa stand mit den Händen in den Hüften daneben und überlegte vermutlich, ob sie ihm bei seiner Tätigkeit helfen oder lieber gleich einen Arzt rufen sollte. Ben legte sein Gesicht auf den Boden, um besser unter den Sessel blicken zu können.

»Hallo! Ben!«

Ben richtete sich auf und blickte kniend zu Clarissa hoch. »Ja, Schatz?«

»Was du da suchst?«

»Ach, ich dachte, ich habe letztens meinen Kugelschreiber hier verloren. Du weißt doch, den, den du mir letztes Weihnachten hast gravieren lassen.« Das war sehr gut.

Clarissa schob ihren Rock ein wenig höher und kniete sich neben Ben. Dann fasste sie mit einer Hand in sein Jackett und holte den Kugelschreiber hervor.

»Meinst du diesen hier?«

»Ach! Da ist er ja. Sieh einer an. Da habe ich nicht gesucht. Hm! Komisch.«

Er nahm ihn an sich und begutachtete ihn eifrig.

Clarissa schenkte Ben mit verwirrtem Blick ihre ganze Aufmerksamkeit. »Sag mal, ist alles in Ordnung mit dir?«

»Hm? Ja, klar. Was soll sein?« Er drückte die Mine des Kulis heraus und kritzelte auf die Akte, die Clarissa eben auf den Schreibtisch gelegt hatte. »Gut!«, freute er sich. »Schreibt noch!«

Clarissa fasste an Bens Stirn. »Sag, hattest du einen Nervenzusammenbruch?«

»Quatsch. Nur der Kuli.« Er steckte ihn wieder ein. »Und du? Was hast du gemacht? Scharf siehst du aus, wie du da so kniest!«, lenkte er vom Thema ab.

»Oh, danke. Ich war mit meinem Vater unterwegs. Nichts Besonderes.« Sie standen auf. »Und? Geht es dir wieder besser?«

»Ach, wegen gestern? Klar, alles gut.« Er sah sich wieder um. »Echt schickes Büro.«

»Ah!«, grinste Clarissa. »Jetzt verstehe ich.«

»Was verstehst du?«

»Du wolltest schon mal ein wenig hier hineinschnuppern?«

»Wie meinst du das?«

Clarissa kam nah an ihn heran und griff erneut unter sein Jackett. »Na, wenn du die Firma ... ach, ist ja auch egal. Du machst mich gerade unheimlich scharf.«

»Was ist mit der Firma?«, hakte Ben nach.

»Na, irgendwann willst du doch auch wieder einmal etwas Eigenes haben, oder? Macht dich das an?«

»Das Büro oder das, was du unter meinem Sakko tust?«

»Beides. Komm, lass es uns tun. Gleich hier auf dem Schreibtisch.«

»Spinnst du? Wir können doch nicht auf dem Schreibtisch deines Vaters ...«

»Hast recht!«, fiel sie ihm ins Wort. »Das ist krank. Dann hier, gleich auf dem Boden.«

Sie ging erneut in die Knie und zog ihn zu sich nach unten.

»Wenn jemand kommt!«, tat Ben seine Befürchtung kund. Jedoch ohne Erfolg.

»Ach, da kommt keiner. Mein Vater ist auf dem Golfplatz. Außerdem: Macht dich das nicht scharf, dass jemand kommen könnte?« Clarissa zog ihm das Sakko aus.

»Also hier mit den ganzen Kollegen … ehrlich gesagt, nicht so.«

Clarissa hörte nicht, was Ben sagte. Ungebremst machte sie weiter und begann, sein Hemd aufzuknöpfen, und nahm sich dann seinen Gürtel vor.

»Kann ich helfen?« Doris stand mit der Unterschriftenmappe in der Tür.

Ben und Clarissa knallten mit den Köpfen zusammen.

»Ben hat seinen Kugelschreiber verloren. Jetzt haben wir ihn«, meinte Clarissa, erhob sich fix und strich ihren Rock glatt.

»Ach, ist er ihm ins Hemd gefallen?« Doris grinste süffisant und legte die Mappe auf den Schreibtisch neben die Akten.

Ben stand auf und steckte sein Hemd zurück in die Hose.

»Verrückte Geschichte. Ich war gerade auf dem Weg nach … also ich …« Das wurde nichts mehr. Ben ergab sich seiner kleinen Scham.

Doris schmunzelte, spitzte ihre Lippen und verließ das Büro. Natürlich nicht, ohne beide nochmals zu mustern, bevor sie die Tür des Büros von außen schloss.

»Verrückte Geschichte?«, klagte Clarissa.

»Was sollte ich denn sagen? Ich meine, wir beide auf dem Boden, ich die Hose auf, du die Bluse … nach was sah das denn aus?«

»Trotzdem. Du bist ihr doch keine Rechenschaft schuldig. Immerhin bin ich die Tochter des Chefs. Ich könnte mich hier nackt auf der Auslegeware rekeln und niemand könnte was sagen. Und da du mein Mann bist, gilt das auch für dich. Gewöhn dich dran. Du wechselst gerade auf die andere Seite.«

Das war klar und deutlich. Ben wurde nicht mehr gefragt, ob er überhaupt für einen Wechsel mit allen Konsequenzen bereit war. Immerhin ging es hierbei um mehr als die Frage: Cabrio oder Limousine? Es ging um den Rest seines Lebens. Wie es schien, war sich Clarissa ihrer Sache sehr sicher.

In diesem Moment fing Ben mit etwas an, das er eigentlich stets zu vermeiden gesucht hatte: Er verglich Eva mit Clarissa. Er fragte sich, ob sie ihn so unter Druck setzen würde. Natürlich nicht. Klar. Eva war selbst alles andere als erfolgsorientiert. Somit hätte sie das auch niemals von ihm verlangt. Nicht so Clarissa. Wahrscheinlich hätte sie sich als Kind selbst zur Adoption freigegeben, wenn ihr Vater nicht ein erfolgreicher Geschäftsmann gewesen wäre. Denn wie die Unterschiede zwischen Clarissa und ihrer Schwester zeigten, lag diese Grundeinstellung nicht unbedingt am Elternhaus.

»Wann holst du mich heute ab?«

»Heute?«, fragte Ben und warf sein Jackett über die Schulter.

»Klar. Bar, Cocktails, Freunde, Netzwerk aufbauen ...«

»Ach, stimmt«, erinnerte sich Ben. Da war was. »Ist acht okay?«

»Klar. Du kannst dich vorher ja ein wenig um mich kümmern. Vor zehn Uhr brauchen wir da sowieso nicht aufzutauchen. Dann sind nämlich die Angestellten, die am nächsten Tag früh raus müssen, schon wieder weg.« Sie grinste süffisant und kniff ihm in seine Wange. »Ach, entschuldige, mein Schatz. Ich vergaß!«

»Du machst dich gerade ein wenig unbeliebt bei mir«, meinte Ben und quälte sich ein Lächeln heraus.

»Ich mach doch nur Spaß. Warum so verbissen? Also, acht Uhr?«

Ben nickte. Sie gab ihm einen Kuss und verließ das Büro. Er ließ sich in den Sessel vor dem Schreibtisch fallen und sah sich erneut um.

»Netzwerk aufbauen«, stammelte er vor sich hin. Das hätte er auf Facebook in Jogginghose gemütlich von seiner Couch aus einfacher haben können.

Schampus — aber vom guten

So! Nun war es so weit. Nachdem sich die erste Zeit in einer Beziehung hauptsächlich zwischen Kühlschrank und Bett abgespielt hatte, kam unweigerlich der nächste logische Schritt: die Begutachtung der Freunde. Ben hatte befürchtet, dass dieser Tag irgendwann einmal kommen musste.

Die Freunde waren der Spiegel der Gesellschaft, in der sich der Partner vor der Beziehung aufgehalten hatte.

In nächtlichen Chats mit den Freundinnen würden danach Noten vergeben und Chancen ausgelotet, ob diese Beziehung wirklich Bestand haben konnte. Das war für Frauen fast so wichtig und aussagekräftig wie ein Beziehungstest in der *Cosmopolitan*. Mit ihm stand und fiel alles! Danach folgte unmittelbar die nächste Konstante: der gemeinsame Urlaub. Hierbei ging es nicht darum, zusammen unvergessliche Momente zu erleben. Vielmehr ging es um die letzten, alles entscheidenden Fragen: Ertrage ich meinen Partner länger als vierundzwanzig Stunden und kann ich mir mit ihm ein Badezimmer teilen? Wird er sich abends in meinem Beisein auf der Bettkante die Fußnägel schneiden und, noch viel wichtiger, schließt er die Badezimmertür, wenn er auf die Toilette geht?

Sollte ein Mann all diese Prüfungen bestehen, konnten die Möbelpacker angerufen werden.

Eltern spielten im Übrigen bei der Auswahl eines Partners keine große Rolle. Sollte es von vornherein klar sein, dass er ihnen nicht gefiel, konnte die Wahl trotzdem auf ihn fallen. In diesem Fall fungierte er als Symbol für: *»Das ist mein Leben, und ich tue, was ich für richtig halte!«* Quasi der letzte große Abnabelungsprozess.

»Ich hoffe, du weißt, was dir gerade entgangen ist«, wetterte Clarissa vom Beifahrersitz von Bens Fünfer und zog einen kleinen Spiegel aus ihrer Handtasche, um sich die Lippen nachzuziehen.

»Du, sorry. Die Straße war echt dicht. Wahrscheinlich von den ganzen Angestellten, die erst um diese Zeit von der Arbeit kommen«, witzelte Ben und versuchte, die Situation etwas zu entschärfen.

»Ich hatte Strapse an, hörst du? Strapse!«

»Hätte ich das gewusst, wäre ich noch früher losgefahren.«

»Natürlich. Dann hätte sich der Herr bemüht. Könntest du bitte ein wenig vorsichtiger in die Kurven fahren? Ich habe keine Lust, mich noch mal neu zu schminken.«

»So meinte ich das doch nicht. Das war ein Kompliment. Du siehst wirklich scharf aus, wenn du solche Fummel anhast.«

Das stimmte sie milde. Und führte zum nächsten leidigen Thema.

»Wenn wir zusammenwohnen würden, gäbe es solche Probleme überhaupt nicht.« Sie steckte den Spiegel zurück in ihre Prada und kontrollierte den Lidstrich im Spiegel der Sonnenblende.

»Ich sagte doch, dass ich da noch ein wenig Zeit brauche. Ich will wieder zu einhundert Prozent auf eigenen Beinen stehen.«

»Noch mehr Zeit, und wir beziehen unsere erste gemeinsame Wohnung im Seniorenstift.«

»Na, da werden die Opis aber staunen, wenn du in Strapsen über den Flur läufst.« Ben fuhr auf der Leopoldstraße langsamer und hielt nach einem Parkplatz Ausschau.

»Das ist nicht witzig. Du weißt, dass ich eine großzügige Wohnung in einer prächtigen Villa bewohne?«

»Ja, weiß ich. In der Villa deines Vaters.«

»Das tut doch nichts zur Sache. Es hört sich wie ein Vorwurf an, wenn du das sagst.« Sie klappte die Sonnenblende nach oben.

»Ich habe eine tolle Wohnung in der Nymphenburger Straße. Die könnten wir auch zusammen bewohnen.«

Clarissa sah Ben erschrocken an. »Da wohnen doch noch andere Menschen im Haus«, monierte sie entrüstet.

»Stimmt. Jetzt, wo du es sagst. Erst vorhin habe ich jemanden auf dem Flur getroffen.« Ben bremste und legte zum Parken den Rückwärtsgang ein. Er sah Clarissa an. »Aber wie gesagt, lass uns noch ein wenig Zeit, ja?«

Clarissa zog die Augenbrauen hoch und ließ diese Bitte unkommentiert. Sie verstand einfach nicht, worauf Ben noch warten wollte. Er hingegen konnte sich beim besten Willen nicht vorstellen, wie er dann seine beiden Leben noch unter einen Hut bringen sollte. Gegensätzlicher konnten die Welten, zwischen denen er zweimal wöchentlich hin und her jettete, wirklich nicht sein.

Ben hielt Clarissa die Tür des *Lewis* auf. Derzeit eine der angesagtesten Bars in Schwabing. Der Laden war brechend voll von Hipstern und karriereorientierten Snobs, die an der Bar ihre Drinks zu sich nahmen und sich wahrscheinlich über Aktienpakete oder sonstige Anlagemöglichkeiten austauschten. Ben und Clarissa hatten den Laden noch nicht ganz betreten, da wurde Clarissa bereits lautstark von ihren Freunden begrüßt. Darauf folgte das Unvermeidliche: Die Schickimickitour ging los und Ben wurde vorgestellt.

»Ben, das ist Barbara, Barbara, das ist Ben.« Bussi-Bussi. »Daneben, das ist ihr Ernst. Witzig, nicht wahr, er heißt wirklich so!« Dann gackerten alle.

»Ja, das ist witzig. Hallo Ernst, ich bin Ben.«

Das gleiche Prozedere erfolgte mit Anna und Pierre, Franka und Paul und mit Bernd. Er war Single. Gottlob wurde unter den Herren der illustren Runde nicht geknutscht. Alle waren figurmäßig absolut in Shape und in edlen Zwirn gekleidet. Barbara, Ernst und der Rest der Truppe saßen an einem großen Tisch, an dem Ben und Clarissa auch noch Platz fanden. Ganz der Gentleman, zog Ben seiner Clarissa den Stuhl zurück, damit sie sich setzen konnte. Aus den Boxen dröhnte sehr laute Loungemusik.

»Schön, dass wir dich endlich einmal kennenlernen«, sagte Anna und eröffnete damit die allgemeine Schnupperrunde.

»Ja, ich freue mich auch. Clarissa hat schon viel von euch erzählt. Da ist es doch schön, wenn man mal ein Gesicht dazu hat«, haute Ben raus und schnappte sich die Getränkekarte.

»Ach ja? Was hat sie über mich erzählt?«, wollte Franka wissen und starrte Ben gebannt an.

»Also, sie ... das war nicht wörtlich ... also eher ...«

»Ich mach doch nur Spaß.«

Wieder lachten alle. Ben ließ sich zu einem sanften Grinsen hinreißen.

»Was trinkt ihr denn?«, fragte Pierre, ohne die Antwort abzuwarten. »Jenny! Hier! Bestellung!«, rief er sehr laut quer durch die Bar. Man kannte sich. Stammkunden eben. Jenny kam natürlich umgehend an den Tisch.

»Also ich für meinen Teil hätte gerne ein stilles Wasser«, orderte Ben und blickte fragend zu Clarissa. »Und du?«

Bevor Clarissa etwas sagen konnte, legte Pierre wieder los: »Wasser ist zum Waschen da. Wir haben dich gerade erst kennengelernt. Das müssen wir feiern. Hier! Jenny! Mach uns doch mal ein Fläschchen Schampus auf. Aber vom Guten. Moët oder Veuve Clicquot. Was gerade weg muss.«

Jenny machte auf dem Absatz kehrt, ohne abzuwarten, ob diese Änderung auch für Ben und Clarissa in Ordnung war.

»Ich muss noch fahren«, meinte Ben.

»Papperlapapp«, sagte Pierre. »Wir sind mitten in München. Da fährt man Taxi.« Er trank von einem Cognac, Whiskey oder was auch immer. Dann stellte er das Glas ab, fuhr sich mit den Fingern durch sein hellblondes Haar und gab seiner Anna einen Kuss.

Anna, Franka und Barbara glichen sich irgendwie wie ein Ei dem anderen. Nicht, dass sie alle dieselbe Haarfarbe oder den gleichen Lippenstift gehabt hätten. Es war eher der Typ, der identisch war. Bei näherem Hinsehen gehörte auch Clarissa zu dieser Klonserie: Alle vier Damen trugen Stiefel, figurbetonte enge Hosen, eine Bluse und darüber jeweils ein Tuch. Natürlich nicht irgendein Tuch. Louis Vuitton, Chanel und Gucci gaben sich hier die Hand. Die Taschen natürlich ebenfalls von ebendiesen Marken.

Clarissa war voll in ihrem Element und lauschte eifrig dem neuesten Tratsch, und Barbara redete wie ein Wasserfall. Bernd, ein schlaksiger Kerl Ende dreißig mit Hornbrille und Einstecktuch, nuckelte an seinem Cocktail und war irgendwie … dabei.

Ernst, ein quirliger Typ, Solariumsbräune, gestreiftes Hemd, meldete sich bei Ben zu Wort: »Magst du Uhren?«

»Klar«, meinte Ben knapp. »Ohne gehe ich nie aus dem Haus.«

»Hier!« Ernst zog den Ärmel seines Hemds zurück und streckte Ben sein Handgelenk vor die Nase. »Breitling! Navitimer!«, verkündete er stolz.

Paul kriegte sich nicht mehr ein und zog den Arm von Ernst zu sich heran. »Hast du sie endlich?«, fragte er aufgeregt.

»Heute geholt.«

»Und?«

»Sechs Mille!«

Pierre und Paul nickten bewundernd. Ben tat es ihnen gleich.

»Was trägst du?«, wollte Paul von Ben wissen.

»Weiß nicht genau.« Ben sah auf seine Uhr. »Swatch!«, las er vor. »Hat mich noch nie verlassen. Geht wie 'ne Eins. Mit Stahlarmband. Tja, die Schweizer. Die wissen eben, wie es geht.«

Der Champagner kam und Jenny schenkte ein.

»Du wirst immer hübscher, Jenny. Wie machst du das nur?«, flirtete Pierre die Bedienung hemmungslos an.

Anna tat so, als würde sie es nicht mitbekommen. Jenny stieg eine leichte Röte ins Gesicht, aber sie antwortete nicht auf die Frage.

»Prost! Auf Clarissa und Siegfried!«, rief Pierre.

»Ben«, verbesserte dieser.

»Ja, auf den auch! Möge den beiden nie das Geld ausgehen!«

»Hört, hört!«, meinten seine Kumpels und leerten das Glas auf ex.

Clarissa lächelte Ben an und klopfte auf seinen Oberschenkel. Er fühlte sich alles andere als entspannt.

Paul erzählte derweil, dass er sich einen neuen Wagen bestellt hatte. Welchen, das hörte Ben nicht mehr. Er versuchte, sich mit seinem Gehör zu den Damen zu retten.

»Habt ihr schon diese Anja aus dem Pilates gesehen?«, fragte Barbara in die Damenrunde hinein. »Ich sage nur: Doppel-D!«

»Nein!«, entrüstete sich Clarissa. »Nicht wirklich?«

»Wenn ich es euch sage. Weiß gar nicht, wie das magere Frettchen die Dinger durch die Gegend schleppen will. Viel Spaß bei der Physiotherapie die nächsten Jahre, sage ich da nur.«

Barbara holte sich Zustimmung aus der Runde und trank vom Champagner.

»Ich sage euch, die war nicht immer so dünn«, brachte sich Franka ein. Sie warf ihre schwarz gefärbte Mähne nach hinten und beugte sich vor, um ihren Worten mehr Dramatik zu verleihen. »Letztens in der Sauna … das sah aus wie Schwangerschaftsstreifen. Das Bindegewebe hat einiges hinter sich.«

Zufrieden gingen die Köpfe der Damen wieder auseinander und es wurde angestoßen. Ob auf die neuen Brüste der Pilates-Tante oder deren schwaches Bindegewebe, das war Ben in diesem Moment nicht so ganz klar. Er wusste nur eins: Dies war nicht seine Welt. Er konnte sich auch nicht vorstellen, dass es jemals seine Welt werden würde. Doch, für ihn war das okay. Er konnte sich ja umgekehrt auch nicht vorstellen, dass Clarissa etwas mit Sascha anfangen konnte.

Die Zeit schritt voran und die mittlerweile vierte Flasche Veuve Clicquot erreichte den Tisch. Ben hatte bereits nach dem ersten Glas zum Wasser gewechselt, was natürlich beim Rest der Runde vereinzelte Buhrufe ausgelöst hatte. Doch das war Ben egal. Schließlich war es nur eine Frage der Zeit, bis er diesen Abend überstanden hatte. Dass es doch noch hitzig werden könnte, daran hatte er zu diesem Zeitpunkt nicht gedacht.

»Stellt euch vor, gestern schalte ich den Fernseher ein, wer singt da? Diese Sabine Merz. Ihr wisst schon, das Schlagersternchen«, informierte Pierre seine Freunde.

»Ich dachte, die wäre weg vom Fenster! War die nicht pleite?«, mischte sich nun Clarissa ein. »Uns bleibt aber auch nichts erspart!«, lachte sie.

»Nein! Die hat ihr neues Lied vorgestellt. ’ne weitere Schnulze. Ich hätte mich fast übergeben!«, machte Pierre weiter und erntete zustimmende Worte von Ernst.

»Ich weiß auch nicht, was die Leute daran finden.« Ernst prostete seinen Kumpels zu. »Habt ihr euch schon mal diese Texte angehört? So oberflächlich!«

Am liebsten hätte Ben natürlich umgehend seine Zunft verteidigt. Doch er riss sich zusammen. Er wollte sich nicht gleich am ersten Abend bei dieser Runde als bekennender Schlagerbefürworter outen. Wobei er zu dieser fortgeschrittenen Stunde nicht im Traum daran dachte, ein zweites Mal diese illustre Runde mit seiner Anwesenheit zu beglücken.

»Ich finde, das Zeug gehört weg aus dem Fernsehen. Das will doch kein Schwein sehen!«, haute Clarissa raus. »Auch der andere da, dieser Typ, der schon seit Ewigkeiten die Leute mit seinem Unsinn quält ... Justus Krüger. Da bluten einem die Ohren, sage ich euch.«

Ben traute seinen Ohren nicht. Seine Clarissa zerriss sich auf uncharmante Art und Weise das Maul über seinesgleichen. Nein, das konnte er dann doch nicht so stehen lassen! »Was habt ihr denn alle gegen Schlager?«

»Ach herrje!«, lachte Pierre. »Sag bloß, du hörst den Mist?«

»Und wenn schon? Was ist dagegen zu sagen? Das ist Musik wie jede andere auch. Und wer sie nicht hören will, der kann sich ja was anderes reinziehen«, schlug Ben sachlich vor – obwohl er innerlich ziemlich angepisst war.

»Nee, mein Lieber. Das Zeug gehört weg. Das ist doch nur was für einsame Herzen, die es zu nichts bringen und den ganzen Tag über nur am Träumen sind, dass irgend so ein Schlagertyp mit einem weißen Schimmel zu ihnen reitet und sie heiratet«, sagte Pierre, lachte und erntete Zustimmung von seiner Anna.

»Tja, die Leute sind vielleicht einfach nur romantisch!«

»Romantik ist was für Orientierungslose. Mich wundert nur, wie die alle mit dem Zeug überleben können!« Pierre schenkte Champagner nach.

»Habt ihr schon einmal einen englischen Songtext übersetzt?«, warf Ben in die Runde.

Clarissa klopfte auf seinen Oberschenkel und warf ihm einen ernsten Blick zu. Doch Ben war angezählt. Warum sollte gerade er mit seiner Meinung hinter dem Berg halten? Weil er nur eine Swatch hatte?

Pierre sah Ben süffisant und mitleidig an. »Darum geht es doch nicht. Aber dieses ganze Gesäusel von Herzschmerz und Liebe, unterlegt mit einem geschmeidigen Discofox, ich bitte dich.«

Ben war in Rage. »Und nur, weil du das nicht magst, soll das alles am besten nicht mehr gespielt werden? Denkst du nicht, dass diese Haltung ein wenig arrogant ist? Das würde ja bedeuten, dass du denkst, dein Musikgeschmack ist der einzig richtige.«

»Jetzt ist es aber gut!«, mahnte ihn Clarissa und packte seinen Arm.

»Ach, sieh einer an. Ich darf hier meine Meinung nicht äußern? So weit kommt es noch.« Er entzog Clarissa seinen Arm. »Ihr seid ja schlimmer als das Meckervolk auf Facebook. Alle finden immer alles zum Kotzen. Versucht es doch einmal selbst! Aber das könnt ihr nicht. Weil ihr talentfrei seid.« Er stand auf. »Immer nur am Meckern! Das ist armselig. Diese Leute sind erfolgreich. Aus euch allen spricht nur der Neid. Weil euer Leben leer ist. Stattdessen sitzt ihr hier rum, sauft teuren Champagner und zerreißt euch das Maul darüber, wie beschissen andere Leute sind. In der Hoffnung, dass ihr euch dann wohler fühlt. Aber abends, wenn ihr mit euch allein seid, dann wird es euch klar, dass ihr keine Fußabdrücke hinterlasst, wenn ihr irgendwann geht. Alles, was dann im Krematorium zurückbleibt, sind ein Haufen Asche und eine goldene Uhr!« Ben stand auf und schob seinen Stuhl an den Tisch.

»Wo willst du denn hin?«, fragte Clarissa.

»Ich fahre nach Hause und werfe eine Schlager-CD ein. Und wisst ihr auch, warum? Weil ich es will!«

Franka schüttelte den Kopf. »Was hat er denn?« Anna neben ihr nickte.

Pierre versuchte, die Situation zu retten. »Nun komm. Hab dich nicht so. Ich verspreche dir, wir sagen nichts mehr gegen deine Schlager. Jenny! Süße! Sei doch so nett und mach uns noch so ein Fläschchen auf!«, rief er zur Bar.

Clarissa sah Ben verbissen an. Ihm war klar, dass sie stinksauer darüber war, wie er sich vor ihren Freunden benahm.

»Kommst du?«, fragte Ben und streckte seine Hand in ihre Richtung aus.

»Ich, äh, ich glaube …«

Ben nahm ihr die Entscheidung ab. »Schon gut! Ihr habt euch sicher noch viel zu erzählen.«

»Du gehst jetzt nicht wirklich«, wollte Clarissa von ihm wissen.

»Du weißt doch, ich bin Angestellter. Da sollte ich längst daheim sein.«

Clarissa zog eine Schnute. »Ich kann dich ja nachher heimfahren«, meinte Bernd zu Clarissa.

»Ach, und übrigens, diese Loungemusik, die ihr so toll findet … das ist ein Sequenzer, bei dem alle zwanzig Minuten der Akkord gewechselt wird. Falls es euch nicht aufgefallen ist: Ihr hört seit drei Stunden dasselbe Lied.« Ben knallte einen Zwanziger auf den Tisch und sah zu Clarissa. »Wir sehen uns im Büro. Schönen Abend noch.« Dann ging er.

Als er auf der Leopoldstraße vor seinem Wagen stand, atmete er tief durch. »Das tat jetzt gut!«, sagte er und schloss die Wagentür auf.

Er stieg ein, zog sein Handy aus der Jackentasche und begann zu tippen.

Be: Hallo Sascha. Wir machen ab sofort mehr Schlager.

Es dauerte nicht lange, und Sascha meldete sich zurück.

Sa: Nein, bitte nicht.

Be: Keine Widerrede. Ich maile dir nachher einen neuen Text.

Sa: Sag nicht, Gefühle und so :-(

Be: Klar. Und diesmal volles Rohr!

Ben startete den Motor und machte sich auf den Weg in die Nymphenburger Straße.
»Jetzt erst recht!«

Dürüm geht immer

Als Clarissa am nächsten Tag im Büro auftauchte, war es fast Mittag. Ben sah keine Veranlassung, den ersten Schritt zu tun. Weiß Gott, ob sich die ganze Meute nach seinem Abgang noch das Maul über ihn zerrissen hatte.

Sie sah zu ihm herüber. Ben bemerkte dies natürlich, interessierte sich aber umgehend für eine ganz wichtige Mail auf seinem Bildschirm. Clarissa tänzelte in sicherem Abstand um ihn herum und versprühte übertrieben gute Laune bei den Kollegen. Damit wollte sie ihm wohl zeigen, dass ihr diese Sendepause nicht das Geringste ausmachte. Schließlich ließ man eine echte Zöllner nicht einfach so in einer Bar sitzen.

Da hatte sie allerdings die Rechnung ohne ihren Freund gemacht. Ben war sauer, dass Clarissa in dieser schweren Stunde, in der er vor aller Welt den Schlager verteidigte, nicht zu ihm gestanden hatte. Auch wenn sie anderer Meinung war, hätte sie das seiner Meinung nach tun müssen.

Andererseits war es ihm angesichts der Tatsache, wer ihre Freunde waren, egal, was die von ihm dachten. Dies war einfach nicht seine Welt, und er konnte und mochte es sich nicht vorstellen, dass Erfolg einzig und allein davon abhing, sich in diesen Kreisen zu bewegen. Wenn das der Preis dafür war, mit diesem versnobten Volk abhängen zu müssen, würde er lieber mit Patrick zusammen für den Rest seines Lebens die schönsten Tiefgaragen planen.

»Na? Ärger im Paradies?« Patrick kam mit einer Tasse Kaffee zurück an seinen Schreibtisch.

»Wie kommst du denn darauf?« Ben tat ahnungslos und tippte auf seiner Tastatur herum.

»Ich mein ja nur. Clarissa ist schon etwa zehn Minuten da, und ihr habt euch noch nicht wie sonst von oben bis unten abgeknutscht.«

»Wir knutschen uns doch nicht ab.«

Patrick nahm einen Schluck aus seiner Tasse. »Und? Was ist los?«

»Nichts. Nur eine kleine Meinungsverschiedenheit«, murmelte Ben, ohne den Blick von seinem Bildschirm zu nehmen.

»Ach, das kenn ich. Meine Frau und ich werden uns einfach nicht einig, in welcher Farbe wir das Kinderzimmer streichen sollen«, sagte Patrick verständnisvoll.

Genau das war das Letzte, was Ben brauchte. Beziehungsratschläge eines Kollegen. »Du, sei mir bitte nicht böse, Patrick, aber ich habe hier wirklich zu tun.«

»Klar. Aber du weißt, meine Tür steht dir immer offen. Also, wenn ich ein Büro mit Tür hätte. Ich denke, du weißt ...«

»Ja, Patrick!«, versicherte Ben. »Ich weiß, was du meinst.«

Bens Blick schweifte abermals durch den Raum und blieb bei Clarissa hängen, die ihn in diesem Moment ansah. Er fixierte sie kurz, widmete sich dann aber schnell wieder seinem Bildschirm. Seine Gedanken waren ganz woanders. Er zückte sein Handy.

Be: Hey Alter, wie sieht es aus? Was macht der neue Song?

Sa: Song ist gut. Eine Schnulze ist das. Wann ist dir denn das eingefallen?

Be: Das ist Schlager vom Feinsten. Und?

Sa: Kennst mich doch. Ich habe immer eine Melodie in der Schublade.

Be: Klasse. Meinst, ich kann ihn bis heute Abend haben?

Bens Handy klingelte.

»Valdern?«

»Ja, ich hier. Was meinst du mit heute Abend?«

»Ach, Sascha, du.« Ben drehte sich mit seinem Stuhl etwas seitlich, damit Patrick das Gespräch nicht in allen Einzelheiten mitbekam.

»Willst du dir das Ding nicht erst mal anhören?«

»Hast recht. Wo bist du gerade?«

»Ben, echt jetzt? Was glaubst du denn?«

»Okay. Ich mach in einer Stunde Schluss, dann rutsche ich bei dir vorbei.«

»Meinetwegen. Kannst du mir was zum Essen mitbringen? Dann muss ich nicht raus.«

»Wenn es sein muss.«

Ben legte sein Handy auf den Schreibtisch und bearbeitete weiter sein Mailpostfach. Aus dem Augenwinkel sah er, wie Patrick ihn grinsend anstarrte. Er hörte auf zu tippen und sah Patrick an.

»Sascha?« Patrick kniff die Augen zusammen.

»Äh, ja.«

»Mir kannst du es doch sagen.«

»Was sagen?« Ben wusste nicht so recht, was sein Kollege von ihm wollte.

»Komm schon. Wie heißt sie?«

»Wer?«

»Na, dein SASCHA«, bohrte Patrick weiter.

»Das ist ein Kumpel von mir und ein ER!«

»Ah!«, meinte Patrick, während er selbstgefällig nickte.

Er tat so, als wäre er Ben auf die Schliche gekommen, dass er Clarissa hinterging. Ben beließ es dabei. Er war seinem Kollegen schließlich keine Rechenschaft schuldig. Er fuhr den Rechner runter, packte seine Sachen in die Tasche und stand auf. Die Gelegenheit war günstig, da Clarissa im Büro ihres Vaters war.

»Ich mach Feierabend«, sagte er knapp zu Patrick.

»Klar. Versteh schon. Ich halte dicht.«

»Patrick, noch mal: Das war ein Kumpel, und nein, ich habe keine Affäre.«

»Wer redet denn von einer Affäre? Das hast jetzt du gesagt.« Er zwinkerte Ben zu. »Was soll ich sagen, wo du bist? Arzt? Optiker? Blutspende? Kannst dich voll auf mich verlassen.«

»Du brauchst überhaupt nichts zu sagen, weil ich zu Doris gehe und ihr sage, dass ich den Rest des Tages freinehme.«

»Gut. Ich weiß am besten von nichts.«

»Wenn du meinst.«

Ben schob seinen Stuhl an den Schreibtisch, informierte Doris und verließ kurz darauf das Büro. Ungesehen von Clarissa. Das hätte ihm noch gefehlt: eine gemeinsame Verarbeitung des letzten Abends zwischen Kollegen und Teeküche. Das brauchte wirklich keiner.

***

»Ist Dürüm okay?« Ben hielt Sascha eine Tüte vor die Nase, als der seine Tür zum Studio öffnete. Aus dem Inneren hörte man satte Beats und amtliche Sounds. Das Ganze in eine Melodie verpackt, die man in dieser Art für gewöhnlich nicht aus Saschas Studioboxen hörte.

»Falafel auch dabei? Was zu trinken?«

»Sascha, du sagtest Essen. Nicht Menü!«

»Schon gut. Komm rein.«

Ben drückte sich an Sascha vorbei und ging schnurstracks zum Mischpult.

»Was hören meine Ohren denn da? So etwas bin ich von dir überhaupt nicht gewohnt!« Ben setzte sich.

Sascha tat es ihm gleich. »Ich auch nicht von mir. Das kannst du mir glauben. Das ist dein Neuer. Soll ich noch mal von Anfang an starten?«

»Klar!«

Sascha drückte ein paar Knöpfe und startete das Lied erneut. Beide lauschten. Ben wippte mit dem Fuß.

»Warte, gleich …!«, rief Sascha und hob den Zeigefinger. »Jetzt! Ab hier beginnt dein Text!«

Ben stand auf und stellte sich mittig vor die Lautsprecher. Sein Kopf ging mit dem Takt.

»Eiskalt – du hast mir nur was vorgemacht. Hast du dabei nur an dich gedacht – was machst du mit mir?«, sang Ben mit.

Sascha starrte ihn an. »Echt? Das willst du wirklich so singen?«

»Klar!«, schrie Ben zwischen die Beats und wippte weiter mit dem ganzen Körper. »Ist echt super geworden. Gefällt mir!«, schrie er erneut.

Sascha schüttelte nur den Kopf und holte sich ein Bier aus dem Kühlschrank. Dann: Schlussakkord.

»Echt fett, mein Guter. Habe nichts zu mäkeln. Siehst du! Was du alles kannst.«

»So weit ist es mit mir gekommen. Jetzt macht der Sascha Schlager«, sagte Sascha zu sich selbst und nahm einen großen Schluck aus der Flasche.

»Schlagerpop!«, verbesserte Ben. »Meinst du, du kannst mir den noch veredeln, damit ich ihn gleich mitnehmen kann?«

»Klar. Ich lasse noch ein paar Filter drüberlaufen und schraube noch ein wenig am Equalizer herum, dann passt das fürs Erste. Aber nur, weil du es bist. Die absolute Endversion bekommst du in zwei Tagen. Ich hab ja schließlich so was wie eine Berufsehre. Da gibt man halb fertige Sachen nicht aus der Hand.«

»Das weiß ich zu schätzen. Übrigens: Bier? Es ist gerade mal Nachmittag.«

»Ach, irgendwo auf der Welt ist es bestimmt schon dunkel. Das passt schon. Hier! Sieh mal!« Sascha drückte Ben sein Handy vor die Nase.

Ben nahm es an sich und sah aufs Display. »Das ist ja Tina.«

»Mhm!«, bestätigte Sascha. »Hat sie mir heute geschickt. Ein Selfie! Die Tina! Für mich!«

»Nett!«

»Finde ich auch. Sag, willst du das Lied heute echt raushauen?«

»Heute nicht. Aber kurz nach Mitternacht.«

»Witzbold. Meine ich doch. Na, von mir aus. Da bin ich ja mal gespannt. Du weißt, wie schnell deine treuen Fans mit dem Werfen von Gegenständen sind. Magst nicht lieber einen Helm aufsetzen?«

»Glaub mir, das wird funktionieren.«

»Wenn du es sagst. Ach, ich wäre ja nur zu gern dabei. Schon allein wegen Tina. Aber … ich muss leider so einen Jingle fertig machen. Für so einen Spot für Blasenschwäche.«

Ben lachte. Das gefiel Sascha natürlich überhaupt nicht.

»Sorry, Sascha. War nicht so gemeint. Es ist einfach nur witzig. Es gibt so viele Werbungen im Radio. Für Waschmittel, Restaurants und was weiß ich was. Und du, was bekommst du? Blasenschwäche und Fußpilz.«

»Lach du nur. Genau das beides bekomme ich wirklich, wenn ich öfter so etwas wie dein *EISKALT* machen muss.«

»Du wirst sehen, mein Freund. Wenn das funktioniert, dann brauchst du dich nicht mehr mit Jingles zu begnügen. Und weil es so schön ist, lasse ich dir noch einen Text da.«

»Wie?«

»*FREI!*«

»Wer ist frei?« Sascha verstand nicht.

»So heißt mein zweiter Schlager. *FREI!* Wir dürfen jetzt nicht lockerlassen. Da muss ein Lied nach dem andern kommen. Sonst nehmen mich meine Fans nicht ernst.« Ben war in seinem Element und von der Sache überzeugt.

»Alter – und du glaubst, damit nehmen sie dich ernst?«

»Den habe ich schon lange im Schrank. Mach da ein paar fette Beats drauf. Aber überlagere mir das nicht. Denk dran, das ist kein Partytitel. Das ist Schlager. Vielleicht hörst du dir vorher noch mal den Kaiser oder den Brink an. Dann verstehst du, was ich meine. Immer schön reduziert arbeiten. Die Stimme ist im Vordergrund.«

Sascha kratzte sich am Hinterkopf. »Also ein wenig künstlerische Freiheit musst du mir schon lassen.«

»Ja, du machst das schon. Da fällt dir bestimmt auch was Nettes ein.« Ben konnte sich ein Lachen nicht verkneifen, als er ihm den zweiten Text aufs Mischpult legte.

»Mann, du machst mich echt fertig, Alter!« Sascha sackte in sich zusammen und atmete tief durch.

»Du bist mein Held!«, ermutigte Ben seinen Kumpel. »Jetzt lass uns lieber noch mal *EISKALT* hören. Komm, mach an.«

Sascha beugte sich über sein Mischpult und startete das Lied. Während Ben bereits an seiner Bühnenperformance arbeitete, entdeckte er, dass Sascha unter dem Mischpult mit dem Fuß zum Takt wippte. Na, bitte. Auch wenn man sich mit Händen und Füßen dagegen wehrte, irgendwann landete jeder beim Schlager.

EISKALT AUF MALLE

Ben klebte sich den Bart über die Oberlippe und überlegte, wie lange er diesen Stress noch durchhalten würde. Es war weniger das Hin und Her zwischen Festland und Insel. Vielmehr ging ihm das ewige Katz-und-Maus-Spiel auf die Nerven. Eva hatte ihm heute auch nur aus der Ferne gewinkt, als er angekommen war. Anscheinend entwickelten sich die Beziehungen zu seinen Frauen beide in die falsche Richtung. Vielleicht war es an der Zeit, Entscheidungen zu treffen.

»Eiskalt – du hast mir …«, summte er vor sich hin.

Auf dem Flug hatte er sich das Playback an die zwanzig Mal reingezogen. Das Lied sollte also sitzen. Premierenabend für einen neuen Song, der erst Stunden zuvor fertig geworden war. Das war neu.

Als das Schönste am Fliegen empfand Ben mittlerweile die Tatsache, dass sich sein Handy über den Wolken im Flugmodus befand. Kaum gelandet, war auch an diesem Abend eine WhatsApp-Lawine über ihm hereingebrochen.

Cl: Wo bist du?

Cl: Ich stehe hier unten!!!

Cl: Bei dir brennt kein Licht.

Cl: Das wäre alles kein Problem, wenn ich einen Schlüssel hätte.

Cl: Hier! Damit du siehst, was dir entgeht …

Die letzte Nachricht kam mit einem Selfie, auf dem sie vor seiner Haustür stand. Sie trug einen Trenchcoat, leicht geöffnet, und darunter knallrote Spitzenwäsche und halterlose Strümpfe. Man konnte von Clarissa denken, was man wollte, aber sie wusste sich in Szene zu setzen. Was für ein Glück er doch eigentlich hatte. Es gab sicherlich viele Männer, die ihn um solche WhatsApps beneidet hätten.

Es war besser, ihr nicht zurückzuschreiben. Vielmehr war es wichtig, sich auf den bevorstehenden Auftritt zu konzentrieren. Knut hatte ziemlich skeptisch dreingeblickt, als Ben ihm das Playback in die Hand gedrückt hatte, besser, er patzte heute nicht. Und was sollte er Clarissa auch schreiben? *Ist gerade schlecht?* Oder: *Du siehst toll aus, ein anderes Mal gerne?* Nein. Er konnte in diesem Augenblick nur verlieren. Er setzte seine Perücke auf und schob die Haare, die noch herauslugten, darunter. Sein Handy meldete sich erneut.

»Bitte! Nicht schon wieder!«

Er wollte es gerade ausstellen, als er einen Blick auf das Display warf und seinen Augen nicht traute. Eine Nachricht mit Foto. Diesmal nicht von Clarissa.

Ti: Wir wollen Benny Biber sehen. Wann kommst du raus?

Auf dem Bild war Tina mit irgendwelchen Typen zu sehen. Wahrscheinlich soeben aufgenommen.

Woher hatte sie eigentlich seine Nummer?

Be: Woher hast du diese Nummer?

Ti: Von Sascha.

Klar. Von wem sonst? Diese alte Plaudertasche. Seine Unbekümmertheit brachte Ben am Ende noch in Teufels Küche. Wahrscheinlich wusste Tina längst ... klar. Unnötig, das infrage zu stellen. Natürlich wusste Tina längst, wo er wohnte.

Als Ben sich die Hose anziehen wollte, klopfte es an der Tür. Na endlich. Ein Lichtblick. Eva hatte sich bestimmt von der Theke losgeeist, um ihn kurz zu sehen. Ben öffnete.

»Und da ist er auch schon. Freizügig, wie wir ihn kennen!«, rief Kalle einem Reporter zu. Hinter ihm stand ein Kameramann, der mit seiner Linse den Stimmungsmacher ins Visier nahm. Um eventuellen Problemen mit der Tiefenschärfe entgegenzuwirken, war auf der Kamera eine Videoleuchte montiert, die Bens Unterhose mit gefühlten dreitausend Watt ausleuchtete. Hinter den beiden stand noch ein Kerl, der seine Mikrofonangel in die Garderobe schob und Ben fast am Kopf traf.

»Was zum ...«

»Dürfen wir dich kurz stören? Die Herren hier sind vom Insel-TV und möchten ein Interview mit dir. Aber am liebsten in Hosen!«, rief Kalle lachend.

Der Reporter und sein Gefolge lachten auch.

Ben blinzelte in die Kamera und griff mit einer Hand prüfend an seinen Kopf. Ja, Perücke auf, Bart dran. Das hätte noch gefehlt. Dennoch schwächte dieser glückliche Umstand die Peinlichkeit, vor laufender Kamera in Unterwäsche dazustehen, in keiner Weise ab.

»Kalle! Ich glaube, es hakt!«

»Ist es gerade schlecht?«

Ben drückte seine Hand vor die Kameralinse und bat die Männer, doch bitte wieder zu gehen. Dann zog er Kalle in die Garderobe und drückte die Tür zu. Ganz ließ sie sich allerdings erst schließen, als auch der Typ vom Ton sein Mikro aus dem Zimmer gezogen hatte.

»Sag mal, Kalle! Geht's noch?«

»Was öffnest du aber auch in Unterhosen die Tür.« Kalle setzte sich aufs Sofa. »Hey! Das war Insel-TV. Das ist wichtig. Du tust gerade so, als wärst du in geheimer Mission hier.«

»Bin ich ja auch irgendwie«, bestätigte Ben und schlüpfte schnell in seine weiße Anzughose. »Kalle, zum hundertsten Mal: Es war abgemacht, keine Presse, keine Interviews.«

Kalle nahm seine Sonnenbrille ab und breitete die Arme über der Sofalehne aus. »Mein lieber Benny Biber, du weißt schon, dass sich die Zeiten geändert haben. Da kommt keiner mehr und fragt dich nach einem Autogramm. Heute werden Selfies gemacht. Und Interviews werden nicht mehr tausend Mal geprüft, bevor sie gedruckt werden. Da kommt eine Kamera, und zwei Stunden später bist du auf YouTube!«

»Ich bin auf YouTube?«, fragte Ben erschrocken.

»Sag mal, in welcher Welt lebst du eigentlich?«

Klar war er auf YouTube. Irgendwie war ihm das auch bewusst. Doch so richtig realisiert hatte er es bisher noch nicht.

»Hier!« Kalle streckte Ben sein Handy entgegen. »Du hast zweihundertdreißigtausend Abonnenten. Fast wöchentlich lädt irgendjemand was von dir ins Netz. Vielleicht nimmst du auf der Bühne mal deine Sonnenbrille ab. Dann fallen dir vielleicht die paar Hundert Handys auf, die dich während deines Auftritts filmen. Denkst du, die jungen Leute speichern sich diese Filmchen auf ihren PC, um sich deinen Auftritt später immer wieder ansehen zu können?«

Ben schlüpfte ins Sakko. »Macht man das nicht so mit Erinnerungen?«

»Ben, Ben, Ben. Du hörst dich an, als wärst du neunzig. Die Leute haben deinen Auftritt schon ins Netz gestellt, noch bevor sie bei uns aus dem UNIVERSUM fallen und uns draußen in die Kübelpflanzen reihern.«

»Krass!«

»Ja, Ben, krass. Jeder normale Mensch googelt sich von Zeit zu Zeit selbst. Hast du das noch nie getan?«

»Nö!«

»Dann wird's aber Zeit. Ich mache das regelmäßig. Ich muss doch wissen, ob irgendeine Tussi meinen nackten Hintern in HD um die Welt schickt.«

»Du, da mache ich mir eigentlich keine Gedanken, Kalle.« Ben legte sich sein goldenes Geschmeide um den Hals.

»Solltest du aber, mein Lieber. Die Mädels werden trickreicher und die Kameras kleiner. Darum gibt es eine ganz große Devise im Showgeschäft: niemals außerhalb der Klokabine in der Nase popeln. Und selbst da kannst du dir nicht sicher sein.«

»Kalle, ich lebe zwischen zwei Welten. Da habe ich keine Zeit für das World Wide Web.«

»Die Zeit solltest du dir aber nehmen, wenn du keine negativen Schlagzeilen willst. Deshalb wäre es zur Abwechslung vielleicht mal schön, selbst zu kontrollieren, was ins Netz kommt. Deshalb ja das Insel-TV. Außerdem schulde ich den Jungs noch einen Gefallen.«

»So lange werde ich nicht mehr in der Öffentlichkeit stehen.«

Kalle steckte sein Handy wieder ein und sah Ben mit großen Augen an. »Was soll das denn heißen?«

»Das bedeutet, dass ich das hier noch ein paarmal mache und dann …«

»Und dann was?« Kalle erhob sich vom Sofa.

»Wie soll ich sagen … Ich werde nur noch für ein paar Auftritte Benny Biber sein.«

213

»Und dann?«

»Ganz einfach: für den Rest meines Lebens einzig und allein Ben Valdern. Ich kann das nicht mehr, dieses ewige Versteckspiel.«

»Soll das heißen, du willst ganz mit der Singerei aufhören?«

Ben wusste nicht so recht, was er darauf antworten sollte. Immerhin hatte er diesen Entschluss erst vor ein paar Sekunden gefasst. Vielleicht sprach auch nur der Stress aus ihm. Oder Clarissa? Oder Eva? Vielleicht aber auch Tina? Nein. Tina nicht. Dafür kannte er sie zu wenig. Dennoch war sie eine weitere Gefahrenquelle, die alles auffliegen lassen konnte. Vielleicht wollte er einfach nicht mehr so sehr vom Zufall oder von der Gnade von Tina oder Sascha abhängig sein.

Kalle richtete sich zu voller Größe auf und hob einen Zeigefinger. »Jetzt hör mir mal gut zu, Ben. Du bist Benny Biber. Ich hab dir hier eine Chance gegeben und dich groß gemacht.«

Ben erhob sich ebenfalls. »Moment. So stimmt das nicht ganz. Ich hatte hier eine Bühne. Groß wurde ich einzig und allein durch mich und meine Lieder.«

»Die kein Schwein hören würde, wenn du sie irgendwo am Strand vor dich hin trällern würdest!« Kalle wurde lauter.

»Ich hätte schon irgendwo meinen Platz gefunden. Vielleicht würde ich heute bereits mit dem Drews und dem Krause auf einer Bühne stehen.«

Kalle kam näher und legte seinen Arm um ihn. Er flüsterte in einem Tonfall, der sich irgendwie bedrohlich anhörte: »Mensch, Kleiner … wenn du es richtig anstellst und so weitermachst, dann wollen die mit *dir* zusammen auf der Bühne stehen.«

»Wie auch immer«, sagte Ben knapp und setzte sich die Sonnenbrille auf.

Es klopfte und Knut steckte den Kopf in die Garderobe.

»Hey, Benny. Mark hat noch einen Song, dann bist du an der Reihe. Ah, Kalle! Da bist du ja. Die TV-Jungs wollen wissen, was nun ist!«

Kalle sah Ben an, doch der schüttelte den Kopf.

Kalle ging zur Tür, drehte sich nochmals um und zeigte mit dem Finger auf Ben. »Hör gut zu. Wir hatten eine mündliche Abmachung. Dein Arsch gehört noch für einige Zeit mir.«

Ben hatte genug von diesen Kiezmanieren. »Wie du eben schon sagtest, Kalle: mündlich!« Er hatte keine Lust auf Kalles Einschüchterungstaktik. Sie waren auf Malle und nicht im Knast.

Ohne weitere Worte ging Kalle und knallte die Tür hinter sich zu. Sie öffnete sich nochmals und Knut steckte wieder den Kopf herein.

»Kommst du?«

»Ja!«

Ben warf noch einen prüfenden Blick in den Spiegel und hüpfte auf der Stelle wie ein Boxer, der sich vor dem Kampf warm macht.

Auf dieses Gespräch war er nicht vorbereitet gewesen. War er unfair zu Kalle? Immerhin gäbe es Benny Biber wirklich nicht ohne ihn. Nein! Kalle hatte sich in den letzten Monaten durch seine Auftritte eine goldene Nase verdient. Damit waren sie mehr als quitt.

Trotzdem, Ben war verwirrt. Wollte er wirklich aufhören zu singen? Oder wollte er nur eine bodenständige Karriere als Schlagersänger anstreben? Und dann war da immer noch Clarissa. Wo seine Reise ihn auch hinführte, er musste sie einweihen. Doch die Chance wäre groß, dass sie sich von ihm trennte. Was sollten denn die Leute sonst denken? Es sei denn, er würde die Singerei ganz lassen und seine Karriere als Architekt weiter aufbauen. Der Grundstein war gelegt und mit Clarissa und ihrem Background hatte er es schließlich nicht schlecht getroffen. Allerdings war Clarissa nicht seine große Liebe. Und Eva … tja, Eva. Was war mit Eva? War sie seine große Liebe? Ben verließ die Garderobe, und im nächsten Moment erfasste ihn das Bühnenlicht.

Eiskalt – du hast mir nur etwas vorgemacht,
hast dabei nur an dich gedacht – was machst
du mit mir?
Eiskalt – sagtest du, mit uns ist es vorbei,
ich könnte niemals mit dir glücklich sein –
was ist los mit dir?

Salz auf der Haut, die Sonne, das Meer,
du hast mich angelacht,
dass mir das passiert, das hätt' ich nie gedacht,
so unbeschwert und frei!
Es ging alles ganz schnell, die Musik und der
Wein,
du sagtest: bleib bei mir, du wärst nicht gern
allein,
ich konnt' nicht widerstehn – ich wollte bei dir
sein!

Eiskalt – du hast mir nur etwas vorgemacht,
hast dabei nur an dich gedacht – was machst
du mit mir?
Eiskalt – sagtest du, mit uns ist es vorbei,

**ich könnte niemals mit dir glücklich sein –
was ist los mit dir?**

Es war alles perfekt, wir verbrachten viel Zeit,
für immer zusammen,
ich war dazu bereit, wir begannen zu träumen,
zu schön, um wahr zu sein!
Die Sonne ging unter, wir lagen am Strand,
du drücktest dich an mich und ich hielt deine
Hand,
alle Sorgen und Ängste – erschienen uns ganz
klein!

**Eiskalt – du hast mir nur etwas vorgemacht,
hast dabei nur an dich gedacht – was machst
du mit mir?
Eiskalt – sagtest du, mit uns ist es vorbei,
ich könnte niemals mit dir glücklich sein –
was ist los mit dir?**

Ob es einen andren gibt – hab' ich dich gefragt,
bitte sag es mir, ich kann es nicht versteh'n.
Du siehst mich an mit einem Blick – der alles
sagt,
wie kannst du nur so tun, als wäre nichts
gescheh'n?

**Eiskalt – du hast mir nur etwas vorgemacht,
hast dabei nur an dich gedacht – was machst
du mit mir?
Eiskalt – sagtest du, mit uns ist es vorbei,
ich könnte niemals mit dir glücklich sein –
was ist los mit dir?**

Der Beat endete, doch seine Fans klatschten weiter.

»Eiskalt! Du hast mir …«, rief er ins Mikro und streckte es dem Publikum entgegen.

»… nur etwas vorgemacht!«, sangen sie für ihn.

»Hast du dabei …«

»… nur an dich gedacht!«

»Was machst …«

»… du mit mir!«

So ging das noch eine Weile. Wie schnell dieser Text doch beim Publikum hängen blieb. Ben folgte einer Eingebung und machte etwas, das er bis dato noch nie getan hatte: Er schnappte sich sein Handy, das er stets an den hinteren Bühnenrand legte, und filmte ins Publikum, wie sie seinen Schlager sangen. Das durfte er sich keinesfalls entgehen lassen. Und er wollte Sascha einen Beweis liefern, dass er richtig lag.

»Seid ihr warm?«

»Yeah!«

»Geht's euch gut?«

»Yeah!«

»Na, dann habe ich was für euch, das auf keinen Fall fehlen darf. Braucht … ihr … eine … Badehose … auf Mallorca?«

»Neiiiiiiiiiiiin!«

Die Base-Drum setzte ein und die Hände gingen in die Höhe. Von diesem Zeitpunkt an lief alles wie gewohnt. Bis auf die Tatsache, dass direkt vor der Bühne Tina mit ihren

Freundinnen stand und ihn die ganze Zeit mit ihrem Handy filmte und fotografierte. Und da stellte sich für Ben die Frage: eine Erinnerung für die Ewigkeit? Oder Beweismaterial?

Es passte ihm natürlich überhaupt nicht, dass sie das tat. Was, wenn sie im Eifer des Gefechts die Bilder versehentlich an Clarissa sendete? Oder, noch viel schlimmer: nicht aus Versehen?

»Ich brauche keine Badehose auf Mallorca, mich kriegt die Sonne sowieso niemals zu seh'n – oh oh ...«, sang er und bemerkte, wie sich ein paar Jungs an Tina und ihre Freundinnen heranmachten.

Ben erkannte schnell, dass die Mädels schon gut einen im Tee hatten. Allen voran Tina, die sich nicht zweimal bitten ließ, eng mit einem der Kerle zu tanzen. Ben konzentrierte sich wieder auf seine Performance und lief auf die andere Seite der Bühne. Er klatschte ein paar Hände ab und tänzelte wieder in Richtung Tina.

»Meine Freunde legen morgens schon ihr Handtuch auf die Liege, während ich mich noch gemütlich schön auf der Matratze wiege ...«

Es fiel ihm schwer, sich auf den Text zu konzentrieren. Eigentlich ging es ihn überhaupt nichts an, was Tina tat. Sie war alt genug, und sie wollte ihn im Auge behalten. Diese Geste, die sie bei den Zöllners gemacht hatte, war fast wie eine Drohung gewesen. Sollte sie doch sehen, wo sie blieb.

Doch irgendetwas in ihm sagte: Pass auf die Kleine auf. Vielleicht lag es daran, dass sie Clarissas Schwester war. Quasi Familie. Süß war sie, wie sie da unten stand: In der einen Hand ihren Plastikbecher-Cocktail, in der anderen das Handy. Die Handtasche trug sie diagonal. Ein klassischer Busentrenner. Apropos Busen. Der Typ ging aber ganz schön ran. Während er an Tina herumgrapschte, warf er seinen Freunden siegessichere Blicke zu. Die waren damit beschäftigt, fleißig an Tinas Mädels herumzuschrauben. Breitbeinig tänzelten die Typen an sie heran und rieben ihren Schritt an ihnen, als würden sie Lambada tanzen.

Ben gefiel dies überhaupt nicht. Schließlich war *er* im UNIVERSUM der Platzhirsch, wenn er seine Auftritte hatte. Da hatte sich diese notgeile Fraktion nicht an seinen weiblichen Fans zu vergreifen.

Aber solange Tina vor der Bühne war, konnte nichts schiefgehen, dachte sich Ben und gab weitere Songs zum Besten, während er immer ein Auge auf sie hatte. Eines war sicher: Diese Jungs hatten bereits so viel Mühe in die jungen Damen investiert, so einfach würden sie sich sicher nicht abschütteln lassen.

Nach zwei Zugaben schwor Benny Biber das Publikum darauf ein, ihn bald wieder zu besuchen, und verließ die Bühne. Er beeilte sich, in seine Garderobe zu kommen.

»Super warst du wieder, mein Bester!«

»Ah, Eva. Du!«, meinte Ben hektisch und zog seine Perücke noch im dunklen Flur vom Kopf.

»Du, ich könnte heute früher Feierabend machen. Wie sieht's aus mit uns beiden?« Eva setzte ihren erotischen Blick auf und klapperte ein paarmal mit den Augenlidern.

»Okay! Aber ich muss mich vorher noch ganz schnell um was kümmern!« Ben stand vor der Tür seiner Garderobe und streifte sich das Sakko vom Körper.

»Und um was, wenn ich fragen darf?«

Eva wirkte nun alles andere als erotisch.

»Du, das erzähle ich dir später. Geh doch schon mal vor, ich …«

Er wurde unterbrochen. »Du warst wieder grandios. Wir müssen unbedingt mal was miteinander machen. Ein Duett! Versprichst du mir das?« Bibi Bordell war auf dem Weg zur Bühne und drückte ihre Brüste fest an ihn. Dann sah sie zu Eva. »Ah! Hallo, Eva! Ich muss auf die Bühne!« Weg war sie.

Ben war gestresst, was Eva nicht verborgen blieb.

»Na, dann kommst du eben nach«, sagte sie enttäuscht und zog eine Schnute.

»Ganz sicher!«, rief Ben ihr zu, bevor er in seiner Garderobe verschwand und die Tür hinter sich schloss.

Wie von der Tarantel gestochen warf er die Perücke auf den Tisch und sprang aus seiner Hose. Dann zog er den falschen Bart von der Oberlippe und schlüpfte in seine zivile Kleidung. Nach einem flüchtigen Blick in den Spiegel wuschelte er sich durchs Haar, das von der Perücke und dem Schweiß platt gedrückt war. Er schnappte sich seine Tasche und verließ den Raum. So schnell hatte er sich noch nie zurückverwandelt.

»Benny, was ich dich schon immer mal fragen wollte, der Sascha …«

Der hatte ihm gerade noch gefehlt. »Jetzt nicht, Mark. Ich hab's eilig!«

Außerdem war Mark schon wieder weiß unter der Nase. Er funktionierte anscheinend nur noch, wenn es vor und nach dem Auftritt ein wenig schneite.

Als Ben vor der Bühne ankam, tanzte Bibi bereits und hauchte ihren neuesten Song *»Ich blase dir die Sorgen von der Seele«* ins Mikro.

Ben wurde von niemandem erkannt. Er drückte sich durch die Menge und hielt Ausschau nach Tina. Dann ging er zur Bar und kniete sich auf einen der Hocker, um einen besseren Überblick zu haben.

»Die Eva ist schon nach Hause!«, meinte der Barkeeper, der sich die Schichten mit Eva teilte.

»Weiß ich, Kevin. Danke!«, rief er zurück, ohne ihn anzusehen.

Ben scannte das UNIVERSUM nach sechs Mädels in pinken Shirts ab. Kurz vor dem großen Ausgang sah er Tina. Von ihren Freundinnen keine Spur. Dafür aber zwei der Jungs, die fleißig an ihr herumtatschten.

»Ha! Da ist er ja wieder!« Kalle stand hinter Ben und haute ihm auf die Schulter. »War gut heute. Hast dich wohl doch wieder gefangen, was? Ich kenn das doch. Manchmal sagt man Sachen, die einem ein paar Sekunden später wieder leidtun. Du, überleg dir das doch noch mal mit dem Interview. Ich mein, was ist schon dabei …?«

»Ist gerade superschlecht, Kalle. Ich muss was erledigen. Wir sehen uns nächste Woche!«

Ben hüpfte vom Barhocker, schulterte seine Tasche und drückte sich durchs Partyvolk in Richtung Ausgang. Kalle rief ihm noch etwas hinterher, das aber im Gegröle von Bibis Fans unterging. Kurz hatte er Tina aus den Augen verloren, aber als er den riesigen Flügeltüren näher kam, entdeckte er den blonden Haarschopf. Tina wankte. Die zwei Typen hatten sie in die Mitte genommen und stützten sie.

»Hey, Tina, da bist du ja!«, rief Benny, als er sie endlich erreicht hatte und an der Schulter festhielt.

»Wer bist du denn?«, wollte einer von Tinas neuen Freunden wissen.

»Ich bin ihr Freund«, meinte Ben selbstbewusst.

Tina grinste, als sie ihn erblickte. »Bennyyyyyyy!«, rief sie und fiel ihm um den Hals.

Der andere Typ zog sie wieder zu sich.

»Komm, Tina, wir gehen«, forderte Ben Clarissas Schwester auf und griff nach ihrer Hand.

»Das glaub ich aber nicht«, sagte Typ eins und haute ihm auf die Finger.

»Hey! Geht's noch? Ich sagte, dass sie meine Freundin ist!« Ben griff wieder nach Tina.

Typ zwei stellte sich zwischen sie und Ben. »Jetzt pass mal auf, du Kasper!«, meinte er. »Wo warst du denn den ganzen Abend? Da könnte ja jeder kommen!«

»So ist es aber. Und jetzt geht zur Seite.«

Ben konnte schlecht sagen, dass er noch vor zwanzig Minuten auf der Bühne gestanden und die Lieder gesungen hatte, zu denen die Jungs freudig geklatscht hatten. Ein Gutes hatte diese Reaktion der Burschen jedenfalls: Er konnte sich sicher sein, dass ihn niemand erkannte. Vielleicht lag es aber auch am Alkoholspiegel der beiden Vollpfosten.

»Bennyyyyyy!«, rief Tina wieder und kicherte.

Ben versuchte, die Jungs durch einen strengeren Ton zur Einsicht zu bewegen. Gelang nicht.

Dafür wurde er von Typ zwei geschubst. »Sieh zu, dass du Land gewinnst!«, drohte er. »Wir investieren hier nicht den ganzen Abend in die Kleine, nur damit du sie am Ende kriegst. Wir haben ihre Cocktails gezahlt, jetzt haben wir auch den Spaß mit der Maus!«

Ben fasste nicht, was er da hörte. Was war das denn für eine Spezies!

»Ich glaube, dass du ein bisschen …«

Weiter kam Ben nicht, denn er hatte die Faust von Typ eins im Gesicht und ging unsanft zu Boden.

»Bennyyyyyy!«, rief Tina abermals kichernd und hob die Fäuste. Anscheinend dachte sie, dass nun allgemein geboxt würde, und brachte sich in Position. Sie wankte, als die Jungs von ihr abließen, um sich weiter um Ben zu kümmern. Unsicher tapste sie auf der Stelle, bereit für einen Kampf. Sie kicherte immer noch.

Typ zwei beugte sich zu Ben runter und wollte gerade nachlegen, als er und sein Freund sehr unsanft von der Security gepackt wurden.

»Ich glaube, ihr habt für heute genug, Jungs!«, entschied Bonzo, wie er vom Rest der Belegschaft des UNIVERSUM liebevoll genannt wurde.

Ein Schrank von einem Kerl. Voller Testosteron und in diesem Augenblick Bens Rettung. Er hielt beide Typen einfach so am Kragen fest. Sie zappelten und wollten sich befreien. Als Bonzo allerdings ruppig wurde und ein beherztes »AUS!« rief, sahen die beiden ein, dass es besser war, klein beizugeben.

»Was soll denn mit diesen Vögeln passieren, Ben?«, fragte Bonzo.

»Schmeiß sie einfach raus. Aber ohne die Kleine. Die gehört zu mir.« Ben saß am Boden, zog seine Tasche zu sich in Sicherheit und hielt sich die Nase.

»Ihr habt gehört, was er gesagt hat«, wies Bonzo die Jungs an und beförderte sie nach draußen.

Tina wackelte zu Ben und ließ sich neben ihm auf die Knie fallen. Sie war eindeutig besoffen. Da half kein Schönreden mehr.

»Hey! Benny! Was … hicks … machst du denn da unten? Magst du nicht mehr laufen? Ich bin jetzt auch richtig … hicks … müde.« Sie zog eine Schnute und hielt ihren Kopf schief, während sie versuchte, nicht zu schielen.

»Alles klar mit dir?«, fragte Ben.

Bonzo reichte ihm eine Serviette, mit der er sich das Blut von der Nase tupfte.

»Na-na-natürlich! Wir gehen noch ein bisschen feiern. Die zwei wollen mit mir auf eine Pa-pa-party in ein Hotel, ha-haben sie gesagt. Komm do-doch mit … hicks!«

Tina schmatzte zweimal, ihre Augendeckel klappten zu und ihr Kopf landete auf Bens Schulter. Zwei Sekunden später begann sie zu schnarchen.

»Alles klar mit der Kleinen?«, meinte Bonzo und beugte sich zu Ben runter.

»Ja. Sie ist nur dicht wie zehn Matrosen. Hilf mir doch mal mit ihr.«

Der Sicherheitsmann packte zu und zog Tina auf die Beine.

»Hey!«, schimpfte sie, als sie ihre Augen wieder öffnete.

»Ganz ruhig, Kleine«, brummte Bonzo mit seiner Reibeisenstimme.

Ben stand auch auf und putzte sich die Hose ab. »Ich kümmere mich um sie und bringe sie ins Hotel«, meinte er und zog Tina zu sich.

Bonzo verzog sich wieder zu seinem Kollegen an der Tür.

»Wo wohnst du denn?«, wollte Ben von Tina wissen.

»Na, im … im Ho-hotel!« Sie schwankte.

»Und in welchem?«

Tina überlegte mit kullernden Augen. Dann fixierte sie ihren Blick auf Bens Nase. »Ich habe keine Ahnung!«, lallte sie und fing erneut an zu kichern.

Ben schnappte sich ihre Tasche und zog den Reißverschluss auf. Tinas Zimmerschlüssel, den sie glücklicherweise nicht an der Rezeption abgegeben hatte, blinkte ihm entgegen. Ben zog ihn aus der Tasche und sah auf den kleinen Anhänger. *Villa Lucia.*

»Ah, das kenne ich. Das ist nicht weit von hier. Komm, Tina. Das schaffen wir zu Fuß. Dann wirst du vielleicht ein wenig nüchtern.«

»Partyyyy!«, rief sie und warf ihre Arme in die Höhe.

»Ja, Tina. Party. Da gehen wir jetzt hin!«

Ein paar Straßen weiter hatte sich Tinas Zustand etwas stabilisiert. »Mann, ist mir schlecht«, meinte sie und hielt ihren Kopf. »Können wir uns da … hicks … ein bisschen hinsetzen? Nur ein ganz kleines bisschen?«

Sie zog eine Schnute wie ein Kleinkind, das noch ein wenig länger aufbleiben will.

»Nix da.« Ben blieb hart. »Wenn du dich jetzt hinsetzt, kommst du nicht wieder hoch. Schau, da vorne ist es eh schon.« Ben legte seinen Arm stützend um ihre Hüften.

»Vorsicht, Cowboy«, kicherte Tina. »Nicht so stürmisch.«

Sie kam mit ihren Lippen gefährlich nah an Bens Gesicht. Er wich ihr aus. »Na, das lassen wir aber lieber.«

Ben überquerte mit ihr die Straße. Er befürchtete, dass ihn jemand an der Rezeption zur Rede stellen könnte. Immerhin war er kein Gast des Hauses. Diese Befürchtung verflog allerdings, als sie die kleine Lobby betraten. Fast jeder Zweite wurde von irgendjemand gestützt. So schien es jedenfalls. Die Rezeption war unbesetzt, und die Sofas, die in der Lobby standen, dienten als Zwischenlager, bevor man die letzte Etappe zum Zimmer antrat. Ben fühlte sich, als wäre er in einer Ausnüchterungszelle. In Hotels wie diesem fand also das Partyvolk nach seinen Auftritten die wohlverdiente Nachtruhe.

»Welches Stockwerk?«, fragte Ben.

»Das ... hicks ... weiß ich doch nicht«, lallte Tina. Allerdings nicht mehr so schlimm wie noch zuvor im UNIVERSUM.

»Na, wir werden dein Zimmer schon finden.«

Tina setzte sich auf den Treppenabsatz direkt neben der Rezeption. »Wenn du es ge-gefunden hast, dann rufst du, ja?«

»So weit kommt es noch. Du hilfst mir natürlich suchen«, meinte Ben schmunzelnd und zog sie wieder auf die Beine.

»Das sag ich alles meinem Papa. Dann wirft er dich raus«, verkündete sie wild gestikulierend und hätte fast einen weiteren Hotelgast umgenietet.

»Gute Idee!«, lachte Ben. »Wollen wir ihn gleich anrufen, dann kannst du sofort mit ihm sprechen. Gib mir dein Handy, ich wähle die Nummer.«

Sie hielt sich am Treppengeländer fest, sah Ben an und zog die Augenbrauen zusammen. »N-n-n-nein! Wir wollen ihn nicht wecken!«

»So, da sind wir schon«, versicherte Ben, als er Tinas Zimmer aufgeschlossen und das Licht angeknipst hatte. »Hast du alles, was du brauchst?«

Ohne etwas zu sagen, tapste Tina geradewegs auf ihr Bett zu und ließ sich einfach auf die Matratze fallen. Dann drehte sie sich auf den Rücken und streckte ihre Arme in Richtung Ben aus.

»Nicht alleine lassen. Da habe ich Angst.«

»Bist du denn alleine auf dem Zimmer?«, fragte Ben und schloss die Tür hinter sich. »Wo sind denn deine Freundinnen?«

»Ich habe mein eigenes Zimmer. Außerdem sind die doof.«

Sie zog wieder ihre Schnute, von der sie anscheinend dachte, dass sie damit alles erreichen konnte, was sie wollte.

»Komm doch mal her«, forderte sie ihn wieder auf.

Ben ließ sich erweichen und setzte sich neben ihr auf die Bettkante. Tina packte seinen linken Arm und legte seine Hand auf ihren Bauch.

»So ist das gut«, meinte sie und atmete tief aus. »Gell, du bleibst noch ein bisschen.«

Sie hörte sich plötzlich unheimlich schmusig an, rappelte sich auf und zog Ben ein Stück weiter auf die Matratze.

»Du, ich muss jetzt wirklich bald zum …«

»Du musst gar nichts.«Sie kniete sich neben Ben und drückte ihren Zeigefinger auf seine Lippen.

»Äh, was wird das?«

»Na, ich muss dich doch testen, ob du gut genug für meine liebe Frau Schwester bist!«, klärte sie ihren Gast auf.

Sie hörte sich immer noch ziemlich angeschickert an. Außerdem hatte sie eine so mördermäßige Fahne, dass Ben fast Tränen in die Augen traten.

»Das glaube ich aber nicht«, sagte Ben und drückte ihre Hand sanft beiseite.

»Ach, komm schon. Bleibt doch schließlich in der Familie!«

Ben verzieh ihr die Aufforderung, deren Inhalt sicherlich ihrem Alkoholspiegel geschuldet war.

Tina hingegen setzte noch einen drauf und zog ihr T-Shirt aus. Ein süßer BH kam zum Vorschein. Dies war der Moment, der für Ben ideal gewesen wäre, einfach zu gehen.

Tat er aber nicht.

»Willst du dich nicht auch ausziehen?«

»Also, Tina … jetzt mal ohne Quatsch. Du bist ja wirklich eine Süße, aber das …«

»Was denn?«, meinte sie genervt und ließ sich zurück auf die Matratze fallen. »Du bist echt ein Langweiler! Wo ist denn dieser Benny Biber geblieben?«

»In der Garderobe, Tina. In der Garderobe.«

Sie schmatzte wieder ein paarmal, gähnte, brabbelte noch ein bisschen wirres Zeug und schloss die Augen. Dann: Schnarchen.

Ben atmete tief durch. »Gott sei Dank!«, sagte er leise.

Nicht auszudenken, was gewesen wäre, wenn sie nicht eingeschlafen wäre. Hätte er nachgegeben?

Ben sah sie an, wie sie da so lag. Eine tolle Figur hatte sie. Eine typische Zöllner eben. Und da war sie auch schon, die Antwort auf seine Frage: Natürlich hätte er auf keinen Fall nachgegeben! Krank wäre das gewesen. Clarissa mit der eigenen Schwester zu betrügen!

Tina schmatzte erneut und lallte wieder unverständliches Zeug. Ben deckte sie zu. Er war müde. Was für eine Nacht. Und das alles in nüchternem Zustand. Er rieb sich die Augen und sah auf die Uhr. Wenn er jetzt zum Flughafen fuhr, musste er noch drei Stunden in der kahlen Abfertigungshalle sitzen. Da war es hier doch um einiges gemütlicher. Tina drehte sich auf die Seite, als würde sie ihm Platz machen, weil sie seine Gedanken gehört hatte.

Ben ließ sich einfach nach hinten fallen und zog ein Bein aufs Bett.

»Ein paar Minuten können sicher nicht schaden«, flüsterte er. »Nur ein paar Minuten.«

Treue — ein grosses Wort

Stimmen. Menschen, die sich lautstark unterhielten und lachten. Gepolter und Türen, die unsanft ins Schloss fielen.

Ben drehte sich auf die Seite und zog die Decke zu sich. Er presste den Kopf fest ins Kissen. Plötzlich wurde ihm die Decke wieder vom Körper gezogen. Mit geschlossenen Augen tastete er sein Umfeld ab, bis er einen Zipfel der Decke fühlte, ihn packte und wieder zu sich zog. Sekunden später war sie wieder weg.

»Ach, Clarissa«, maulte er. »Du hast doch deine eigene Decke.«

Er knurrte und tastete wieder wild um sich, bis seine Hand auf einem Oberschenkel landete. Er streichelte die nackte Haut.

»Du hast vielleicht eine weiche Haut, mein Schatz!«

»Danke«, kam es trocken zurück. »Das höre ich oft. Das ist bestimmt die Creme aus meinem Weltladen. Mit Avocadoöl!«

Ben öffnete schlagartig die Augen. Etwa zwanzig Zentimeter vor seinem Gesicht blinzelte ihn Tina an.

»Tina? Was machst du denn hier?«

»Das ist mein Hotelzimmer«, konterte sie gelassen.

»Okay.« Ben sah sich um, dann wieder zu Tina.

»Warum bist du in Unterwäsche?«

»Weil ich ungern in Klamotten schlafe.«

Ben war verwirrt. »Aber ... aber wer hat dich ausgezogen?«

»Na, ich. Als ich Pipi war. Mann-o-Mann, hab ich einen Kopf.« Sie kratzte sich am Haaransatz und gähnte.

»Warum hast du mich denn nicht geweckt?«

»Weil du so schön geschlafen hast. Schlaf ist so wichtig!«

»Scheiße! Wie spät ist es eigentlich?« Ben sah auf sein Handy. »Verdammt! Ich habe meinen Flug verpasst!«, rief er und stand mit einem Mal neben dem Bett.

Tina blieb cool und richtete ihren BH.

»Oh Gott«, äffte sie ihn nach. »Ich habe meinen Flug verpasst! Nun sitzen wir hier auf der Insel fest. Wir werden alle sterben!«

»Sehr witzig«, meinte Ben und setzte sich wieder auf die Bettkante.

Er sah zu Tina, die unbekümmert in ihrer Unterwäsche auf dem Bett saß und sich in aller Ruhe sortierte.

»Sag mal«, fing er zögerlich an. »Haben wir eigentlich ...« Er machte unkoordinierte Bewegungen mit seinem Becken.

»Was haben wir?« Tina stellte sich dumm.

»Na, du weißt schon.«

»Was?« Sie grinste.

»Ach! Du weißt genau, was ich meine. Ob wir Sex hatten!«

»Sag das doch gleich«, lachte Tina. »Oder müssen wir dir nun den Mund mit Seife auswaschen, weil du Sex gesagt hast?«

»Quatsch!«

Tina drehte sich auf ihrer Seite des Bettes um und ließ ihre Füße auf den Boden gleiten. »Mein Gott. Du wärst schon nicht gestorben. Wäre doch nur Sex gewesen. Ich hätte mich schon nicht zwischen dich und meine Schwester gedrängt.« Sie stand auf und sah aus dem Fenster.

»Ich glaube, das ginge gar nicht«, versicherte Ben. »Wir sind uns treu!«

»Ach, Treue! Was für ein großes Wort. Und so biegsam.« Sie hielt inne und wandte sich zu Ben um. »Weil wir gerade so schön von Treue sprechen: Was ist das eigentlich mit dir und der Bartussi?«

Ben wurde feuerrot im Gesicht und bekam schlagartig feuchte Hände. »Was für eine … ach, du meinst die Eva!« Seine Stimme zitterte. Er schluckte zweimal, um Zeit zu gewinnen.

»Dann eben die Eva. Und?«

»Ach, die ist die gute Seele im Haus. Eine gute Freundin, wenn du so willst.« Er sah verstohlen auf sein Handydisplay und tat beschäftigt.

»Schiebt sie all ihren guten Freunden die Zunge in den Hals?«

»Wie? Was? Ich habe gerade nicht zugehört.« Er schluckte abermals.

»Schon gut. Ganz ruhig.« Sie sah wieder aus dem Fenster. »Mir bist du keine Rechenschaft schuldig«, meinte sie cool und gähnte.

Ben sah sie wortlos an, wie sie vor der großen Scheibe stand und sich rekelte und streckte. Ihre Haut war makellos und braun. Das Gegenlicht brachte winzig kleine Härchen zum Vorschein, die goldig ihre Ohrläppchen besiedelten. Er neigte den Kopf zur Seite und betrachtete sie genauer. Süß, wie ein wenig von ihrem Slip zwischen den Pobacken verschwand, wenn sie sich streckte.

»Du starrst mir jetzt aber nicht auf den Hintern, oder?«, meinte Tina, als sie sich plötzlich umdrehte.

Ben schnappte sich eilig sein Handy vom Nachtkästchen. »Nein. Ich habe nur noch mal auf die Uhr gesehen. Verdammt!«, fluchte er. »Clarissa hat es bestimmt hundert Mal probiert, seit ich hier bin.«

»Polizei, Polizei! Die keifende Freundin hat angerufen und du hast nicht sofort zurückgerufen!« Mit hoch gezogenen Augenbrauen sah Tina ihn an. »Mach dich mal locker!«

»Du hast gut reden! Du bist vogelfrei. Kannst machen, was du willst. Beziehung heißt auch Verpflichtung.«

Tina kam näher an Ben heran und beugte sich ein wenig zu seinen Füßen hinunter.

»Was ist?«, fragte Ben.

»Nichts. Ich suche nur nach den Fußfesseln. Mensch, Ben, du bist vielleicht verspannt. Immer locker durch die Hose atmen. Auf Ibiza sehen sich manche Pärchen oft für Tage nicht!«

»Quatsch!«, winkte Ben ab.

»Wenn ich es dir sage. Einfach mal Spaß haben. Das ist die Devise. Eine Insel verliert nichts.«

»Aber ... wenn die sich dann wiedersehen, dann will man doch wissen, wo der andere ...«

»Papperlapapp!«, unterbrach Tina ihn. »Wer viel fragt, bekommt auch viele Antworten.«

Ben wunderte langsam überhaupt nichts mehr. Kein Wunder, dass die meisten in seinem Bekanntenkreis Singles waren. Doch was sollte er über andere richten. Immerhin war er derjenige, der auf zwei Hochzeiten tanzte.

»Apropos – eine Insel verliert nichts. Wo sind denn deine Mädels hin? Die müssten doch auch hier im Hotel sein.«

»Keine Ahnung«, sagte Tina und ließ sich wieder aufs Bett fallen.

»Wie? Keine Ahnung. Du musst doch wissen, wo deine Freundinnen sind.«

»Das habe ich doch nur so gesagt. Ich kenn die überhaupt nicht.«

Ben zog die Augenbrauen hoch. »Jetzt verstehe ich überhaupt nichts mehr.«

»Ach, ich bin alleine hierhergeflogen. Nach zwei Sangria glaubt doch jede, man sei zusammen in die Schule gegangen.« Sie stützte den Kopf auf ihrer Hand ab. »Ich hab mich einfach drangehängt. T-Shirt an und gut. War witzig. Ist doch ganz normal.«

Ben schüttelte den Kopf, Tina grinste.

»Also, wenn jetzt nichts mehr läuft zwischen uns, dann gehe ich duschen. Außer, du willst mitkommen.«

Ben war nicht sicher, ob es ihr Humor war, der da aus ihr sprach, oder ob sie es ernst meinte. »Also, Tina, ich …«

»Ich mach doch nur Spaß. Ein Spießer bist du aber trotzdem. Wenn du wartest, dann fahre ich mit dir zum Flughafen. Ich habe genug von Malle.«

Ben willigte ein.

Tina öffnete ihren BH und ließ ihn zu Boden gleiten. Ben, ganz der Gentleman, vertiefte sich wieder in sein Handy. Sie ging ins Badezimmer und drehte das Wasser auf.

Eine günstige Gelegenheit für Ben, alle Beweise auf Tinas Handy zu vernichten. Er rollte übers Bett auf die andere Seite und schnappte sich Tinas Handtasche. Er griff sich ihr Handy und schaltete es ein. Verdammt, was, wenn das Handy gesperrt war und nur mit einer PIN … Na bitte. Keine PIN. Klar. Eine wie Tina traute der ganzen Welt. Schnell in den Fotoordner. Ben traute seinen Augen nicht. So viele Fotos von ihm auf dem Gerät. Und Filme! Minutenlang!

Er löschte den gesamten Ordner, wählte den Papierkorb an und vernichtete auch dessen Inhalt.

»So«, murmelte er. »Das wäre schon mal geschafft.«

Schnell steckte er das Handy wieder zurück in die Tasche und schnappte sich sein Smartphone.

Vierundzwanzig Anrufe in Abwesenheit und noch mal so viele WhatsApps. Dazwischen einige Nachrichten von Eva.

Ben klatschte sich mit der flachen Hand auf die Stirn. Verdammt! Die hatte er ja völlig vergessen. Wie sollte er das nun wieder erklären … Langsam, aber sicher artete seine Vielweiberei in Stress aus.

Aber seine beiden Freundinnen anzurufen und zu sagen: *Sorry, ich bin hier mit einer anderen in einem Hotelzimmer, ist aber nichts passiert. Ach ja, sie duscht gerade* – das kam schlecht.

Einfach auf Macho machen wäre vielleicht eine Option. Niemandem mehr sagen, wo er war oder wohin er ging. Ein Mann wie er brauchte langsam, aber sicher seine Freiheit!

Er verwarf den Gedanken. Denn die gewünschte Freiheit würde er umgehend haben – Freiheit von Clarissa und von Eva. In diesem Moment beneidete er Tina. Die war Single. Vielleicht aber nicht mehr lange? Sascha! Mensch! Der durfte auch nicht erfahren, dass er die Nacht neben Tina verbracht hatte.

»Duschst du auch?« Tina stand mit Bademantel bekleidet im Zimmer und rubbelte sich mit einem Handtuch die Haare trocken.

»Ach, nein. Oder warte … doch. Wenn ich schon mal hier bin.« Ben verschwand im Badezimmer und verschloss die Tür.

Tina ruckelte an der Türklinke. »Und wie soll ich mir jetzt die Haare föhnen?«

***

»Ein Wunder, das wir einen Flug bekommen haben«, befand Ben, als er sich auf seinem Fensterplatz anschnallte.

»Das wundert mich überhaupt nicht. Schau doch, der Flieger ist zur Hälfte leer. Es ist später Vormittag. Da fliegt niemand heim.«

Tina setzte sich auf den mittleren Platz neben Ben. Obwohl er von ihr nicht mehr wusste, als dass sie Clarissas Schwester war und ein lockeres Leben führte, fühlte es sich für ihn vertraut an, mit ihr zusammen nach Hause zu fliegen. Vielleicht lag es daran, dass sie so unkompliziert war. Eva war ja auch weitestgehend cool. Clarissa hingegen war das krasse Gegenteil. Wenn er im Kino während des Films aufstand, um auf die Toilette zu gehen, fragte sie schon nach, wo er hinwollte. Vielleicht interpretierte er aber auch zu viel in die Sache hinein. Was, wenn es einfach nur reine Liebe war? Wenn sie nur wissen wollte, ob er bald wieder zurückkäme?

»Was sagst du denn nun, wo du warst?«, wollte Tina wissen.

»Wenn ich das wüsste. Das Ganze amüsiert dich, oder?«

Ben schob das Rollo seines kleinen Fensters nach oben und sah hinaus. Draußen wurde die Gangway entfernt. Anscheinend würde es gleich losgehen.

»Ach, was heißt amüsieren. Ich kann das einfach nicht nachvollziehen.«

»Was genau?«, fragte Ben.

»Na, du und meine Schwester. Gut. Ich muss ihr zugutehalten, dass sie anscheinend nichts von deinem Doppelleben weiß. Sonst wäre ich noch mehr verwirrt. Meine Schwester ist eine Spießerin im Endstadium, musst du wissen.«

»Sie will einfach nur alles geregelt haben«, verteidigte Ben seine Freundin.

»Da täuschst du dich. Sie will die Fäden ziehen. Am liebsten gemeinsam mit meinem Vater. Die beiden sind sich so ähnlich, das glaubst du nicht.« Tina schnappte sich das Bordmagazin und begann zu blättern.

»Zugegeben«, lenkte Ben ein, »es muss schon alles genau nach ihrem Kopf laufen. Sie weiß eben, was sie will.«

»Genau. Und deshalb sage ich dir noch mal in aller Deutlichkeit: Pass auf!« Sie sah ihn eindringlich an. »Irgendwas läuft da. Glaub mir, ich spür das.«

Ben wollte dem etwas entgegensetzen und Tinas Äußerungen als Hirngespinst abtun. Doch er ließ es bleiben. Vielleicht hatte sie ja doch recht.

Der Flieger rollte auf die Startbahn, wurde schneller und schneller und hob ab.

»Wer schreibt eigentlich deine Lieder?«, wollte Tina wissen, während das Flugzeug an Höhe gewann.

»Die Musik macht Sascha, die Texte sind von mir.«

»Echt? Hätte ich dir gar nicht zugetraut!«

»Und warum nicht?«

»Na, ein Mann in deinem Alter?«

»Hey. Ich bin gerade mal zehn Jahre älter als du!«

»Sag ich doch. Steinalt. Ich fand dich auf der Bühne übrigens nicht schlecht. Wenn man sich darauf einlässt, kann diese Art von Musik sehr unterhaltsam sein.«

Ben verzeichnete das als Lob und ließ es so stehen.

»Ui!«, meinte Tina freudig, als die Anschnallzeichen erloschen waren. »Ich habe supi Fotos und Filmchen gestern von dir gemacht.«

»Echt?« Ben tat unschuldig. »Habe ich überhaupt nicht gemerkt. Tja, ich bin das wohl einfach gewohnt.«

Tina drückte wild auf ihrem Handy umher. »Wo sind die denn alle hin?«

»Na, wenn du Bilder gemacht hast, dann sind sie im Ordner Fotos!«

»Echt? Schlaumeier.« Sie suchte weiter. »Ich könnte schwören …«

Ben wusste nicht, wo er hinsehen sollte. Er entschied sich für die Wolken, die sich zum Greifen nah vor seinem Fenster präsentierten.

»Hm. Da muss wohl was schiefgelaufen sein. Wahrscheinlich ist der Speicher voll.« Sie packte das Handy wieder weg. »Egal. Bist ja auch auf YouTube!«

Stimmt, dachte Ben. Daran hatte er nicht mehr gedacht. Ach, egal. Tina machte auf ihn einen entspannten Eindruck.

»Die Stewardess kommt«, meinte Ben. »Darf ich dich auf etwas einladen?«

»Klar!«

Ben bestellte sich eine Cola. Ein wenig Zucker in seinen Adern konnte nicht schaden. Schließlich war er immer noch nüchtern. Er wunderte sich, dass Tina nach ihrem gestrigen Totalausfall bereits wieder so munter war. Ein Mädchen wie sie war sicherlich nicht so viel Alkohol gewohnt. Immerhin zeugte ihr vollkommen unverknittertes Antlitz nur so von *AYURVEDA*.

»Und für die Dame?«, wollte die freundliche Stewardess wissen.

»Rotwein.«

Zwei Frauen reichen nicht

Ben holte Tinas Koffer am Münchner Flughafen vom Band. »Hier trennen sich also unsere Wege wieder«, sagte er.

»Sieht so aus. Aber ... keine Bange. Wir sehen uns sicherlich beim nächsten Klassik-Würg-Abend!« Tina zog den Teleskopgriff aus ihrem Trolley.

»Das kann gut möglich sein!«, lachte Ben. »Und ... du verrätst mich wirklich nicht?«

»Meine Güte!« Tina atmete schwer aus. »Wie oft denn noch! Ich sage schon nichts. Unter einer Bedingung!«

»Und die wäre?«

»Wenn du es irgendwann einmal Clarissa oder meiner Family erzählst, dann will ich dabei sein.«

»Glaubst du nicht, das wäre ein wenig schräg?«

»Hallo! Du Sänger auf Malle im weißen Anzug mit Perücke und Goldkettchen. Wer ist denn nun schräg?«

Dagegen konnte Ben nichts einwenden und ließ es unkommentiert. Die beiden verließen die Gepäckausgabe.

»Und ich soll dich wirklich nicht ein Stückchen mitnehmen? Mein Wagen steht im Parkhaus«, bot Ben an.

»Nö. Lass mal. Hier sollten sich erst mal unsere Wege trennen. Hat Spaß gemacht.«

»Finde ich auch«, bestätigte Ben und streckte Tina eine Hand entgegen.

»Hey! Wir haben eine Nacht zusammen verbracht.« Sie zog Ben an sich und drückte ihn zum Abschied. »Und grüß mir deinen Sascha.«

»Ich dachte, das sei dein Sascha?«

»Hm, das ist noch nicht raus. Mal sehen.«

Ben winkte ihr, als sie zur S-Bahn abbog, und ging zum Parkhaus. Dieses *mal sehen* behielt er vor Sascha lieber für sich. Ben war sich sicher, dass Sascha fest daran glaubte, mit Tina zusammen zu sein.

Doch Sascha war in diesem Augenblick sein geringstes Problem. Er musste sich bei Clarissa melden. Schließlich war es mittlerweile früher Nachmittag, und er hatte noch immer kein Lebenszeichen von sich gegeben. Zuvor aber musste er für eine Rückversicherung sorgen. An seinem Wagen angekommen, warf er seine Tasche auf den Rücksitz, stieg ein und startete den Motor. Auf dem Weg zur Schranke aktivierte er seine Freisprecheinrichtung.

Er wartete auf die Eingabeaufforderung und sagte dann: »Doris' Büro anrufen!«

»Wie bitte?«, fragte die weibliche Systemstimme.

»Doris' Büro anrufen!«, wiederholte er lauter.

»Wie bitte?«

»Ach!« Ben suchte im Display Doris' Nummer. »Klar! Heißt ja auch nicht *Doris' Büro*, sondern *Büro Doris*«, erkannte er und startete den Wählvorgang manuell.

»Architekturbüro Zöllner & Zöllner. Wir bauen, damit Sie sich wohlfühlen. Mein Name ist Doris Schuhmacher, was darf ich für Sie tun?«

»Bleib jetzt ganz ruhig und sag meinen Namen nicht laut, hörst du?«

»Wer spricht denn da?«

»Ich bin es, Ben.«

»Ach, Ben!«, rief Doris freudig.

»Psst!«, zischte Ben, während er die Terminalstraße entlang Richtung Autobahn fuhr.

»Entschuldige«, flüsterte Doris. »Wo bist du denn?«

»Deswegen rufe ich an. Füll mir doch bitte schnell einen Urlaubsantrag für heute aus und trag den ins System ein, ja?«

»Hast du verschlafen? Das kann doch jedem mal passieren.«

»Quatsch, Doris. Ich habe nur vergessen, ihn einzutragen. Bist du bitte so lieb?«

»Klar!«, versicherte Doris. »Für dich tue ich doch alles!«

»Du bist Gold! Ach, und, Doris?«

»Ja?«

»Sag bitte niemandem etwas. Ich habe den Urlaub schon vor ein paar Tagen genommen, ja? Auch wenn Clarissa fragt.«

»Klar. Kannst dich auf mich verlassen. Ist so gut wie erledigt.«

»Super. Dann bis morgen.«

»Das ist kein Problem. Das kann doch jedem mal passieren. Ein Zahlendreher eben!«, rief Doris plötzlich sehr laut.

»Was meinst du damit?«, wunderte sich Ben.

»Mensch, Ben«, flüsterte sie nun. »Wegen der Tarnung. Ich habe so getan, als ob.«

»Warum? Steht jemand neben dir?«

»Nö. Ich bin allein hier vorne.«

Ben legte auf. Doris war echt 'ne Nummer. Doch er konnte sich stets auf sie verlassen.

»Clarissa anrufen!«, gab er den Befehl.

Das Telefon wählte.

»Zöllner?«, kam es in einem rauen Ton.

»Hi, Schatz! Na?« Ben tat unbekümmert und wunderte sich, dass sie sich nur mit *Zöllner* gemeldet hatte. War er denn nicht in ihrem Handy eingespeichert?

»Ben! Na, du hast ja Nerven.«

»Wieso?«

»Hast du mal gesehen, wie oft ich gestern bei dir angerufen habe? Und überhaupt: Warum warst du heute Morgen nicht im Büro?«

Ben schluckte kurz. »Das habe ich dir doch vorgestern gesagt.«

Vorgestern ist immer besser. Die Erinnerung zum Vortag war sicherlich präsenter als noch einen Tag zuvor.

»Was hast du gesagt?«

»Dass ich heute Urlaub habe. Den hatte ich ja schon vor Tagen eingereicht. Weißt du nicht mehr?«

»Und deshalb brauchst du dich nicht zu melden, oder was?«

»Du, sorry, Schatz. Ich habe wirklich nicht einen Anruf auf meinem Handy. Hast du denn auch die richtige Nummer gewählt, sag mal?«

»Natürlich! Ich bin doch nicht blöd.«

»Du, dann ist vielleicht was mit meinem Handy. Ich kümmere mich gleich mal drum«, log er.

»Und? Wo warst du?«

»Clarissa, das darf ich dir noch nicht sagen.«

Kurze Pause.

»Du hast eine andere, stimmt's?«, wollte Clarissa wissen.

Damit hatte er nicht gerechnet. »Wie kommst du denn da drauf?« Dass Clarissa überhaupt im Entferntesten annehmen konnte, dass ihr Mann fremdgehen würde.

»Na, unser Streit, dann gestern im Büro, da hast du auch nichts gesagt, du meldest dich die ganze Nacht nicht, antwortest nicht auf meine Nachrichten …«

Ben unterbrach. »So beruhige dich doch. Du kannst mir vertrauen. Kann ich dir denn vertrauen?«

»Natürlich. Was soll denn die Frage?«, wunderte sie sich.

»Was haben wir denn, wenn wir uns nicht gegenseitig vertrauen können? Ich wäre am Boden zerstört, wenn du mich betrügen würdest.« Ben traute sich nicht, sich selbst im Rückspiegel anzusehen. Mit dieser Masche war er zu Schulzeiten schon zweimal davongekommen. Immer den Ball zurückspielen, um von sich abzulenken.

»Ich betrüge dich doch nicht. Das könnte ich nie tun. Das musst du mir glauben.«

Na bitte. Funktionierte!

»Klar, glaube ich dir«, versicherte er Clarissa.

»Ach, und wegen vorgestern, das tut mir echt leid mit meinen Freunden. Ich habe denen aber noch mal so richtig Bescheid gegeben.«

Hatte sie nicht. Da war sich Ben sicher. »Das ist lieb von dir.« Clarissa würde es sich niemals mit der Bussi-Bussi-Gesellschaft verderben.

»Du, ich muss ein paar Erledigungen machen und noch im Handyladen vorbeischauen. Soll ich heute Abend was vom Dallmayr mitbringen? Ich bräuchte deine Meinung. Du weißt schon, wegen des Großprojekts. Ich hätte da ein paar Ideen und wollte dich fragen, was du davon hältst.«

»Natürlich, gerne«, sagte sie erfreut.

Gut – Clarissa fühlte sich geschmeichelt, dass er sie in seine Pläne und Ideen mit einbezog.

»Gegen acht bei dir?«

»Ja!«

»Okay, bis dann, Schatz. Tschau!« Er legte auf. »Lieber Gott, wenn du einen Blitz durch meinen Körper jagen möchtest: Jetzt wäre die Gelegenheit!«, sagte Ben, während er durch die Windschutzscheibe zum Himmel blickte. Er kniff kurz die Augen zusammen, aber nichts passierte.

***

Nach zweimal Sonnenstraße rauf und runter parkte Ben seinen Wagen im Parkhaus am Stachus. Sascha musste unbedingt von dem erfolgreichen Abend erfahren. Weltpremiere seines ersten Schlagers! Fast hätte er seinem Freund das kleine Filmchen, das er von der Bühne herunter gedreht hatte, aufs Handy geschickt. Doch er wollte unbedingt dabei sein, wenn Sascha sah, wie das Publikum auf *EISKALT* reagiert hatte.

Sascha öffnete auf sein Klingeln hin die Tür und Ben begrüßte ihn lässig: »Hey, mein Bester! Na? Alles fit?«

»Sag du es mir, du alter Schwerenöter!«, schallte es zurück. Er ließ Ben an der offenen Tür stehen und ging zurück ins Studio.

»Was ist denn los mit dir? Sind dir ein paar Kabel durchgeschmort?«, witzelte Ben, trat ein und schloss die Tür hinter sich. Er folgte Sascha zum Mischpult.

»Kabel durchgeschmort! Dass ich nicht lache. Dass du dich überhaupt noch hierhertraust!«, bellte Sascha zurück.

»Jetzt komm mal wieder runter. Was ist denn passiert?«

»Was passiert ist?«

»Sascha, können wir uns vielleicht darauf einigen, dass du nicht alles wiederholst, was ich sage?«

Sascha holte sich ein Pils, griff nach dem Öffner, der an einer Paketschnur links neben dem Kühlschrank hing, und ließ sich in seinen Ledersessel fallen.

»Ben? Kannst du mir eine Frage beantworten?«

»Keine Ahnung. Ich versuch's.«

Sascha nahm einen kräftigen Schluck. »Sag, wie viele Frauen benötigt denn so ein Mallorca-Schlagersänger? Zwei? Drei? Oder mehr?«

»Worauf willst du denn hinaus?«

»Ach, es interessiert mich einfach«, sagte Sascha mit gespitztem Mund. »Vielleicht will ich ja den Beruf ändern. Ach nein, geht nicht. Ich bin ja kein Kameradenschwein!« Er trank wieder.

Ben wurde energischer. »Jetzt sag mir endlich, was passiert ist, verdammt noch mal!«

»Du hast die Nacht mit meiner Freundin verbracht. Das ist passiert!« Sascha stand mit einem Satz und wandte sich von Ben ab.

»Ach so, das ist es!« Ben konnte es nicht vermeiden, lauthals zu lachen.

»Ich wüsste zu gerne, was daran so lustig ist. Macht dir Spaß, oder?« Jetzt war er richtig in Rage. »Zwei Frauen reichen dem Herrn Schlagersänger nicht. Er hat es sich zur Aufgabe gemacht, die gesamte Insel zu bestäuben!«

»Sascha, jetzt beruhige dich erst einmal. Wo hast du denn diesen Schmarrn überhaupt her?«

»Aus erster Hand, mein Lieber. Die Tina hat mir eine WhatsApp geschickt.«

»Und was stand da drin?« Ben war gespannt. Tina würde doch nie …

»Dass du schnarchst, hat sie geschrieben. Und dass sie sich nicht die Haare föhnen kann, weil du duschst! Ein feiner Freund bist du!«

Ben setzte sich. »Das ist doch total aus dem Zusammenhang …«

»Klar. Sie hat die vorangegangene Vögelei vergessen. Dann passt es. Und für so was schreibe ich Texte! Ach nein, stimmt ja. Die sind dem Megastar ja zu oberflächlich. Weil, wir singen ja jetzt Schlager!«

Ben wartete, bis sich sein Freund etwas beruhigt hatte.

»Darf ich jetzt was sagen?«

»Natürlich. Erzähl mir auch noch alles. War es schön? Ist sie gut im Bett? Ich frage nur so. Denn … ich als ihr Freund weiß es noch nicht!«

»Es ist überhaupt nichts gelaufen. Sie tauchte im UNIVERSUM auf, wurde von zwei Typen angegraben, ich bekam eins auf die Nase, dann habe ich sie ins Hotel gebracht, weil sie blau war. Ich bin eingeschlafen, wir sind heute Morgen zusammen zurückgeflogen – Ende der Geschichte.«

Sascha stellte seine Bierflasche neben sich auf den Boden. »Und das soll ich dir glauben?«

»Ruf sie an.«

»Klar! Dann meint sie noch, dass ich eifersüchtig bin.«

»Was du natürlich nicht bist, wie wir soeben festgestellt haben.«

Die beiden gifteten noch ein wenig hin und her, bis Sascha davon überzeugt war, dass sein Freund ihn nicht hintergangen hatte.

»Außerdem weißt du ganz genau, was ich schon für einen Stress mit Eva und Clarissa habe. Da brauche ich weiß Gott nicht noch eine Dritte im Bunde.«

»Hm. Was hat eigentlich Eva dazu gesagt, dass du mit Tina weggegangen bist?«

Ben merkte auf. »Oh, Scheiße! Bei der habe ich mich überhaupt nicht mehr gemeldet. Die hat bei sich zu Hause auf mich gewartet. Schöne Scheiße!«

Er sah auf sein Handy. Keine neue Nachricht von Eva. Das hätte ihn allerdings auch gewundert. Eva war nicht der Typ Frau, der ihm ständig hinterhertelefonierte.

Sascha machte sich noch ein wenig über Bens Nachlässigkeit seinen Frauen gegenüber lustig, dann fragte er: »Wie war es eigentlich gestern?«

»Schau selbst!« Ben streckte das Handydisplay in Saschas Richtung und startete das Video. »So sieht es aus, wenn das ganze UNIVERSUM meinen Schlager mitsingt!«

Sascha schüttelte ungläubig den Kopf. »Nicht zu fassen. Wie viel hatten die denn da schon intus?«

»Das spielt keine Rolle. Ich habe dir gesagt, dass es funktioniert. Wie sieht es denn mit der Melodie zu *FREI* aus? Hast du da schon was gezaubert?«

Sascha beugte sich über sein Mischpult und drückte ein paar Knöpfe.

»Du hast Glück, dass du noch rechtzeitig gekommen bist. Nach der WhatsApp von Tina war ich drauf und dran, alles zu löschen.«

Er drückte die Playtaste und die Melodie wummerte aus den Boxen. Beide wippten mit den Köpfen zum Beat.

»Hat was Frisches! Der Synthie gefällt mir!«, schrie Ben. »Hast du das selbst eingespielt?« Sascha quittierte mit einem Kopfnicken. »Fahr mal die Base ein wenig runter und dreh die Hi-Hat ein wenig auf!«

Sascha verdrehte die Augen, tat aber, worum Ben ihn bat.

»Besser!«, bestätigte Ben mit erhobenem Daumen und lauschte weiter dem Rhythmus. Er summte seinen Text mit, um eine Melodie für den Gesang zu finden.

»Wie findest du den Tonartwechsel? Gleich kommt er ...!«, schrie Sascha.

Ben hörte gespannt und achtete auf die besagte Stelle. »Fett!«, freute er sich. »Das hat was.«

»Ich weiß!«, plärrte Sascha. »Ich habe schließlich bestimmt fünfzig Titel angehört. Das macht fast jeder. Gibt dem Song am Ende noch mal den richtigen Kick«, erklärte Sascha.

Dann war das Lied zu Ende. Ben summte seine Melodie noch weiter. Dann hielt er inne und sah Sascha an.

»Du weißt aber schon, dass die Akkorde ähnlich denen von *Ich brauche keine Badehose* sind?«

»Jepp!«, meinte Sascha knapp und schraubte an seinem Mischpult herum.

»Und?«

»Nix und. Ist doch kein Problem.«

»Ist aber trotzdem irgendwie komisch«, befand Ben.

»Jetzt hab dich nicht so. Es gibt einfach Harmonien, die schön klingen. Ich kann dir aus dem Stand hundert Titel nennen, die austauschbar sind. Es gibt nun mal nur eine begrenzte Anzahl an Akkorden. Und die kannst du nicht wahllos zusammenwürfeln. Es soll ja auch harmonisch klingen. Außerdem … deine Häuser haben auch meist vier Wände. So ist das nun einmal.«

Ben sah Sascha zweifelnd an. Dieser Vergleich war alles andere als plausibel. Bei den Akkorden musste er ihm allerdings beipflichten. Außerdem war es ziemlich unwahrscheinlich, dass er die zwei Lieder künftig zusammen performen würde. Irgendwann musste er sich sowieso entscheiden. Schlager bei Silbereisen und im Fernsehgarten oder Stimmungsmucke im UNIVERSUM. Oder … überhaupt nichts mehr, wenn er seine Karriere als Architekt weiterverfolgen wollte. Doch daran wollte er in diesem Augenblick nicht denken.

»Lass uns ein Demo aufnehmen. Stöpsle mir ein gutes Mikro an, dann singe ich den Song gleich ein«, bat Ben seinen Kumpel.

»Ob ich überhaupt Zeit habe, willst du nicht vorher fragen?«

»Hast du Zeit?«, fragte Ben der Form halber.

»Klar! Trotzdem! Perlen vor die Säue!« Sascha setzte sich.

»Wieso?«

»Na, weil Benny Biber nix für diese Art von Musik ist. *So frei, oh so frei! Ja, so fühl ich mich an jedem Tag, den wir zusammen sind …!* Echt jetzt?«

»Ja, echt jetzt!«, wiederholte Ben.

»Und outen willst du dich auch nicht. Ergo: Perlen vor die Säue.« Sascha drehte sich mit seinem Stuhl einmal um die eigene Achse.

»Was schlägt der Herr stattdessen vor? Ich meine, was würdest du an meiner Stelle tun?«

»Ich würde zu meiner Sache stehen. Schau, ich sage auch jedem, was ich den ganzen Tag mache.«

»Da besteht ja wohl noch ein kleiner Unterschied.«

Sascha stand auf und hob den Zeigefinger. »Ich habe eine Idee!«

»Und die wäre?«, fragte Ben misstrauisch.

»Du singst einfach: *So breit! Oh so breit! Ja so fühl ich mich, nach dreizehn Pils, wenn die erst in mir sind …!«,* trällerte Sascha.

Ben verzog keine Miene und sah seinen Freund nur wortlos an. Das sollte als Antwort reichen.

EIN CHIANTI IST KEIN RIESLING

Dallmayr! Immer wieder ein Erlebnis. Und ganz schlimm für Ben, wenn er Hunger hatte. Frisch geduscht schlenderte er durch die Gänge und wurde geradezu umgarnt von Gerüchen, die sich vermischten und unterschiedlicher nicht sein könnten. Über allem schwebte eine feine Kaffeenote.

Wie immer blieb Ben an dem kleinen Steinbrunnen stehen, um sich die Flusskrebse anzusehen. Dann endlich fand er den Weg zur Fertigtheke, um seine Bestellung aufzugeben. Quiche Lorraine, die Clarissa so liebte, sollte es sein. Immerhin gab es einiges gutzumachen.

»Darf es noch etwas sein?«, fragte die hübsche Verkäuferin. Irgendwie sah sie Eva zum Verwechseln ähnlich.

»Welchen Wein können Sie mir denn dazu empfehlen?«

»Da übergebe ich Sie gerne an meine Kollegin in der Weinabteilung.«

»Ja, gerne!«, sagte Ben, zahlte die Quiche und begab sich vertrauensvoll in die Hände der Wächterin feinster Rebsorten.

»Einen schönen Gewürztraminer könnte ich Ihnen emp-fehlen!«, riet diese eifrig. »Vielleicht kann ich Sie aber auch für einen Riesling begeistern? Oder einen Pinot blanc?«

Ben stand zwischen den Flaschen und blickte die Verkäuferin an. Oder besser gesagt: Er blickte durch sie hindurch.

»Hallo?«

»Ja?«, fragte Ben, als er nach seiner kurzen geistigen Abwesenheit wieder unter den Irdischen war.

»Riesling? Pinot blanc?« Sie hob abwechselnd die Flaschen in die Höhe.

»Entschuldigung. Ich war gerade … den Chianti!«

»Bitte?«

»Quatsch! Den da!« Er zeigte blind auf den Riesling. »Zwei Flaschen bitte«, ergänzte er und zückte sein Portemonnaie.

Die Dame wickelte die Flaschen in Papier ein und verstaute sie in einer Tragetasche.

Kaum hatte Ben den Laden verlassen, kramte er sein Handy aus der Jackentasche und wählte Evas Nummer. Es war Freitag, später Nachmittag, und natürlich wimmelte es in der Stadt nur so von Menschen. Er ging in eine etwas ruhigere Seitenstraße.

»Wagner?«, meldete sich eine weibliche Stimme am anderen Ende.

»Eva! Hallo, ich bin es.«

»Ah, du.« Pause.

Ben wippte auf der Stelle. »Und?«, fragte er. »Alles gut?«

»Klar.«

»Wetter auch gut?« *Klar! Frag sie nach dem Wetter*, dachte Ben und knallte sich die flache Hand an die Stirn.

»Ich bin in Eile. Gibt es was Wichtiges?«, drängte Eva und ging nicht näher auf die Wetterfrage ein.

»Ja, du, wegen gestern … das ist echt dumm gelaufen. Ich bin da …«

»Kein Thema. Ich bin eh kaputt ins Bett gefallen.«

Ben stellte die Tüten auf dem Boden ab und wechselte das Handy in die andere Hand. »Na, dann ist es ja gut. Ich war vorhin bei Sascha und war dann noch schnell daheim.«

»Ah!«

»Ja. Muss ja auch mal sein. Klamotten wechseln und so. Jetzt bin ich in der Stadt. Gleich treffe ich mich mit einem Freund aus …«

Verschiedene Stimmen vermischten sich am anderen Ende der Leitung. Eva redete mit jemandem, der sich wie Kalle anhörte.

»Du, ich muss jetzt auflegen. Die Getränkelieferung kommt. Schönen Abend!«

»Ja, den wünsche ich … Eva?« Sie hatte aufgelegt.

Das war alles andere als ein prickelndes Gespräch mit der Freundin gewesen.

»Ich war daheim, Klamotten wechseln!«, brabbelte Ben vor sich hin und schüttelte fassungslos den Kopf.

Klar wusste Eva, wo er am Freitagabend in München hinwollte. Schlimm genug, dass er sie versetzt hatte, nun log er ihr auch noch etwas vor.

Ben schlenderte die Kaufingerstraße entlang in Richtung Stachus-Parkhaus. Es wäre klüger gewesen, den Wagen heute nach seinem Besuch bei Sascha direkt dort stehen zu lassen und kurz mit dem Bus nach Hause zu fahren. Oder wenigstens in der Nähe des Viktualienmarktes zu parken. In der Zeit, die er zu Fuß unterwegs war, machten andere die Quiche selbst.

»Scheiße! Die Baupläne!« Er musste ja noch kurz im Büro vorbei, wenn er Clarissa in sein Projekt einbeziehen wollte. Zumindest wollte er ihr dies glaubhaft vermitteln, um gute Stimmung zu erzeugen. Es war unbedingt nötig, dass endlich wieder etwas Ruhe in seine Beziehungen einkehrte.

Er beschleunigte seine Schritte – sonst war die nächste Diskussion über ein Zuspätkommen vorprogrammiert.

Das Bürogebäude war wie ausgestorben, als Ben von der Tiefgarage aus die Treppe in den dritten Stock nahm. Klar – Freitag! Wer dachte da schon an Arbeit. Anscheinend nur gestrauchelte Architekten mit Doppelleben, die sich um schönes Wetter bei der Freundin bemühen mussten.

Ben zog seine Magnetkarte durch den Kartenleser an der Tür, die sich daraufhin mit einem Summen öffnete. Im Büro brannte Licht.

»Hallo?«, rief er in die verlassenen Räumlichkeiten.

Vielleicht die Putzfrau, dachte er und schloss die Tür hinter sich. Er ging zu seinem Schreibtisch und legte Schlüsselbund und Handy ab. Mit den Händen in den Hüften stand er da und sah sich um. Auf Patricks Schreibtisch entdeckte er einen Bilderrahmen, der mit einem Ultraschallbild seines noch nicht geborenen Nachwuchses bestückt war. Daneben eine Kaffeetasse mit eingetrocknetem Kaffeerand, auf der *Bester Papa* stand.

»Heiliger Bimbam«, murmelte er kopfschüttelnd und steuerte auf den Raum zu, in dem die Baupläne aufbewahrt wurden.

Er knipste das Licht an und schaute sich nach dem Köcher mit den Plänen um, die er mit Clarissa durchgehen wollte. Er musste nicht lange suchen: Die Pläne waren auf dem Tisch inmitten des Raums ausgebreitet. Anscheinend hatte Zöllner sie sich nochmals angesehen. Das tat er oft. Ein Plan war für ihn erst perfekt, wenn das Haus fertig gebaut war. Ständig versuchte er, ein Projekt durch kleine Änderungen zu optimieren. Wie oft hatte er sich schon mit den Statikern angelegt, da diese seine kleinen Eskapaden alles andere als prickelnd fanden.

Ben rollte die Pläne zusammen, steckte sie in einen leeren Köcher und verließ das Archiv. Als er zu seinem Schreibtisch ging, hörte er Stimmen aus dem hinteren Bereich des Büros. Ben verkniff es sich, nochmals »hallo« zu rufen. Was, wenn es Einbrecher waren? Nicht ungewöhnlich in einem Bürokomplex dieser Größenordnung. Erst letztes Jahr hatten Diebe ein

Stockwerk tiefer die Tür einer Versicherung aufgehebelt und alle Kopierer sowie die Computer mitgehen lassen.

Die Stimmen schienen aus Zöllners Büro zu kommen. Natürlich hätte Ben in diesem Moment einfach gehen können. Doch die Neugierde war zu groß.

Er nahm den Köcher wie einen Baseballschläger in beide Hände, bereit, alles umzunieten, was ihm in die Quere kam. Vorsichtig auf Zehenspitzen tapste er durch den Flur. Aus ein paar Metern Entfernung sah er, dass die Tür von Zöllners Büro nur angelehnt war. Ein Streifen Licht fiel in den Flur. Bens Herz schlug ihm bis zum Hals.

Als er etwas näher kam, vernahm er eine hitzige Diskussion. Wie es schien, waren es zwei Leute. Moment: aber nicht zwei Männer. Er hörte eine Frauenstimme. Eine bekannte Frauenstimme. Clarissa.

Was tat sie noch hier? Und mit wem redete sie?

Klar. Mit ihrem Vater. So einfach konnte es sein. Zöllner war an einem Freitagabend in seinem Büro und unterhielt sich mit seiner Tochter. Doch eine normale Unterhaltung hörte sich anders an … nein, wirklich. Es klang wie ein Streit. Wie sollte er sich nun verhalten? Sollte er einfach gehen? Oder klopfen?

Genau, dachte er sich. Ich geh da jetzt einfach hin und klopfe. Es war doch löblich, dass auch er sich abends noch im Büro aufhielt. Das zeigte, dass er sich mit seiner Arbeit identifizierte.

Er ging noch ein paar Schritte auf die Tür seines Chefs zu.

»… weil du deinen Hals nicht vollkriegst!«, schnappte Ben von Clarissa auf.

»Das stimmt doch überhaupt nicht!«, konterte Zöllner.

Ben schlich sich noch näher heran.

»Gerade jetzt!«, klagte Clarissa. »Das hast du ja prima hingekriegt.«

»Wir machen das so, wie ich gesagt habe. Bleib du nur in der Spur. Nicht nervös werden, hörst du? Wir haben schon ganz andere Dinge in dieser Familie überstanden«, versuchte Zöllner, seine Tochter zu beruhigen.

»Du hast leicht reden. Er ist doch nicht dumm!«

Wen meinte Clarissa damit? Was war da im Gange?

»Mein Täubchen, nun beruhige dich doch. Wenn wir jetzt nicht nervös werden und Ruhe bewahren, dann kann das alles von heute auf morgen für uns Geschichte sein.« Er senkte seine Stimme. »Hör auf deinen alten Herrn.«

Ben schossen tausend Gedanken durch den Kopf. Wovon wurde hier gesprochen? Er schulterte den Köcher mit den Bauplänen. Dummerweise hatte er dabei nicht an die Skulptur aus Holz gedacht, die auf einer hüfthohen Säule thronte und schräg hinter ihm stand. Ein Mitbringsel aus Bali, auf das Zöllner ganz besonders stolz war. Er spürte, wie er dem Schmuckstück mit dem Köcher einen Stoß gab. Blitzschnell reagierte er, drehte sich um und griff die wankende Skulptur mit beiden Händen. Er hatte dabei so viel Schwung, dass sich leider auch der Köcher verselbstständigte. Mit einem dumpfen Schlag landeten die Pläne auf dem Boden und rollten Richtung Zöllners Bürotür. Ben versicherte sich, dass sich die Skulptur nicht mehr bewegte, und schnellte dem Köcher hinterher. Mit einem beherzten Ausfallschritt brachte er den Ausreißer zum Stehen, bückte sich und schnappte sich das Ding.

»Was war das?«, hörte er Zöllner fragen.

»Ich weiß nicht«, antwortete Clarissa.

Zeit für Ben, schleunigst zu verschwinden. Wie von der Tarantel gestochen, tippelte er in den vorderen Bereich des Büros und zur Eingangstür.

»Ich sehe mal nach«, hörte er Clarissa noch sagen.

Als er am Archiv vorbeikam, freute er sich, dass er es versäumt hatte, die Tür zu verschließen. Er nahm den Köcher am unteren Ende und warf ihn in den Raum, scheißegal, wo er landete. Ohne stehen zu bleiben, lief er weiter Richtung Eingang.

»Hallo?«, hörte er hinter sich. »Ist da jemand?«

Geschafft. Ben öffnete die Eingangstür, ging einen Schritt nach draußen und drehte sich um. Dann wartete er.

»Wer ist da?«, fragte Clarissa, als sie den Eingangsbereich erreicht hatte und die halb geöffnete Tür erblickte.

Ben wartete einen Augenblick in der Hoffnung, sein Puls würde sich zwischenzeitlich um ein paar Schläge beruhigen. Dann trat er ein.

»Clarissa!«, rief er erfreut. »Was machst du denn noch hier?«

Sie wunderte sich über sein Erscheinen.

»Wir wollten uns doch bei mir zu Hause treffen«, meinte sie, trat an ihn heran und küsste ihn. Sie wirkte nervös.

»Ja, ich weiß. Aber ich wollte doch mit dir die Pläne durchgehen und die sind …«

»Hier im Archiv«, beendete sie seinen Satz. »Ich habe schon daran gedacht und sie hergerichtet. Ich packe sie noch schnell ein«, schlug sie vor und wollte sich sofort auf den Weg zum Archiv machen.

Ben schnappte sich ihren Arm und zog sie an sich. »Ach, das kann ich doch machen!«

»Hey! Nicht so stürmisch. Hast wohl ein schlechtes Gewissen, was?«

»Ein bisschen«, gab Ben klein bei, während er über ihre Schulter zu seinem Schreibtisch blickte.

Scheiße! Handy und Schlüssel lagen dort wie auf einem Präsentierteller. Wie sollten die denn dort hingekommen sein, wenn Ben gerade erst das Büro betreten hatte? Genau das würde sich Clarissa fragen, wenn sie seine Utensilien dort liegen sah.

Er legte einen Arm um sie und steuerte mit ihr auf seinen Schreibtisch zu. Er küsste sie ein paarmal auf den Weg dorthin, damit sie weiter in seine Richtung blickte.

»Ich habe eine Quiche besorgt«, verkündete er stolz. Noch ein paar Schritte.

»Mh! Lecker! Dallmayr?«

»Logo«, bestätigte er. Sie waren kurz vor seinem Schreibtisch.

»Auch einen Wein?«

»Natürlich.« Er stupste mit seinem Zeigefinger auf ihre Nase. »Einen Riesling.«

»Och! Gab es keinen Gewürztraminer?«

Das war so klar. Hätte er einen Traminer gekauft, hätte sie sich sehnsüchtig nach einem Pinot blanc verzehrt. Oder ein Bier gefordert.

»Den habe ich nicht gefunden. Einen Chianti hätten sie noch gehabt. Und ein Mondwasser!«, witzelte er gequält.

Er blieb stehen, drehte Clarissa mit dem Rücken zu seinem Schreibtisch, packte sie an den Hüften und setzte sie auf seinen Arbeitsplatz.

Sie juchzte auf. »Nicht. Mein Vater ist da.«

»Das macht mir nichts«, gab er vor und liebkoste mit seinen Lippen ihren Hals.

Blind tappte er hinter ihrem Rücken auf dem Schreibtisch herum.

»Was machst du denn da?«, wollte Clarissa in dem Moment wissen, als er seinen Schlüsselbund zu greifen bekam.

Zusammen mit seinem Handy legte er die Sachen neben Clarissa ab.

»Ich möchte nur beide Hände frei haben«, flunkerte er. »Am liebsten würde ich …«

»Ben!«, schallte es plötzlich aus nächster Nähe.

»Herr Zöllner!«, sagte Ben erschrocken und ließ augenblicklich von Clarissa ab.

»Wir waren doch beim Du!«

»Natürlich! Frank! Das dauert bestimmt noch eine Weile, bis ich mich daran gewöhnt habe.«

»Ich wollte euch zwei Turteltauben nicht stören!« Er kam näher.

»Ach, Sie ... ich meine, du störst doch nicht«, lachte Ben gequält.

»Was machst du hier?«, wollte sein Chef von ihm wissen, sah dabei aber Clarissa an.

Sie rutschte mit einem Satz vom Schreibtisch und richtete ihre Bluse.

»Ich, äh, ich wollte die Pläne für das Einkaufszentrum noch mal mit Clarissa durchgehen.«

Zöllner grinste. »Gefällt mir, dein Einsatz. Nicht wahr, Clarissa?« Zöllner klopfte Ben auf die Schulter.

Clarissa nickte zustimmend.

»Ich habe heute Morgen erst drüber geguckt und ein paar Dinge geändert«, fuhr Zöllner weiter fort.

»Ach«, tat Ben verwundert. »Ist das so?«

»Ja. Weißt du, Ben, bei einem Bau in dieser Größenordnung ist es wichtig, die richtigen Partner mit an Bord zu holen. Da gibt es dann eben mal ein paar Wände mehr aus Glas oder eine Vertäfelung aus Granit, und schon hat man einen schönen Auftrag für einen guten Freund.« Er kam Ben ein wenig näher. »Wir wollen doch, dass es uns allen gut geht, oder?«

Ben lächelte gequält. Langsam ging ihm ein Licht auf, wie es passieren konnte, dass er mit seinem Unternehmen pleitegegangen war. Wut stieg in ihm auf. Vielleicht hatte damals sogar Zöllner seine Finger im Spiel gehabt. Vielleicht war es seine Masche gewesen, dynamische junge Architekten gleich am Anfang zu zerstören, bevor diese Fuß fassen konnten.

»Freundschaften muss man pflegen!«, ergänzte Zöllner und blickte dabei wieder zu seiner Tochter.

Die war voll und ganz auf Ben fixiert. Es schien, als würde sie ihn analysieren.

Ben fühlte sich unbehaglich und unterschwellig unter Druck gesetzt. Er bekam gerade mehr Insiderwissen vermittelt, als ihm für ein reines Gewissen lieb war.

»Im Bauwesen herrscht Krieg, mein Lieber«, flüsterte Zöllner und legte den Arm um seinen Schützling. »Da musst du dir jeden Schritt ganz genau überlegen.«

»Aber … bleibt da nicht die Kreativität auf der Strecke?«, wollte Ben wissen.

»Ha!« Zöllner sah wieder zu seiner Tochter.

Ben hatte das Gefühl, als würde er seine Tochter vor jedem Satz still um Erlaubnis bitten.

»Kreativität ist wichtig!«, fuhr er fort. »Es kommt nur darauf an, wo man sie einsetzt. Was nützt der schönste Bauplan, wenn er sich nicht in die Tat umsetzen lässt? Kreativität findet manchmal auch an Stellen statt, wo man sie am wenigsten erwartet.« Er entfernte sich ein paar Schritte und drehte sich wieder um. Zöllner bekam einen gefährlichen Glanz in den Augen.

»Ein kleiner Schwengel im Stadtrat oder im Bauausschuss kann dir so ein großes Projekt im Handumdrehen aus den Angeln heben.«

Ben blickte flüchtig zu Clarissa. Sie sah ihren Vater mit leuchtenden Augen bewundernd an.

Zöllner kam wieder näher. »Ich gebe dir einen guten Rat, Ben. Der ist kostenlos. Schare wichtige Leute um dich. Und noch wichtiger: deine Feinde. Sei immer auf der Hut und sammle Informationen.«

Der letzte Satz kam so eiskalt aus Zöllner heraus, dass Ben fast fror.

Ben wollte diesen Rat nicht einfach so stehen lassen. Ehrlich gesagt hatte er auch keinen Schimmer, was sein Boss ihm sagen wollte. Er blickte fragend zwischen Clarissa und Zöllner hin und her. »Wie genau ist das gemeint? Was für Informationen?«

Clarissa spitzte nur süffisant die Lippen und freute sich sichtlich, dass ihr Vater Ben mit seinem Rat wohl so etwas wie den Ritterschlag für den inneren Kreis verpasst hatte.

Zöllner verschränkte die Arme und sah auf seine Schuhe. Er zögerte ein wenig. Dann hob er den Kopf und kniff die Augen zusammen. »Ach, da gibt es so einiges. Vielleicht einen frischgebackenen Familienvater, der gerade im Puff war. Oder einen Bürohengst, der seiner lieben Verwandtschaft einen klitzekleinen Auftrag vermittelt hat. Mitarbeiter ohne Arbeitserlaubnis, die für die Konkurrenz arbeiten ... die Liste ist endlos.« Er ging auf Ben zu und packte ihn beherzt an beiden Schultern. Dann setzte er sein sympathischstes Lächeln auf. »Wie du schon sagtest. Kreativität!« Er ging zu seiner Tochter und gab ihr einen Kuss auf die Wange. »Jetzt will ich euch beiden Turteltauben aber nicht mehr länger hier sehen. Seht zu, dass ihr verschwindet. Es gibt auch noch ein Leben nach der Arbeit. Habt ein schönes Wochenende.« Zöllner klatschte in die Hände, machte auf dem Absatz kehrt und ging zurück in sein Büro. Dann blieb er ruckartig stehen und drehte sich nochmals um: »Ach, Ben, bevor ich es vergesse!«

Ben wartete gespannt.

»Ich habe da morgen einen kleinen Empfang bei mir zu Hause. Nichts Großes. Es kommen aber ein paar wichtige Leute. Sponsoren, Bauunternehmer, Politiker, das Übliche. Es geht um unser Projekt. Wir wollen es vorstellen. Reine Formalität. Komm dazu und stell es doch gleich selbst vor.«

»Ich, äh ...«, stotterte Ben. »Ich glaube nicht, dass ich das ...«

»Das war eigentlich keine Frage. Warum so bescheiden? Schließlich ist es dein Baby, nicht wahr? Dann lernen dich die Leute auch gleich kennen. Das ist gut für dich. Außenwahrnehmung! Du verstehst? Lass mich nicht hängen!«

Er zeigte noch mit dem Finger auf Ben, bis er um die Ecke verschwunden war.

»Das machst du mit links, mein Schatz«, versicherte ihm Clarissa. »Es ist eine große Ehre für dich. Das hat mein Vater bisher noch niemandem überlassen.«

»Das ist ja so überhaupt nicht mein Ding!«, winselte Ben.

»Gewöhn dich besser dran«, riet ihm Clarissa. »Ich hole nur noch meine Tasche und dann fahren wir, ja?«

»Klar.«

Ben fühlte sich benommen. Als hätte er eine Gehirnwäsche verpasst bekommen. Diese Informationen waren ihm während seines Studiums verschwiegen worden.

»Ich hole noch geschwind die Pläne!«, rief er Clarissa hinterher und spurtete zum Archiv.

Dort angekommen, schaltete er das Licht ein und lehnte die Tür hinter sich an. »Du meine Güte«, sagte er zu sich selbst. »Was war denn das eben?«

Er ließ seinen Blick über den Boden schweifen und erblickte den Köcher mit den Plänen, den er vorhin ins Archiv geworfen hatte. Er hob ihn auf und sah zu den Plänen, die sich in den Regalen stapelten.

Ben hatte das Gefühl, er befände sich in einer Gruft, in der alle Intrigen und Niederträchtigkeiten der letzten Jahrzehnte des hiesigen Bauwesens begraben waren. Vielleicht lagen da sogar ein paar nicht genehme Mitwisser unter einem der unzähligen Fundamente.

FIFTY SHADES OF BEN VALDERN

»Schnall dich bitte an, Clarissa«, sagte Ben, als er aus der Tiefgarage des Bürogebäudes fuhr. »Du … sag mal, muss das wirklich sein, morgen?«

»Das kannst du dir gleich merken: Wenn sich mein Vater etwas in den Kopf gesetzt hat, dann wird das auch so gemacht. Meine Mutter kann ein Lied davon singen«, sagte Clarissa lachend.

»Mann, Mann, Mann. Wie lange weißt du das denn schon?«

»Ach, das hat er heute Vormittag entschieden. Was meinst du, wie meine Mutter rotiert, um einen Caterer zu finden! Wärst du da gewesen, dann …«

»Ich sagte doch, dass ich …«

»Urlaub hatte!«, beendete sie den Satz. »Ich weiß.«

»Können wir das nicht absagen? Ich bin null vorbereitet«, quengelte Ben und spielte an der Klimaanlage.

»Von was träumst du nachts? Außerdem … sei ruhig mal ein bisschen dankbar. Mein Vater hilft dir immerhin die Karriereleiter hoch. Das bisschen Präsentation schüttelst du doch aus dem linken Ärmel. Du solltest mitnehmen, was du kriegen kannst.«

Das war eine Ansage, auf die Ben sich nichts mehr zu sagen traute. Nicht, dass er noch zu weinerlich rüberkam. Schließlich wollte er Clarissa gegenüber den knallharten Geschäftsmann mimen, der mit allen Widrigkeiten, die der Tag mit sich brachte, alleine fertigwurde. Leider schlich sich bei ihm immer mehr der Gedanke ein, er würde bei ihr nie das Ansehen genießen, das sie ihrem Vater entgegenbrachte. Ben würde ewig derjenige sein, der dem alten Zöllner alles zu verdanken hatte. Die zweite Chance, den Erfolg und ... Clarissa. Schließlich hatte er sie gezeugt. Es lief also darauf hinaus, ewig der Zweite zu sein. Vielleicht wurde es für Ben langsam Zeit, sich mit diesem Gedanken zu arrangieren. Hand aufs Herz! Er hätte es schlechter treffen können.

»Mich wundert, dass so kurzfristig immer alle springen. Ich meine, als ob die Leute daheim auf der Couch sitzen und warten, bis dein Vater Brieftauben mit den Einladungen entsendet.«

»Wenn du erst einmal ein wenig mehr Einblick in diese Gesellschaft hast, wundert dich das überhaupt nicht mehr. Auch in diesen Kreisen ist es schick, Champagner und Schnittchen für lau zu bekommen, glaub mir.« Clarissa lachte. »Was meinst du, warum jede Vernissage immer so gut besucht ist? Hast du schon mal einen Bericht über eine Ausstellung oder Modenschau gelesen, in dem stand: *Der Veranstalter hätte sich mehr Gäste erhofft?*«

Ben sah Clarissa wortlos an.

»Ja, da guckst du, mein Lieber. So läuft das bei uns. Da sagt man schon mal einen fünfzigsten Geburtstag in der Verwandtschaft ab, wenn die Zöllners zum klassischen Abend laden.«

Clarissa griff zur Rücksitzbank und holte die Tüte von Dallmayr nach vorne. Sie nahm die gelackte Schachtel mit der Quiche heraus, öffnete sie und steckte ihre Nase hinein. »Ah, riecht das gut. Riech doch mal«, forderte sie Ben auf und streckte ihm das Essen unter die Nase.

»Lass das!« Ben schob den Karton beiseite. »Ich sehe ja nichts mehr!«

Sie naschte ein wenig vom Belag.

»Was hattest du eigentlich noch so spät im Büro zu tun?«, fragte Ben beiläufig, hoffentlich ohne sich seine große Neugierde anmerken zu lassen.

»Du, nichts Aufregendes. Ich bin mit meinem Vater noch ein paar Sachen durchgegangen, die anstehen. Warum fragst du?«

»Nur so.« Ben zuckte mit den Schultern. »Freitagabend halt … so kenne ich dich überhaupt nicht. Kann es sein, dass dein Vater ein wenig angespannt war?«

»Wie kommst du denn darauf?« Sie hielt ihm ein Stück vom Mürbteigboden vor die Nase. »Wirklich nichts naschen?«

Ben schüttelte den Kopf. »Ich dachte nur. Er ist sonst so locker. Heute dagegen …«

»Das bildest du dir nur ein. Ich habe übrigens die Unterwäsche an, die du so magst.« Sie spielte mit ihren Fingern an seinem Ohr. Für Ben fühlte es sich so an, als hätte er nun ein wenig Quiche in der Ohrmuschel.

Clarissa lenkte ab. Das blieb Ben nicht verborgen. In diesen Dingen war sie eine schlechte Schauspielerin. Er war zwar irgendwie Familie, aber eben nicht im innersten Kreis. Das musste er sich eingestehen.

Aber die Diskussion, die er zwischen seiner Freundin und ihrem Vater mitbekommen hatte, die bildete er sich nicht ein. Irgendetwas daran bereitete ihm Unbehagen. Es blieb ihm also nichts anderes übrig, als der Sache auf den Grund zu gehen. Er musste zurück ins Büro. Und zwar dann, wenn niemand sonst dort sein würde: nachts.

***

Nach einem Candle-Light-Dinner mit einer bereits angefressenen Quiche und einem Glas Champagner, da der Wein von Clarissa abgelehnt wurde, gab es Sex. Amtlichen Sex! Ben kam es so vor, als wolle sie ihm die misstrauischen Gedanken, die er während der Heimfahrt geäußert hatte, aus dem Hirn vögeln.

Er fand es natürlich klasse und überlegte während des beeindruckenden Vorspiels, ob er nicht schnell noch ein paar kleine Zweifel einstreuen sollte. Doch Clarissa gab dermaßen Gas, dass er keine Möglichkeit sah, das Ruder in die Hand zu nehmen.

»Sag, dass ich dein Luder bin!«, forderte sie immer wieder, was Ben natürlich tat.

Gedanken an Eva blitzten kurzzeitig in ihm auf. Sie war fast verstört gewesen, als er sie *Luder* genannt hatte. Kleine Randnotiz: Fifty Shades of Ben Valdern waren nicht mit der gesamten Damenwelt kompatibel.

Entgegen der landläufigen Meinung, alle Frauen wollten nach dem Sex in den Arm genommen und gehalten werden, drehte sich Clarissa zur Seite und schlief umgehend ein. Ben hätte gegen eine kleine Kuschelei nichts einzuwenden gehabt. Sie grunzte. Das tat sie immer, wenn sie zu viel getrunken hatte. Immerhin war die zweite Flasche Dom Pérignon fast leer, und Ben hatte höchstens zwei Gläser davon getrunken. Ein Zweitausendsechser. Clarissa hatte die Flaschen aus dem elterlichen Weinkeller geholt. Zöllner wäre in Ohnmacht gefallen, wenn er mitbekommen hätte, dass sein Töchterchen diesen edlen Tropfen so zwischen Tür und Angel hinuntergurgelte. Obwohl ... er war ja selbst schuld. Schließlich war er es gewesen, der ihr diesen Lebensstil anerzogen hatte.

Ben zog vorsichtig seinen Arm unter Clarissas Nacken hervor, rollte sich langsam aus dem Bett und zog sich an. Er hielt den Atem an, als sie sich umdrehte. Sie schob die Decke ein wenig weg, was einen erstklassigen Blick auf ihren makellosen Hintern ermöglichte. Normalerweise Grund genug für Ben, sich wieder auszuziehen und unter die Decke zu schlüpfen. Doch er hatte anderes vor. Er entschloss sich, Clarissa nicht wieder zuzudecken. Viel zu groß war die Gefahr, dass sie aufwachte. Auf den Zehenspitzen tippelte er mit seinen restlichen Kleidungsstücken und seinen Schuhen in den Händen aus dem Zimmer. Die Tür ließ er angelehnt.

»Verdammt!«, flüsterte er im Flur. Wie sollte er ohne Schlüssel zurück ins Haus kommen? Clarissa hatte darauf bestanden, dass sie endlich wieder einmal zusammen frühstückten. Da konnte er am nächsten Morgen schlecht mit Brötchen in der Hand klingeln. Und in letzter Zeit häuften sich seine Ausreden dermaßen, dass es an der Zeit war, ein wenig Ruhe einkehren zu lassen.

Vorsichtig schlich er zurück ins Schlafzimmer und kramte aus Clarissas Arbeitstasche ihren Schlüsselbund heraus. Eine Valentino. Klar, was sonst! Clarissa schnarchte.

Als Ben aus dem Haus draußen war und sein Auto erreichte, war es stockfinster. Er stieg ein und zog die Fahrertür leise ins Schloss. Nachdem er seine Schuhe angezogen hatte, startete er den Motor und gab nicht mehr Gas als nötig. Sanft und ohne Licht rollte er vom Parkplatz vor den Garagen. Auf der Straße angekommen, schaltete er sein Licht an und gab Gas.

Er zog sein Handy aus der Jackentasche und wählte Saschas Nummer. »Sascha? Ich hier!«

»Weißt du, wie spät es ist?«

»Ja.«

»Was willst du denn?« Im Hintergrund war Musik zu hören.

»Ich brauche dich. Und zwar jetzt!« Ben schnallte sich an, weil sein Wagen ihn durch nerviges Piepsen darauf aufmerksam machte.

»Du, ich habe heute zwei Jingles gemacht und noch ein bisschen an deinem Schlager herumgebastelt. Ich habe wirklich keinen Nerv auf …«

»Es ist ein Außentermin!«, unterbrach ihn Ben.

Stille am anderen Ende.

»Sascha?«

»Ja, bin noch hier. Was denn für ein Außentermin? Du, ich schlepp hier jetzt nicht mitten in der Nacht mein Equipment durch halb München, nur weil du auf irgendeiner Party ein paar Mädels schwindlig singen willst.«

»Sascha, das war genau einmal und ist hundert Jahre her. Außerdem war ich da noch nicht bei den Zöllners angestellt.«

Ben hörte, wie Sascha nebenher weiter an einem Jingle bastelte. Immer wieder stoppte das Lied. Dann fluchte Sascha kurz und summte kurz darauf wieder zur Melodie.

»Sascha! Volle Aufmerksamkeit.«

Die Musik verstummte. »Also, was willst du?«

»Ich will das Büro meines Chefs auf links drehen und brauche deine Hilfe.«

Das war äußerst ehrlich und auf den Punkt formuliert. Ben biss die Zähne zusammen und wartete auf eine Reaktion.

»Geil, Alter. Endlich rührt sich mal was. Muss ich wissen, warum?«

»Das erzähle ich dir später. Komm auf den Parkplatz vor dem Büro. Du weißt noch, wo?«

»Klar. Du, aber eine Sache spiele ich dir noch schnell vor. Was hältst du denn da…«

»Komm einfach hin. Jetzt! Es eilt.« Er legte auf.

Ben saß in seinem Wagen auf dem kleinen Parkplatz vor dem Gebäude und wartete auf Sascha. Er war so weit in den Fußraum gerutscht, dass er gerade noch aus dem Fenster der Fahrertür sehen konnte. Es war ruhig auf der Straße. Ben musste auf der Hut sein, da ein Wachdienst unregelmäßig Kontrollfahrten durchführte.

Ben spähte verstohlen auf die Straße. Sascha sollte längst hier sein. Wahrscheinlich schraubte er noch an irgendeinem Lied herum, ohne …

Jemand klopfte mit einer Taschenlampe an die Scheibe der Beifahrertür und blendete ihn mit einem abartig hellen Lichtkegel.

»AAH!«, schrie Ben auf und kniff die Augen zusammen. »AAH!«, schrie er abermals, als er in zwei weit aufgerissene Augen sah.

Die Gestalt trug eine Sturmhaube und fummelte am Türgriff herum.

»Gehen Sie weg!«, schrie Ben, setzte sich auf und startete den Wagen.

»Ich bin es!«, rief die Gestalt und lüftete die Sturmhaube.

»Sascha!«

Ben stellte den Motor wieder ab und entriegelte die Türen. Sascha streckte seinen Kopf ins Auto.

»Guten Abend!«, rief er. »Führerschein und Fahrzeugpapiere!« Wieder hielt er seine Taschenlampe direkt in Bens Gesicht.

»Mann! Du hast Nerven!«, schimpfte Ben.

»Du wohl eher nicht, was?«

»Komm, steig ein. Und mach das Licht aus!«

Sascha tat, wie ihm befohlen, stieg in den Wagen und löschte die Lampe. »Ist ja total aufregend«, freute sich der Herr der Töne und boxte Ben an die Schulter.

»Was hast du denn da auf, sag mal?«

Sascha zog die Haube vom Kopf. »Eine Sturmhaube!«, sagte er voller Stolz und hielt sie vor Bens Gesicht.

»Wo in aller Welt hast du mitten in der Nacht dieses Ding her?«

»Na, von zu Hause. Ist von der Kartbahn. Oder gehst du nackig in so einem geliehenen Helm?«

Da konnte Ben nicht mitreden, da er noch nie in seinem Leben auf einem Gokart gesessen hatte.

»Nun klär mich mal auf. Warum genau steigen wir ins Büro deines Chefs ein?«

Ben drehte sich zu seinem Freund. »Ich habe heute ein paar Wortfetzen aufgeschnappt. Irgendwas ist da faul, und ich muss unbedingt wissen, was das ist.«

»Und was genau hast du aufgeschnappt?« Sascha kramte in seinem Rucksack, den er auf dem Schoß hatte.

»Irgendwas von *Hals nicht vollkriegen* und *gerade jetzt*. So genau kann ich dir das auch nicht erklären. Ich habe einfach ein ungutes Gefühl bei der ganzen Sache. Zöllner hat jedenfalls heftig mit Clarissa diskutiert. Ich habe auch das Gefühl, dass es irgendwie um mich ging.«

»Klar, du Schwiegersohn. Es geht doch immer um dich«, witzelte Sascha.

»Wenn ich es dir sage. Irgendwie kommt es mir vor, als hätten die beiden mich gewaltig an den Eiern.«

»Ist doch super!«, meinte Sascha lachend. »Komm, wir rufen Eva an. Vielleicht kommt die auch noch dazu!«

»Können wir bitte ernsthaft bleiben?«

»Entschuldigung! Hier.« Sascha streckte Ben eine Sturmhaube entgegen. »Habe ich dir mitgebracht.«

»Was soll ich denn damit?«

»Na, willst du etwa einfach so dort hineinspazieren?«

»Klar. Mache ich jeden Tag. Ich arbeite dort.«

»Und warum gehen wir dann nachts rein? Meinst du nicht, dass das ein wenig komisch ist? Außerdem … was, wenn die Überwachungskameras haben?«

»Da drinnen sind keine.«

»Und was, wenn doch? Die Dinger sind heutzutage so klein, die siehst du überhaupt nicht.«

Ben hielt kurz inne, bevor er sich die Haube griff. Sascha drückte ihm eine weitere Taschenlampe in die Hand.

»Warum machen wir nicht einfach das Licht an?«, wollte Ben wissen.

Sascha atmete tief durch. »Mannomann. Du lebst wirklich in deiner kleinen Schlagerwelt, was? Noch nie *CSI Miami* gesehen? Dein Blick fokussiert sich dabei viel mehr auf das Wesentliche. Du übersiehst nichts, verstehst du? Außerdem ist es unauffälliger, wenn jemand von der Straße nach oben sieht. Oder findest du es nicht merkwürdig, wenn mitten in der Nacht an einem Wochenende in einem Büro Festbeleuchtung herrscht?«

Ben sah Sascha prüfend an. »Hast recht!« Er griff sich die Lampe und zog sich die Sturmhaube übers Gesicht.

Nachdem Ben sich vergewissert hatte, dass niemand in der Nähe war, stiegen sie aus dem Wagen. Er verschloss ihn mit dem Funkschlüssel. Das erheiterte Sascha. Denn die einzigen Kriminellen weit und breit waren sie selbst.

Wie zwei Wiesel spurteten die beiden in gebückter Haltung zum Haupteingang. Dort angekommen, sah Ben sich prüfend um. Dann zog er Clarissas Schlüsselbund hervor und machte Anstalten, die Tür aufzuschließen.

»Stopp!«, rief Sascha.

»Psst! Was denn?«

»Fingerabdrücke.«

»Ich arbeite hier.«

»Ja, schon«, bestätigte Sascha. »Aber doch nicht jetzt. Was, wenn uns doch jemand sieht und die Polizei ruft? Dann sind deine frischen Fingerabdrücke am Griff und überall.«

Ben konnte dem nichts entgegensetzen. Er fragte sich langsam, ob Sascha vielleicht Erfahrung in diesen Dingen hatte — oder ob er einfach nur zu viele Serien guckte. Wie sonst konnte es sein, dass er innerhalb von Minuten an all das dachte, bevor er das Haus verließ? Als ob er immer einen Rucksack für den Fall der Fälle gepackt hatte.

»Was schlägst du also vor?«, wollte er wissen.

Sascha ließ seinen Rucksack von der Schulter gleiten und griff hinein.

»Gummihandschuhe? In Gelb?«

»Sorry, Ben. Aber in Schwarz hatte ich keine daheim.« Sascha drückte sie ihm in die Hand und zog ein weiteres Paar selbst an, während er die Taschenlampe zwischen seinen Zähnen parkte.

»Du bist mir vielleicht ein Einbrecher!«

»Tja!«, nuschelte Sascha an der Taschenlampe vorbei. »Wieso haben wir eigentlich nicht in der Tiefgarage geparkt?«

»Weil die voller Kameras ist. Kommt nicht gut mit dem Nummernschild.«

Sascha nahm die Taschenlampe aus dem Mund. »Siehst du! Also doch Kameras!«

»Ja, aber nur in der Tiefgarage.«

Ben suchte an seinem Schlüsselbund nach dem passenden Schlüssel. Etwas schwierig mit Gummihandschuhen. »Dir macht das Ganze Spaß, oder?«, fragte er mit einem Seitenblick auf den grinsenden Sascha.

»Klar! Endlich mal raus aus meinem Studio. Aber … warum bin ich eigentlich dabei, frage ich mich schon die ganze Zeit.«

»Weil vier Augen mehr sehen als zwei!«, erklärte Ben.

»Ah!«

Ben schloss die Tür auf. Er musste Sascha nicht unbedingt auf die Nase binden, dass er einfach Schiss hatte, mitten in der Nacht alleine in dem großen Bürogebäude umherzugeistern.

»Wir hätten auch einen Stein nehmen können!«, merkte Sascha an.

»Klar. Damit machen wir am besten auf uns aufmerksam«, flüsterte Ben und steckte den Schlüsselbund zurück in seine Hosentasche.

»Ich mein ja nur. So macht das alles gar keinen richtigen Spaß. Das ist ja, wie leise bei sich zu Hause im Dunkeln in die Wohnung zu gehen. Ist genauso spannend!«

»Psst!«

Geheimcode: Körbchengrösse

»Meine Fresse! Das nenne ich mal ein Büro!« Sascha hatte als Erster die Räumlichkeiten von Zöllner & Zöllner betreten, nachdem Ben die Schlüsselkarte durch das Lesegerät gezogen und die Tür sich mit einem Summen geöffnet hatte.

»Nicht schlecht, oder?«, meinte Ben und schloss die Tür hinter sich.

Sascha leuchtete wild mit seiner Taschenlampe umher. »Lässt sich also doch der eine oder andere Euro mit Häuserbauen verdienen!«

»Mit Häuserplanen!«, verbesserte ihn Ben und ging voran.

»Der ganze Kunstkrempel hier! Hoho!« Sascha sah sich alles ganz genau an.

»Fass aber bitte nichts an, hörst du? Das sind die Heiligtümer meines Chefs. Hat er persönlich aus aller Welt zusammengetragen.«

»Ist die Vase da echt?«

»Keine Ahnung«, sagte Ben, ohne hinzusehen. »Ich weiß nur, dass sie hässlich ist.«

Sie kamen zu Zöllners Büro und öffneten die Tür.

»Wie willst du vorgehen?«, fragte Sascha.

»Gute Frage … ich würde sagen: du links, ich rechts.«

»Und was genau suchen wir?«

»Nach allem, was dir komisch vorkommt«, wies Ben seinen Freund an und machte sich sogleich an den Schreibtisch.

»Wenn das so ist, habe ich schon was gefunden.« Sascha blieb vor der Wand neben der Tür stehen. »Jetzt schau dir mal diese Ausgeburt an Hässlichkeit an!« Er zeigte auf zwei Masken, die an der Wand prangten. »Dagegen ist die Vase draußen im Flur eine wahre Schönheit.«

»Würdest du dich jetzt bitte aufs Wesentliche konzentrieren?«

»Ist ja schon gut.«

Sascha nahm sich das Sideboard vor. Nacheinander öffnete er die Türen des Schränkchens und blickte hinein.

»Schau mal, Ben. Der hat hier alles voller Zeitungsschnipsel, auf denen er zu sehen ist. Da mag sich aber einer ganz gern!«

»Er ist stolz auf das, was er erreicht hat. Würdest du doch genauso tun, oder?«

»Ja!«, lachte Sascha. »Wenn ich mal einen ECHO für meinen Fußpilz-Werbespot bekomme, dann baue ich für das Ding extra ein Regal.«

»Hier, mein einsamer Freund. Was für dich!« Ben warf ein Magazin in Saschas Richtung.

»Was ist es denn?« Sascha fing es auf und las den Titel vor: »*Heiße Studentinnen!* Du hast vielleicht einen coolen Chef!«, bemerkte Sascha und begann zu blättern. Bei jeder Seite pfiff er.

»Findest du? Na, ich weiß nicht so recht. Ich meine, er hat Töchter!«

»Oh, Polizei! Der Mann hat Töchter und guckt sich nackte Frauen an!«

»Spinner!«, sagte Ben und riss seinem Freund das Teil wieder aus der Hand.«

»Nun sei mal nicht so bieder. Die Mädels wurden ja nicht gezwungen, das …«

»Halt! Nicht weitersprechen.« Ben nahm Sascha das Heft ab und räumte es wieder in die Schublade. Dann stand er auf und ging zum Aktenschrank.

Sascha öffnete erneut die Lade, schnappte sich das Heft und steckte es in seinen Rucksack. »Beweissicherung!«

»Schau dir das mal an, wie viel Geld hier über den Tisch geht!« Ben drehte sich mit einem Aktenordner zu Sascha und deutete auf eine Summe, die am unteren Ende eines Blattes stand.

»Da musst du aber viele Platten verkaufen, um da mitspielen zu können, mein Lieber!«, erkannte Sascha und schnappte sich einen weiteren Ordner. Er blätterte ein paar davon flüchtig durch und kam zu einem Ergebnis: »Ben, das wird nichts. Wir können hier stundenlang suchen und werden nichts finden. Wir wissen ja nicht einmal, nach was wir suchen sollen.«

»Hm!«, machte Ben und verschränkte die Arme. »Stimmt schon. Aber …« Er hob die Hand, drehte sich um und starrte das Ölgemälde an, auf dem Zöllner mit einem Helm zu sehen war.

»Sascha, wenn dir etwas wirklich wichtig ist und du nicht möchtest, dass es andere sehen, wo würdest du das verstecken?«

Sascha überlegte. »Zwischen meinen Socken!«

»Gute Idee, mein Lieber. Oder …« Ben ergriff den unteren Rand des Gemäldes und klappte das Bild zur Seite. Der Tresor, den er bereits entdeckt hatte, kam zum Vorschein.

»Heiliger Gral!«, rief Sascha. »Das ist ja wie bei James Bond. Meinst du, da drinnen sind die Codes für irgendeine Raketenbasis?«

»Spinner. Aber vielleicht etwas ganz anderes.«

»Und was?« Sascha wirkte angespannt.

Ben rieb seine gummiüberzogenen Fingerspitzen aneinander. »Lass es uns herausfinden!«

Beide blickten auf die Zahlenscheibe.

»Und?«, fragte Sascha.

»Was und?«

»Na, mach schon auf!«, wies er Ben an.

»Moment! Das will wohlüberlegt sein. Was, wenn wir dreimal den falschen Code eingeben?«

»Also du hast ja überhaupt keine Ahnung. Das ist kein Geldautomat. Der Tresor wird dir sicherlich nicht deine Bankkarte einziehen.« Sascha schüttelte den Kopf. »Komm, geh mal beiseite.«

»Was machst du?«, wollte Ben wissen.

»Ich gebe jetzt den Code ein, den die meisten Menschen benutzen.«

»Und der wäre?«

Sascha machte sich mit seinen Gummihandschuhen an die Drehscheibe und sagte seine Eingabe laut vor sich hin: »Eins-zwei-drei-vier!«

Nach getaner Arbeit sah Sascha Ben siegessicher an und zog an der Tresortür.

Nichts!

»Na ja, einen Versuch war es wert. Und jetzt?«

»Tja, Sascha. Was nehmen die meisten Menschen, wenn es um eine PIN oder etwas Ähnliches geht?«

»Körbchengröße der Frau?«

»Quatsch! Außerdem, wo, bitte schön, sind hier am Zahlenschloss Buchstaben?« Beide glotzten zum Tresor. »Das Geburtsdatum der Liebsten!«, klärte Ben seinen Freund auf.

»Seiner Frau?«

»Nö. Bei Zöllner sicher das von Clarissa«, vermutete Ben und machte sich gleich daran, die Zahlen einzugeben.

Auch hier führte das Naheliegende nicht zum gewünschten Ergebnis.

»Dann vielleicht doch das seiner Frau?«, meinte Sascha.

»Das ist blöd. Das weiß ich nicht.«

»Na, toll!«

»Woher soll ich denn das Geburtsdatum der Frau meines Chefs wissen?«, klagte Ben. »Und hier werden wir sicher nicht fündig. Außer Busenmagazinen und Rechnungen gibt es nichts zu holen.«

Die beiden überlegten weiter.

»Ui!«, rief Ben.

»Was ist?«

»Was, wenn es das Geburtsdatum von Tina ist!«

»Genial!«, freute sich Sascha. »Und? Wie ist das?«

»Na, bin ich mit ihr zusammen oder du?«

»Du, wir kennen uns erst seit ein paar Tagen. Woher soll ich da …«

»Aber ich soll den Geburtstag von der alten Zöllner kennen!« Ben klopfte seinem Freund auf die Schulter. »Dann lass mal deine Kontakte spielen!«

»Wie … ich soll sie jetzt anrufen und nach ihrem Geburtstag fragen, oder was?«

»Natürlich«, drängte Ben. »Was dachtest du denn? Du musst ja nicht gleich mit der Tür ins Haus fallen.«

Sascha tat, wie ihm befohlen. Mit den Zähnen zog er seinen rechten Handschuh aus und kramte in der Hosentasche nach seinem Handy.

Dann wählte er Tinas Nummer. »Hi! Na, du?«, säuselte Sascha ins Telefon.

Ben ging im Raum auf und ab und lauschte seinem Freund.

»Du, witzige Geschichte. Wann hast du denn Geburtstag?« Sascha sah siegessicher zu Ben und deutete ihm mit dem

Daumen nach oben, dass er sich voll und ganz auf ihn verlassen könne.

Ben nickte und sah sich weiter die Bilder an den Wänden an.

»Nur so!«, tat Sascha unbekümmert. Sicher wollte Tina wissen, wieso er mitten in der Nacht unbedingt diese Information benötigte. »Ich sitze hier gerade herum und dachte mir: Mensch, Sascha, dachte ich, was ist denn die Tina eigentlich für ein Sternzeichen!« Er zwinkerte Ben zu.

Ben zog anerkennend die Augenbrauen hoch. Ausgefuchster Schachzug von Sascha.

»Ach, du meinst … aber … oh!« Sascha kam ins Stocken und stammelte nur noch wirres Zeug.

Ben stand mit fragendem Blick neben seinem Freund und zeigte auf seine Uhr. Es wurde langsam Zeit für ihn, wieder bei Clarissa unter die Decke zu kriechen, bevor sie aufwachte.

»Warte, Tina, ich frage ihn mal.« Sascha sah Ben an.

»Was?«, flüsterte Ben.

»Ich soll dich fragen, ob wir vorhaben, ihr was Schönes zum Geburtstag zu kaufen, oder ob wir das Datum für den Tresor ihres Vaters benötigen.«

Ben schluckte. Wie um alles in der Welt kam sie denn da drauf? Und woher wusste sie, dass er bei Sascha war?

Sascha hatte immer noch das Handy am Ohr. »Ja, ja, ja, ja«, kam es immer wieder von ihm. »Ja, ist gut. Freu mich! Bis gleich!« Er beendete die Verbindung und steckte sein Handy wieder in die Hosentasche.

Ben sah Sascha mit ausgebreiteten Armen an. »Und?«, fragte er. »Was sagt sie?«

»Sie hat gesagt, sie kommt schnell hoch.«

»Was?« Ben war außer sich.

»Die ist echt 'ne Marke. Sitzt unten im Auto, während ich mit ihr telefoniere.«

Ben warf sich auf den Sessel seines Chefs. Sein Puls ging nach oben. »Und woher, bitte schön, weiß die gute Tina, dass wir hier sind? Im fucking Büro ihres Alten?«

»Jetzt werd doch nicht gleich laut!«, bat Sascha. »Ich hab ihr vorhin nur kurz geschrieben, dass ich mit dir auf einer geheimen Mission bin. Dass wir schnell wo einbrechen müssen. Ich wollte doch nur, dass sie weiß, warum ich nicht drangehe, falls sie mich anruft. Ich hab nämlich auf Lautlos geschaltet. Profi! Du verstehst?«

Ben zog sich seine Sturmhaube vom Schädel und hielt sich die Hände vors Gesicht. Er schüttelte den Kopf. »Was genau verstehst du eigentlich nicht an dem Wort *geheim*?«

»Na hör mal!«, monierte Sascha. »Das ist meine Freundin. Da hat man keine Geheimnisse.«

»Mann, du bist gefühlt ein paar Stunden mit der Kleinen zusammen. Ihr habt doch noch nicht einmal miteinander geschmust!«

»Das weißt du doch überhaupt nicht!«

»Sascha, Sascha! Wir müssen unbedingt an deiner Loyalität mir gegenüber arbeiten.«

Die Eingangstür summte.

»Hallo? Wo seid ihr?«, rief Tina laut durch die Räume.

»Wo wohl!«, rief Ben zurück. Ihm war das alles äußerst peinlich.

»Na, ihr zwei Schmalspurganoven?«, sagte Tina lachend, als sie in der Tür des Büros ihres Vaters auftauchte.

»Wie kommst du denn hier rein?«, fragte Sascha und ging auf Tina zu, um sie gebührend zu begrüßen.

»Hallo? Tochter? Ist doch klar, dass ich jederzeit hier reinkann.« Sie winkte mit ihrer Schlüsselkarte. »Okay, ich habe sie noch aus der Zeit, bevor ich mich an Bäume gekettet habe.« Dann griff sie neben die Bürotür und knipste das Licht an.

277

»Bist du wahnsinnig? Schnell, mach das Licht wieder aus! Wenn uns jemand sieht!«, rief Ben und schnellte zum Schalter.

»Also, ich will ja nichts gesagt haben, da ihr ja Profis seid«, meinte Tina in übertrieben ruhigem Ton. »Aber wenn man von unten hochsieht, dann erkennt man hier zwei Lichtkegel, die hektisch herumflitzen. Ich glaube, wenn das Licht an ist, wirkt das unauffälliger. Besonders dann, wenn vielleicht die Polizei unten vorbeifährt und nach oben sieht.« Sie sah auf ihre Fingernägel, hauchte sie an und polierte sie an ihrer Bluse. »Aber ich richte mich da gerne nach euch. Wie bereits erwähnt: Ihr seid die Profis.«

Ben blieb stehen und sah Sascha an, der in diesem Moment sein Gesicht von unten beleuchtete und Grimassen zog. Fast gleichzeitig schalteten beide die Taschenlampen aus.

»Na, dann klärt mich mal auf. Was macht ihr hier?«, wollte Tina wissen, fläzte sich auf den Bürosessel ihres Vaters und legte die Beine auf dem Schreibtisch ab.

»Was wohl?«, stellte Ben die Gegenfrage. »Wer hat mir denn diesen Floh ins Ohr gesetzt, ich solle aufpassen und so weiter?«

»Deswegen musst du ja nicht gleich hier einbrechen.«

»Im Grunde ist es ja auch kein Einbruch. Für unten habe ich den Schlüssel von Clarissa und für hier oben meine Karte«, verteidigte sich Ben.

Sascha sagte nichts.

»Und jetzt habt ihr nichts gefunden und wollt euch den Tresor vornehmen, oder was?«

»Bingo!«, meinte Sascha, stellte sich hinter seine Freundin und legte ihr die Hände auf die Schultern.

»Was habt ihr denn schon probiert?«, fragte Tina in die Runde.

»Alles Mögliche ... Also hauptsächlich Geburtsdaten und so.«

»Und eins – zwo – drei – vier«, fügte Sascha hinzu.

»Das ist schlau!«, lobte Tina. »Immerhin eine der am meisten verwendeten Zahlenkombis!«

»Siehst du?«, freute sich Sascha und zeigte mit dem Finger auf Ben.

Tina ließ diesen Ausbruch der Freude unkommentiert. »Und nun?«, fragte sie weiter.

»Nun kommst du ins Spiel. Sascha hat dich angerufen, weil wir dein Geburtsdatum bräuchten. Oder das deiner Mutter.«

»Und was treibt euch zu der Annahme, dass es sich bei dem Tresorcode um ein Geburtsdatum handelt?«

Ben stellte sich wieder vor das Zahlenrad und nahm es ins Visier. »Weil es auch erwiesen ist, dass die Leute meist ein Datum nehmen, das ihnen wichtig ist. Habe ich zumindest gehört.«

»Wir hätten so Pulver mitnehmen sollen«, kam es Sascha. »Ihr wisst schon, mit dem man Fingerabdrücke sichtbar machen kann. Dann würden wir den Code schon herausfinden.« Sascha sah zwischen Ben und Tina hin und her, wohl in der Hoffnung, er würde Anerkennung für diese Idee ernten.

»Damit hätten wir vielleicht Erfolg, wenn es sich um eine Tastatur handeln würde«, sagte Ben und ging einen Schritt zur Seite, damit Sascha den Tresor sehen konnte. »Fällt dir da was auf? Wir haben genau ein Rad. Alles, was wir da sehen würden, sind die Fingerabdrücke darauf. Und nur darauf!«

»Auch wieder wahr«, lenkte Sascha ein und überlegte weiter.

»Und ihr zwei Meisterdetektive glaubt wirklich, dass ich oder meine Mutter die wichtigsten Personen im Leben meines Vaters sind?«, wollte Tina wissen und stand auf. Sie ging auch zum Tresor.

»Na ja, Clarissas Geburtsdatum haben wir bereits versucht. Nichts!«, erklärte Ben.

»Geht mal beiseite. Mein Datum! Pah! Dass ich nicht lache.«

Sie legte ihre Finger auf das Zahlenrad und begann zu drehen. »Die wichtigste Person im Leben meines Vaters ist …«

Ben und Sascha sahen gespannt zum Tresor. Tina drehte am Zahlenrad, während sie ihre Eingabe dokumentierte. »Eins – eins – eins – eins!«

Der Tresor klackte. Tina machte einen Schritt zurück mit einer einladenden Handbewegung, dass Ben nun die Tür öffnen könne.

»Hä? Jetzt verstehe ich gar nichts mehr!« Ben kratzte sich am Hinterkopf.

Sascha zog eine Schnute. »Zumindest die erste Zahl hatte ich richtig.«

»Mensch! Noch mal zum Mitschreiben«, sagte Tina lachend: »Die wichtigste Person im Leben meines Vaters ist er selbst!«

»Das kapiere ich mittlerweile«, versicherte Ben. »Aber warum dann viermal die Eins?«

»Na, weil er am 11. November geboren wurde, du Blitzmerker. Außerdem ist er, wie er immer sagt, die Nummer eins.«

»Ah!«, kam es von den beiden Männern gleichzeitig.

»Narhallamarsch!«, rief Sascha und deutete wieder zum Tresor.

»Ja, ich mach ja schon.« Ben öffnete die Tür und gab den Inhalt an seine beiden Komplizen weiter.

Sascha betitelte die Beute wie bei einer Inventur: »Ein schwarzes Büchlein, DIN A6, ein *Playboy* von … 1986, abgegriffen. Eine Mappe, eine SM-Zeitschrift mit dem Titel *Zucht und Ordnung* …« Er legte alles fein säuberlich auf Zöllners Schreibtisch. »Eine Urkunde vom Golfcup der Bausparkasse, zweiter Platz … eine Schreckschusspistole … nicht geladen …«

»Ich glaube, das war's!«, meinte Ben und steckte seine Nase noch weiter in den Tresor hinein. »Moment! Da liegt noch was!« Er griff in die hinterste Ecke und holte etwas hervor.

Sascha nahm ihm das Ding ab und hielt es vors Gesicht. »Ein USB-Stick, schwarz, zweiunddreißig Megabyte!« Dann legte er den Stick zu den anderen Sachen.

Die drei standen vor dem Schreibtisch und ließen die Blicke über die Fundstücke gleiten.

»Ziemlich unspektakulär, findet ihr nicht?«, stellte Tina fest.

»Na ja!« Sascha griff sich das SM-Heftchen. »Wie man's nimmt.«

»Das da?« Tina nahm es ihm ab und warf es in den Mülleimer. »Das überrascht mich überhaupt nicht. Immerhin habe ich achtzehn Jahre mit ihm im selben Haus gelebt. So dick sind die Wände einer Villa nun auch wieder nicht.«

Ben ging zum Computer und schaltete ihn ein.

Tina schnappte sich derweil das kleine schwarze Büchlein und begann zu blättern.

»Scheiße«, schimpfte Ben.

»Was?«, wollte Tina wissen, ohne den Blick von dem Büchlein zu nehmen.

»Passwort«, sagte er nur knapp und starrte auf den Bildschirm.

»Na, was denkst du wohl?«

Ben tippte viermal die eins. »Bingo!«, rief er freudig. »Für jeden Hacker wie Ostern und Weihnachten an einem Tag!« Er steckte den Stick in den Rechner.

Sascha zielte derweil mit der Schreckschusspistole auf den Tresor und tat so, als würde er jemanden in Schach halten. Eindeutig zu wenig Action für ihn bei diesem nächtlichen Ausflug.

Tina ging zu Ben und setzte sich neben ihn auf den Schreibtisch. »Guck mal! Lauter Namen mit Datum und Zahlen dahinter.«

Sascha kam interessiert dazu.

Ben nahm ihr das Büchlein ab. »Das sind Beträge und Kontonummern. Ich sage es euch!«, vermutete er.

Tina tippte mit dem Finger auf einen der Namen. »Hier, den kenne ich. Schmieder! Und den hier auch, der sitzt im Stadtrat. Und der hier, der Böck, der hat eine Abfallentsorgung. Macht Problemmüllbeseitigung und so was. Den hatten wir bei einer Aktion schon mal im Visier. Macht Asbest und so Zeug. Altöl ...« Tina hielt inne.

»Was ist?«, fragte Ben.

»Das sind Schmiergelder. Ich schwöre es euch.«

Ben und Sascha nickten zustimmend.

»Da fragt man sich doch, wo man herkommt!«, meinte sie kopfschüttelnd.

»Aber ich finde es echt gut, dass solche Sachen immer in einem kleinen schwarzen Buch stehen«, sagte Sascha grinsend.

»Wo soll es denn sonst stehen?«, fragte Ben, ohne den Blick vom Bildschirm zu nehmen.

»Ist euch das noch nie aufgefallen? In jedem Krimi ist das so. Und ich gehe davon aus, dass die beim Film das bis ins kleinste Detail recherchiert haben. Das ist nie ein grünes oder rotes Buch. Das ist immer schwarz. Und klein.«

Ben und Tina mussten lachen.

Sascha fuhr fort: »Wäre es nicht einfacher, die würden in jeden Schreibwarenladen einen Beamten in Zivil stellen, der wartet, bis irgendjemand so ein Büchlein kauft? Dann geht der dem nach, und schwupp, schon fliegt ein ganzer Verbrecherring auf!«

Sascha bekam keine Reaktion auf seine geniale Idee und widmete sich wieder der Waffe, die ihn so faszinierte.

»Schaut mal, was da alles auf dem Stick ist«, rief Ben aufgeregt. »Weitere Namen und Baupläne ...«

»Klick mal hier auf den Ordner *Finanzamt*!«, forderte Tina und zeigte auf den Bildschirm.

Ben tat, wie ihm aufgetragen.

Sascha kam gelangweilt dazu.

»Das sind Mahnungen«, sagte Ben.

»Steuerschulden in Höhe von …«

»Zwei Komma acht Millionen Euro!«, lasen alle drei gleichzeitig.

»Wie kann man denn so viel anhäufen, sag mal?«, wollte Ben wissen.

»Das kann dir sicher das kleine schwarze Büchlein erklären!«, meinte Tina.

»Was ist denn eigentlich in der Mappe da?«, wollte Ben wissen und deutete darauf.

»Bestimmt nichts Gutes«, sagte Sascha. »Die ist schwarz!« Er griff sie sich und sah hinein. »Das ist ein Vertrag. Ui!« Er hielt eines der Blätter in die Höhe und zeigte es den beiden. »Schau, Ben, da steht dein Name drauf.«

»Jetzt mach es nicht so spannend!« Ben stand auf und trat neben seinen Kumpel.

»Da geht es um die Firma. Der will dir das Ding überschreiben!«, rief Sascha ebenso erfreut wie ahnungslos.

Ben schnappte sich die Mappe samt Inhalt und studierte alles ganz genau.

»Und?«, wollte Tina wissen, obwohl sie sich bestimmt schon vorstellen konnte, um was es ging.

Ben klappte die Mappe zu und warf sie auf den Schreibtisch zurück. »Da steht, dass mir mein Herr Chef am Tag der Hochzeit mit Clarissa die Firma überschreibt. Dann gehört das alles mir. Sozusagen als Hochzeitsgeschenk.« Ben setzte sich wieder in den Sessel.

»Aber … aber das ist doch toll!«, rief Sascha. »Freuen wir uns jetzt? Doch, oder? Mensch, da hast du den ganz großen Fang gemacht, mein Lieber!«

Tina sah Sascha ungläubig an. »Sascha, wir freuen uns nicht!«, gab sie ihm zu verstehen.

»Und warum nicht?«

»Weil ich nicht nur die Firma geschenkt bekomme, sondern dazu …«

»… die ganzen Schulden!«, beendete Tina Bens Satz.

»Oh!« Endlich war auch bei Sascha der Groschen gefallen. »Nein, das ist nicht gut. Das ist gar nicht gut! Das darfst du nicht unterschreiben, hörst du?«

Ben stand auf. »Ich glaube, ich kopiere mal vorsichtshalber das ganze Zeug. Man weiß ja nie!«, sagte er.

Tina übernahm diese Aufgabe, Ben sicherte den Inhalt des Sticks auf eine CD, und Sascha machte sich zwischenzeitlich daran, die restlichen Sachen in den Tresor zurückzuräumen.

Ben versuchte, ruhig zu bleiben, aber er war außer sich.

»Verstehst du nun, was ich meine?«, fragte Tina.

Ben nickte. »Ehrlich, das darf doch alles nicht wahr sein! Aber mich wundert, dass du … ich meine, das ist doch deine Familie.«

»Tja, Ben, Familie kann man sich nicht aussuchen. Sagen wir es einfach so, ich habe nun mal einen ausgeprägten Sinn für Gerechtigkeit.«

»Wie geht es jetzt eigentlich weiter?«, wollte Sascha wissen.

»Ich lasse die Bombe platzen«, sagte Ben voller Wut. »Ist doch klar!«

»Nichts da«, beschloss Tina. »Da musst du besonnen rangehen. Sonst bekommst du als Architekt in München keinen Fuß mehr auf den Boden.«

»Erst einmal ist es wichtig, dass wir hier verschwinden. Nicht mehr lange, und es wird hell«, meinte Sascha und nahm Tina die restlichen Unterlagen ab, die sie kopiert hatte. Er steckte die Sachen zurück in den Tresor, verschloss die Tür, drehte ein paarmal am Zahlenrad und wischte mögliche Fingerabdrücke mit seiner Sturmhaube ab.

Ben sah auf sein Handy. »Noch keine Nachricht von Clarissa. Das bedeutet, dass sie noch schläft.« Er sah Tina an. »Hey … danke.«

»Kein Thema. Schade ist nur eins.«

»Und was?«

Sie lachte. »Mein Schwager wirst du wohl in diesem Leben nicht mehr.«

»Wenn du nicht noch eine halbwegs attraktive Schwester aus dem Hut zauberst, eher nicht«, lachte er zurück.

Sascha scannte mit scharfem Blick nochmals das Büro, ob alles so war, wie sie es vorgefunden hatten. »Scheiße!«, rief er. »Das Sadomasoheft da im Müll. Das muss noch in den Tresor.«

»Quatsch. Lass es liegen«, befahl Ben.

»Und? Gehen wir nun zur Polizei, oder was?«, wollte Sascha wissen und schulterte seinen Rucksack.

»Quatsch, Polizei!«, sagte Tina. »Ich habe eine viel bessere Idee!«

Mozart kann nichts dafür

»Wo warst du denn heute schon wieder den ganzen Tag?«, wollte Clarissa wissen. »Ich würde einmal gerne den ganzen Samstag mit dir zusammen verbringen.«

»Ich musste noch was erledigen«, meinte Ben knapp und richtete sich die Krawatte in dem großen Spiegel, der im Eingangsbereich der Zöllners hing.

»Und was?«

»Das darf ich dir nicht sagen, sonst ist doch die ganze Überraschung weg!«, meinte Ben.

Er war hundemüde an diesem Samstagabend. Klar, wer die halbe Nacht mit Sturmhaube und Taschenlampe durch München geistert, der ist eben alles andere als ausgeschlafen.

Clarissa hatte von alledem nichts mitbekommen. Sie war mit den ersten Sonnenstrahlen wollüstig neben ihrem Schatz aufgewacht und hatte dort weitergemacht, wo sie, bevor sie champagnerbedingt ins Koma gefallen war, aufgehört hatte. Da war Ben gerade einmal zwei Stunden im Bett gewesen. Doch er hatte sich zusammengerissen und sich nichts anmerken lassen. Zugegeben, es gab Schlimmeres.

»Du und deine Geheimnisse!«, meckerte sie. »Wenn du mich nur endlich einmal überraschen würdest!«

Sie begrüßte die nächsten Gäste, die durch die große Tür das Haus betraten. Auch Ben nickte jedes Mal artig.

»Ist ja nicht mehr so lang. Also … mit der Überraschung.«

»Echt jetzt?« Clarissa strahlte über das ganze Gesicht. »Vielleicht heute Abend?«

»Wer weiß?«

»Oh!« Sie klatschte freudig in die Hände.

Wichtige Menschen aus dem Bankwesen, Baulöwen, Investoren, Gemeinderäte, Stadträte – alle waren sie da. Weil einer gerufen hatte: Zöllner.

Waren sie gekommen, um der klassischen Musik zu lauschen, oder wegen des kostenlosen Champagners? Nein. Sie standen Spalier, weil es ein kleines schwarzes Büchlein gab. Hinter einer feuerfesten Tür, eingebettet tief in der Wand hinter einem Bild, auf dem zu sehen war, wie Zöllner sie alle auslachte. Mit einem Helm geschützt, damit ihm nichts passierte. Und alle würden sie sein geplantes Projekt beklatschen, da war sich Ben sicher. Nicht etwa, weil sie von der Architektur so begeistert waren oder weil das Niedrigenergie-Konzept beispiellos für solch ein großes Einkaufszentrum war. Nein. Sie alle waren gefangen im Kreislauf der Maßlosigkeit. Im Klub mit dem Namen: Eine Hand wäscht die andere.

»Du, ich muss noch mein Cello stimmen. Mein Vater winkt schon.«

Clarissa gab Ben einen flüchtigen Kuss und eilte zu ihrem Instrument. Quirin und Nepomuk waren längst auf ihren Stühlen und wirkten, wie schon beim letzten Mal, sehr aufgeregt.

Clarissa tuschelte ihrem Vater etwas zu. Der grinste plötzlich von einem Ohr zum anderen und suchte den Blickkontakt mit Ben. Als er ihn gefunden hatte, winkte er. Ben prostete ihm zu. Frau Zöllner eilte mit hochrotem Kopf umher und versuchte, jedem Gast gleichermaßen ihre Aufmerksamkeit zu schenken. Ben lehnte sich gemütlich gegen den Türrahmen und orderte bei der feschen Bedienung noch ein weiteres Glas Champagner.

»Meine lieben Gäste!«, eröffnete Zöllner den Abend mit seiner eindringlichen Stimme. »Schön, dass Sie alle wieder einmal so zahlreich erschienen sind. Wir werden Ihnen gleich ein wenig von Mozart zum Besten geben. Vorher möchte ich es aber nicht versäumen, Ihnen mitzuteilen, dass mein Schwiegersohn in spe heute ein neues Projekt vorstellen wird, das seinesgleichen sucht.«

Alle Köpfe drehten sich zu Ben, der mit einem gewinnenden Lächeln in die Runde prostete. Die Mienen der Gäste reichten von Anerkennung bis hin zu: *Na, da hat sich aber einer hochgeschlafen!* Zumindest gab es leichten Applaus für ihn. Natürlich kein Vergleich zu dem Applaus im UNIVERSUM.

Zöllner klopfte den Takt auf dem Rand seines Notenständers vor und die Tortur begann. Wie schon beim letzten musikalischen Abend, dem Ben hatte beiwohnen dürfen, wäre alles nicht so schlimm gewesen, hätte Zöllner im Publikum gesessen. Doch er quälte abermals lieber seine Geige. Was hatte ihm dieser Mozart eigentlich angetan?

Ben stellte sein leeres Glas auf einem Sideboard ab und ging vorsichtig, Schritt für Schritt, rückwärts aus dem Raum, stets mit dem Gesicht zur Gesellschaft, um jederzeit stehen bleiben zu können. Die Leute waren allerdings zu sehr damit beschäftigt, gespannte Aufmerksamkeit nach vorne zur provisorischen Bühne zu heucheln.

Kaum war Ben aus dem Musikzimmer draußen, gab er Gas und verließ das Gebäude durch die Haustür. Draußen warteten bereits Sascha und Tina, die wie verabredet mit Tinas kleinem Lieferwagen vor dem Haus auf der Straße standen.

»Habt ihr alles beisammen?«, fragte Ben und öffnete die Schiebetür des Wagens.

»Klar. Und? Ist es voll?«, wollte Sascha wissen und holte ein Kabel aus einer Kiste.

»Natürlich. Wie immer. Die werden Augen machen!« Ben machte sich daran, seine Sachen auszuziehen.

»Und ich werde enterbt!«, klagte Tina.

»Das ist es doch, was du wolltest«, meinte Sascha. »Außerdem ist bis zu dem Tag, an dem du etwas erben könntest, eh nichts mehr zum Erben da, wie es aussieht. Ich bring mal ein paar Sachen hinten rein. Hast du die Tür offen gelassen?«

»Klar!«, sagte Ben. »Hab sie angelehnt.«

Ben sah Tina an, als ob er sich nochmals die Erlaubnis holen wollte, wirklich das zu tun, was er gleich vorhatte. Sie ermutigte ihn mit einem Augenzwinkern.

Der Geigenbogen strich langsam über die Saiten und die Musik verstummte. Applaus! Die Quartettspieler standen nebeneinander und verbeugten sich vor dem tapferen Publikum, das nur darauf wartete, endlich aufstehen zu dürfen. Mit ein paar Gläsern Champagner und einer kubanischen Zigarre konnte man sich sicherlich den einen oder anderen schrägen Ton schönsaufen.

Clarissa lächelte und gab ihren Mitstreitern Applaus, während ihre Augen über die Zuhörer glitten auf der Suche nach Ben.

Plötzlich drangen Synthieklänge durch die Räumlichkeiten, gefolgt von einer Base, durch die der etwas abgestandene Champagner plötzlich wieder zu prickeln begann.

Zöllner wusste nicht, wie ihm geschah. Er sah fragend zu Clarissa. Sie zuckte nur mit den Schultern. Frau Zöllner stand mit hochrotem Kopf auf und drehte sich um. Die ersten Füße wippten zum Takt. Dann setzte Gesang ein.

»Es gibt Männer – die fliegen in den Weltraum, mir egal, wenn die auf mich herabschaun', andre fahren mit viel PS im Kreis herum, viel Vergnügen – mir ist das schon im Stadtverkehr zu dumm. Doch eines …«

»Wer zum Teufel ist das?«, fragte Zöllner seine Tochter, die wie versteinert zu der großen Tür starrte, in der plötzlich ein Typ im weißen Anzug stand und über den oberen Brillenrand hinweg den Damen der letzten Reihe zuzwinkerte.

Sofort war Stimmung in der Bude. Die Gäste standen auf und wippten zum Takt. Benny Biber war *in da House*!

»Was soll denn das?«, wetterte Zöllner und legte seine Geige auf einem Stuhl ab.

Clarissa stellte ihr Cello in die Halterung und ging näher an den Sänger heran. Sie musste zweimal hinsehen, um sich sicher zu sein, dass es sich um ihren Ben handelte. Mit großen Augen stand sie da und wusste nicht, wie ihr geschah. Zöllner wollte dem Spuk schon ein Ende bereiten, als ihn der Baulöwe Fuchs abbremste: »Das ist ja mal eine tolle Idee!«, versicherte der. »Mal was anderes. Wer ist denn das?«

Zöllner winkte nur ab, quälte sich ein Lächeln heraus und sah über Fuchs' Schultern hinweg zu den restlichen Gästen, die ausgelassen zur Musik des ungebetenen Gastes tanzten. Somit war für ihn umgehend klar, er musste diesen Entertainer, den er nicht eingeladen hatte, gewähren lassen und die Sache zu seinem Event machen.

»Mensch, Zöllner! Das hätte ich Ihnen nicht zugetraut!«, freute sich Herr Leininger vom Stadtrat und haute ihm freundschaftlich seinen Ellbogen in die Rippen.

»Tja!«, meinte Zöllner lässig. »Da sehen Sie mal! Man muss eben für alles offen sein. Wie in der Architektur.«

Das konnte Zöllner. Von einer auf die andere Sekunde umschalten und sich geänderten Gegebenheiten anpassen.

»Ben?«, rief Clarissa dem singenden Schlagerbarden im weißen Anzug ungläubig zu.

Der kam näher an sie heran, stupste mit dem Finger auf ihre Nase und tänzelte weiter durch die weiblichen Gäste, die keine Scheu hatten, ihn anzugrabschen.

»Wow!«, riefen ein paar der Damen und legten ihre sündhaft teuren Taschen auf den Stühlen ab, um mitklatschen zu können.

»Ich kann Discofox – und was kannst du? Auf der Tanzfläche gibt es kein Tabu. Rein ins Körbchen, raus aus dem Körbchen, zwischendurch aufs stille Örtchen …«

Clarissa wäre fast in Ohnmacht gefallen, als Ben auch noch mit einem Satz auf den Tisch sprang, auf dem bereits die Horsd'œuvres drapiert waren.

»Ein Freund von mir war schon in Afrika – zwischenzeitlich kümmerte ich mich um Erika! Mein Nachbar …«, sang Ben fröhlich und ausgelassen weiter.

Das Publikum war auf seiner Seite, was ihm wieder einmal zeigte, dass bei dieser Art von Musik die Gesellschaftsschicht völlig egal war.

»Wer zum Teufel ist diese Erika?«, fragte Clarissa ins Leere, während sie mit ansehen musste, wie die russischen Eier in hohem Bogen den Tisch verließen.

Sie sah durch die Tür in die große Empfangshalle. Tina grinste sie an. Wutentbrannt stapfte Clarissa auf ihre Schwester zu.

»Sag mal, ist das Ganze auf deinem Mist gewachsen?«, rief sie gegen die Musik an. »Ist das wieder irgend so ein Aktivistenquatsch?«

»Nö. Nicht ganz. Was sagst du denn zu deinem Verlobten? Ist er nicht zum Niederknien?«

Clarissa musste sich schwer zusammenreißen, um ihrer jüngeren Schwester keine zu scheuern. Dann entdeckte sie

Sascha, der vor seiner mobilen Musikanlage stand und ihr zuwinkte.

»Und wer ist das?«, wollte Clarissa von ihrer Schwester wissen.

»Das? Das ist der Sascha. Ein Freund der Familie!« Tina lachte und gab ihrem Freund einen Luftkuss.

Er schnappte ihn sich mit einem beherzten Griff aus der Luft und führte seine Hand zum Herzen.

Clarissa hätte beinahe gekotzt. Sie stampfte mit großen Schritten wieder zurück ins Musikzimmer.

In diesem Moment sprang Ben vom Tisch und leitete den Schlussrefrain ein, den er immer ein paar Töne höher rausknallte: »Ich kann Discofox – und was kannst du ...«, sang er weiter und mit ihm das Publikum.

Clarissa sah, dass auch ihre Mutter mitklatschte. Sie hatte noch nicht bemerkt, dass der Sänger eigentlich ihr Schwiegersohn in spe war.

Benny Biber legte eine Pirouette aufs Parkett, dass sein Goldkettchen um den Hals nur so umherwirbelte. Und dann ... Ende!

Benny Biber stand da wie John Travolta, eine Hand mit dem Mikrofon nach oben gestreckt, und ließ sich unter tosendem Applaus abfeiern. Frau Zöllner ließ sich zu einem verhaltenem »Bravo« hinreißen. Herr Zöllner, der dicht neben ihr stand, erklärte per Handzeichen, dass sie das zu unterlassen hatte.

Einer der Gäste rief »Zugabe!«, und die meisten der Anwesenden schlossen sich an.

Benny Biber hielt die Hände in die Höhe, bis auch der letzte Zuruf verstummt war. Dann nahm er schwungvoll seine Sonnenbrille ab, steckte sie in die Innentasche seines Sakkos und zog sich den aufgeklebten Bart von der Oberlippe. Als er dann auch noch die Perücke vom Kopf zog, wechselte Frau

Zöllners Gesichtsfarbe von Rot zu Schneeweiß und sie wäre beinahe in Ohnmacht gefallen.

Umgehend wurde getuschelt. Ein Herr vom Bauamt, der schon einen im Tee hatte, rief ungeniert drauflos: »Das ist doch der Dings da, der Verlobte!«

»Liebes Publikum, liebe Gäste! Herzlichen Dank für Ihren warmen Applaus!«, bedankte sich Ben in sein Mikro. »Eigentlich hatte ich vor, Ihnen heute mein Bauprojekt, das ich geplant habe, zu präsentieren.«

Zöllner machte einen weiteren Schritt nach vorn. Er wagte nicht, etwas zu sagen. Wer konnte wissen, was nun noch von seinem Angestellten kommen würde. Clarissa sah Ben wütend an. Tina schlich sich durch die Gäste zu ihrer Mutter.

»Doch ich habe es mir anders überlegt«, fuhr Ben fort.

»Ist auch gut so. Endlich rührt sich mal was in der Bude!«, rief der Typ vom Bauamt dazwischen und erntete Szenenapplaus.

»Meine Damen und Herren, ich bitte um Ruhe. Erkenntnisse der letzten Nacht zwingen mich dazu, diesen Schritt zu gehen, und ich frage Sie alle: Wissen Sie, wo genau Sie sich hier befinden?«

Die Leute sahen einander fragend an.

Zöllner kochte und ballte die Fäuste. Am liebsten wäre er über die Stühle hinweggesprungen und hätte sich Ben vorgenommen.

»Sie befinden sich in einem Haus, das auf einem Fundament aus Korruption und Bestechung aufgebaut wurde. Von einem Mann, der es um ein Haar geschafft hätte, auch mich ins Verderben zu stürzen.«

»Jetzt ist es aber mal gut, Junge! Wie undankbar kann ein verdammter Mensch sein!«, fuhr Zöllner dazwischen und machte einen Schritt nach vorne.

»Frank, stimmt das?«, wollte Beatrice Zöllner von ihrem Mann wissen.

Doch Zöllner kam nicht dazu, seiner Frau zu antworten. Das übernahm Ben für ihn: »Es tut mir wirklich leid, Frau Zöllner, Ihnen das sagen zu müssen, aber ja, es stimmt.«

»Was willst du kleiner Pisser mir denn da unterstellen? Hast du Beweise dafür?« Zöllner grinste seinen Widersacher mit ausgebreiteten Armen an und sah in die Runde seiner Gäste.

»Ich sage nur *Zucht und Ordnung*!«, sagte Ben ruhig.

Sascha stand im Durchgang zur Empfangshalle und kicherte. Alle sahen ihn an. »Entschuldigung!«, meinte er, als er sich wieder gefangen hatte und sich räusperte.

»Ich sage nur: Kleines – schwarzes – Büchlein!«, sagte Ben dann etwas lauter und sah Zöllner triumphierend an.

Dem stockte der Atem.

»Sag bloß, du führst Buch!«, rief Fuchs, der Baulöwe, Zöllner zu.

Der deutete ihm mit einem Handzeichen, dass er sich beruhigen sollte. Dann ging er weiter auf Ben zu. »Wie zum Teufel …?«

»Ich sag nur: Narhallamarsch!« Ben grinste. Endlich war der Tag gekommen, an dem er es allen zeigen konnte.

Ein paar der Gäste hatten es plötzlich sehr eilig und traten, ohne sich zu verabschieden, die Heimreise an. Vielleicht wollten sie auch den Rest des Abends vor dem Reißwolf verbringen. Vielleicht war der Zeitpunkt gekommen, sich von ein paar aussagekräftigen Schriftstücken zu trennen.

»Du bist hier nicht mehr willkommen!«, knurrte Zöllner.

»Papa!«, rief Clarissa dazwischen.

»Still!«, meinte Zöllner zu seiner Tochter. Dann wandte er sich wieder an seinen Angestellten. »Du bist gefeuert!«

»Geht nicht«, lachte Ben seinen Chef an.

»Warum nicht, bitte schön, du Schlaumeier? Vielleicht klärst du uns auf.«

»Weil der Schlaumeier bereits gekündigt hat. Einfach mal im Briefkasten nachsehen. Ach ja, zur Sicherheit habe ich heute Morgen auch ein Einschreiben losgeschickt«, erklärte Ben.

»Und eine Mail!«, kam es von Sascha.

»Genau. Eine Mail«, wiederholte Ben.

Man hätte eine Stecknadel fallen hören können.

»Stimmt das, was dieser Schlagerheini da verzapft?«, unterbrach eine Stimme die Stille.

»Immer langsam«, versuchte Zöllner seine Gäste zu beruhigen. »Das wird sich sicher alles aufklären.«

»Da könnte ich behilflich sein, denn ich habe alles kopiert!«, rief Ben.

»Das ist Einbruch und Diebstahl. Das weißt du, oder?« Zöllner grinste siegessicher.

»Nö!«, antwortete Ben knapp. »Ich hatte einen Schlüssel und die Kombination des Tresors. Tja, habe ich die nicht von meinem Schwiegervater in spe bekommen? Jetzt, wo ich zur Familie gehöre?«

Zöllner wollte etwas erwidern, doch Ben kam ihm zuvor. »Ach, übrigens ... Thema Familie. Ich habe es mir anders überlegt. Ich will hier nicht einziehen.« Ben sah sich demonstrativ um. »Ist ein wenig stickig hier.«

»Oh, du Sau!«, sagte Zöllner übertrieben ruhig und mit zusammengekniffenen Augen.

»Hoppla!« Ben lachte. »Warum so förmlich?«

»Ich habe dich aus der Architektengosse geholt, du Taugenichts!« Jetzt schrie er. »Du hattest Schulden bis zum Hals! Wo wärst du denn ohne mich? Ohne mich würdest du doch heute höchstens Hundehütten planen!«

»Oder mit Patrick ein Parkhaus nach dem anderen«, gab Ben zu bedenken.

»Ohne mich wärst du nur ein kleines Licht, für das sich kein Schwein interessiert!« Zöllner ballte erneut die Fäuste. Seine Frau wimmerte.

»Das mag ja alles sein. Aber *mit* dir wäre ich in ein, na, sagen wir zwei Monaten in Zellenblock C mit einer Stunde Freigang täglich im Innenhof von Stadelheim. Aber …«, Ben hob den Zeigefinger, »da muss ich dich leider enttäuschen. Da musst du alleine hin. Vielleicht komme ich mal zu Besuch.«

»Na, warte!«, rief Zöllner wutentbrannt, machte einen Satz und nahm Ben in den Schwitzkasten.

»Schlägerei!«, rief einer der Gäste begeistert und wollte sich ins Getümmmel werfen.

Doch niemand teilte seine Begeisterung. Alle hielten sich bedeckt und sicherheitshalber an ihrem Champagnerglas fest. Wer wollte schon eine Falte im Edelzwirn riskieren?

Sascha, der sein Geld früher immerhin als DJ verdient hatte, erkannte die Gelegenheit, das allgemeine Treiben musikalisch zu untermalen. *Lass mich dein Zuhälter sein*, dröhnte es aus seinen mobilen Boxen. Ein paar der Gäste fühlten sich zum Mitwippen animiert.

Ben, immer noch im Schwitzkasten, drehte sich in seiner misslichen Lage ungläubig mit dem Gesicht zu Sascha. Ausgerechnet dieses Lied?!

Sascha winkte ihm zu und grinste.

»Loslassen!«, rief Ben.

»Nix da. Ich mach dich fertig!«

Ben versuchte, seinen Chef in den Magen zu boxen. Leider waren seine Arme zu kurz.

Lass mich dein Zuhälter sein, du gehörst nur mir ganz allein, wir machen beide viel Geld, das uns zusammenhält ..., schallte es durch die Räume.

Vereinzelt kamen Zwischenrufe von den Gästen, die die zwei Streithähne dazu bringen sollten, doch endlich richtig loszulegen.

Zöllner sah zu seiner Frau, die wie versteinert immer noch mit einer Auswahl an Horsd'œuvres zwischen den Gästen stand. Der Herr neben ihr bediente sich fleißig und widmete sich dann wieder angeregt dem Schauspiel des Gastgebers.

Ben schnappte sich ein Bein seines Gegners und zog daran. Zöllner hüpfte auf dem anderen auf der Stelle, ließ jedoch von Ben nicht ab.

Ben machte ein paar Schritte vorwärts und beschleunigte. Als Zöllner auf einem Bein nicht mehr Schritt halten konnte, flog er in hohem Bogen über die letzte Stuhlreihe und riss Ben mit.

»Ah!«, schrie Ben.

Ein paar Damen quiekten. Andere Gäste erkannten, dass der Abend gelaufen war, und verabschiedeten sich still und leise.

Sascha gab noch mal so richtig Gas und drehte die Regler voll auf.

»Lass los!«, schrie Ben, als er neben Zöllner auf den Boden knallte.

Zöllner erkannte, dass er seinen Kontrahenten loslassen musste, wenn er aufstehen wollte.

Ben nutzte die Gelegenheit, schnellte auf die Beine und nahm die Deckung nach oben, während er wie Rocky Balboa auf der Stelle umhertänzelte.

Zöllner zögerte nicht lange und stellte sich Ben gegenüber.

Gerade, als er sich wieder an Ben heranschmeißen wollte, ging Clarissa beherzt dazwischen.

»Jetzt ist aber Schluss!«, schrie sie ihren Vater an. »Das ist ja wie im Kindergarten.«

Sie hatte die Augen weit aufgerissen und stampfte mit ihren hochhackigen Manolos so aufs Parkett, dass es sogar trotz der lauten Musik zu hören war.

Wahrscheinlich zum ersten Mal in seinem Leben war Zöllner von seiner Tochter eingeschüchtert.

»Mach mal die Scheiße aus da hinten!«, rief Zöllner, als er sich wieder gefangen hatte.

»Hey!«, rief Sascha zurück, folgte aber brav der Anweisung, nachdem ihm auch Ben bedeutet hatte, dass es nun genug mit der Zuhälterei sei.

»Hast du davon gewusst?«, wollte Ben von Clarissa wissen.

Sie haderte und versuchte, die richtigen Worte zu finden. Sie wirkte ungewohnt verletzlich in diesem Moment, was bei Ben jedoch keinerlei Gefühlsregungen auslöste.

»Ich … ich habe …« Tränen stiegen ihr in die Augen.

Zöllner wollte sie an der Hand nehmen, doch sie zog ihre zurück, ohne den Blick von Ben zu nehmen.

»Schon gut. Ich weiß Bescheid. Ich habe euch schließlich im Büro gehört«, übernahm Ben das Wort. »Jetzt ist mir auch klar, um was es da ging.«

»Na, prima!«, schrie Zöllner. »Das wird ja immer besser. Bespitzelt hat uns der feine Herr also auch noch. Komm, Clarissa, das hast du doch überhaupt nicht nötig, dich von so einem …«

»Jetzt sei aber mal still!«, fuhr Clarissa ihren Vater an.

Zöllner, immer noch in Rage, blickte zu Tina, die mittlerweile mit verschränkten Armen neben Sascha stand.

»Und du?«, rief er ihr zu und stierte sie an. »Habe ich das alles dir zu verdanken? Ist das alles deine Charade hier?«

Tina ging lässig auf ihren Vater zu und blieb vor ihm stehen. »Nein, Papa. Das ist ganz allein deine Charade. War es immer schon. Du merkst doch überhaupt nicht, wie alle unter dir leiden. Allen voran Mama.«

»Lass deine Mutter hier raus!« Er sah seine Frau an. »Beatrice, Schatz, das wird sich alles aufklären.«

Sie knallte das silberne Tablett auf das Sideboard und verließ den Raum.

»Mama!«, rief Clarissa und rannte ihr hinterher.

»Na? Zufrieden?«, richtete Zöllner das Wort wieder an Tina.

»Geht so«, meinte sie schnippisch, immer noch die Arme verschränkt.

Ben war erstaunt über so viel Abgebrühtheit, die sie wahrscheinlich ihrem Vater zu verdanken hatte. Sascha hingegen war in diesem Moment dabei, sich so richtig in die Ibiza-Tina zu verlieben.

»Eine feine Brut habe ich mir da herangezogen!«, wetterte Zöllner seine Tochter an.

Tina steckte ihre Hände in die Hosentaschen und trat einen Schritt auf ihren Vater zu. »Wer weiß? Vielleicht bin ich ja überhaupt nicht von dir?«, meinte sie cool und zwinkerte ihm frech zu.

»Das … das ist doch …!« Zöllner wurde blutrot im Gesicht und holte mit der rechten Hand aus.

Ben reagierte blitzschnell und packte Zöllners Arm, der sich gerade auf den Weg in Richtung Tinas Wange machte.

»Stopp, du Feigling. Hier werden keine Frauen geschlagen!«

»Na, dann eben du!«, rief Zöllner, ballte die freie Hand zur Faust und haute Ben damit geschmeidig auf die Nase.

Ben torkelte und ging unsanft zu Boden. Zwei Frauen unter den letzten Gästen kreischten wieder.

»Ihr könnt mich alle mal!«, rief Zöllner in die Runde und verließ das Musikzimmer durch den Eingangsbereich.

»Wiedersehen. Und danke für den Schampus!«, rief Sascha dem Gastgeber freundlich zu und hielt sich vorsichtshalber den Arm schützend vor sein Gesicht.

Dann ging er zu Ben, der auf dem Boden lag. Tina kniete bereits neben ihm.

»Das mit deiner Deckung, also daran solltest du wirklich arbeiten.« Sie grinste und half ihm, sich aufzusetzen.

»Alles klar, Alter?«, fragte Sascha seinen Freund.

Ben hielt sich die Nase. »Passt schon.«

»Hast du gehört?«, fragte Sascha. »Ich habe deinen Song ein wenig aufgepeppt. Vielleicht probierst du ihn noch mal. Hab mehr Bass dazugegeben. Jetzt schnäuzt das Ding so richtig und geht vielmehr nach vorne.«

»Sascha, können wir uns bitte ein anderes Mal darüber unterhalten? Jetzt ist es gerade schlecht.«

»Kein Thema«, meinte Sascha und half Tina dabei, Ben wieder auf die Füße zu stellen.

Mittlerweile waren alle Gäste ausgeflogen. Sascha machte sich daran, seine mobile Soundanlage zusammenzupacken.

Während sich Ben mit einem Taschentuch das Blut von der Nase tupfte, sah er, dass Clarissa im Eingangsbereich stand.

Die beiden sahen einander wortlos an.

»Ich helfe dann mal Sascha. Ihr beiden habt bestimmt einiges zu klären«, sagte Tina und schnappte sich ein paar Kabel, die sie zum Auto trug.

Ben machte keine Anstalten, auf Clarissa zuzugehen. Somit blieb ihr nichts anderes übrig, als zu ihm zu kommen.

»Na?«, sagte sie sehr leise.

Ben sah sie nur kurz an und blickte danach auf das Tuch, das partiell rot eingefärbt war.

»War eigentlich irgendetwas echt an eurem Spielchen?«, wollte Ben wissen. Angesehen hatte er sie immer noch nicht, da er, gelinde gesagt, mittlerweile von ihr angewidert war.

»Nun tu nicht so, als hätte dir das Luxusleben nicht gefallen!«

Da war sie wieder, die Clarissa, die er kannte.

»Das Leben an sich hätte mir sicherlich gefallen.« Erst jetzt sah Ben ihr ins Gesicht. »Aber auf ehrliche Weise. Wenn einer von euch hier im Haus überhaupt weiß, was dieses Wort bedeutet.«

»Nun tu nicht so, als wärst du ein Heiliger. Diesen Lebensstandard erreicht man nicht mit Warten, bis sich einmal ein Großkunde meldet. Das solltest du mittlerweile wissen.«

Ben antwortete nicht, weil er wusste, dass er mit Clarissa bei diesem Thema niemals auf einen gemeinsamen Nenner kommen würde. Er steckte das Tuch in ein leeres Champagnerglas. »Und das mit uns? War da was ehrlich?«

»Was willst du hören?«, stellte sie als Gegenfrage.

»Wie wäre es zur Abwechslung mal mit der Wahrheit?«

Clarissa lachte übertrieben. »Wahrheit! Das sagt der Richtige. Was soll denn das mit der Perücke und diesen ganzen Kettchen und dem Bart? Das ist ja peinlich!«

»Das, meine liebe Clarissa, das bin ich.«

»Schämen muss man sich.«

»Ach, ich glaube, das bekommst du auch ganz gut ohne mich hin«, konterte Ben und zog sein nicht mehr ganz so weißes Sakko aus, das er lässig schulterte. »Ich wünsche dir ein schönes Leben.«

»Heißt das jetzt, es ist aus, oder was?« Clarissa stand mit den Händen in den Hüften da und legte den Kopf schief.

Ben glaubte nicht, was er da hörte. Hatte Clarissa wirklich diese Frage gestellt?

»Äh …« Ben überlegte kurz. »Ja, es ist aus.«

Er wollte an ihr vorbei zum Ausgang gehen. Trotz der Situation konnte er sich ein Schmunzeln nicht verkneifen.

»Moment! Du lässt mich jetzt nicht hier stehen! Eine Zöllner verlässt man nicht!« Sie schnaubte vor Wut.

Ben trat noch einmal dicht an sie heran. »Du kannst es ja bei Patrick versuchen«, meinte er süffisant. »Ich glaube, bei dem hättest du Chancen. Ach nein! Stimmt ja. Der wird ja Papa.« Ben steckte eine Hand in die Hosentasche. »Da wirst du dir wohl einen Praktikanten einstellen müssen, den du dir nach deinen ganz persönlichen Wünschen erziehen kannst.«

So schnell konnte Ben überhaupt nicht gucken, da hatte er eine kleben. Und ehe er sichs versah, war Clarissa auf dem Weg in ihren Wohntrakt.

»Ich bin fertig mit dir!«, schrie sie hysterisch.

Dann hörte Ben ein paar Türen knallen.

Eine der Bedienungen stand einsam und verlassen in einer Ecke. Sie trug immer noch ein Tablett mit drei Gläsern Champagner darauf. Ben ging zu ihr, schnappte sich ein Glas, leerte es in einem Zug und stellte es wieder auf dem Tablett ab.

»Ich glaube, Sie können dann Feierabend machen. Hier passiert nicht mehr viel.« Er kramte aus seiner Hosentasche einen Zehner hervor und legte ihn aufs Tablett. »Hier! Mit Trinkgeld könnte es in diesem Haus jetzt eng werden.«

Die junge Kellnerin freute sich und verschwand in der Küche.

Ben blickte sich in den leeren Räumlichkeiten um, als sein Handy plötzlich rappelte.

Ev: Ich kann das nicht mehr.

Was meinte sie nun damit?

Be: Was meinst du damit?

Ev: Es ist aus. Ich muss meinen Weg gehen. Sei bitte nicht böse.

Damit hatte Ben nicht gerechnet. Konnte sie nicht wenigstens ein paar Tage damit warten? Mit wehenden Fahnen hatte er nach Mallorca fliegen wollen, um zu verkünden: Ich bin nun endlich frei für dich! Ein sehr ungünstiger Zeitpunkt, den Eva da für ihre Entscheidung gewählt hatte. Sehr ungünstig.

Be: Und das konntest du mir nicht persönlich sagen?

Ev: Ich wollte nicht warten. Ich bin mit jemandem zusammen.

Na, toll! Das ging ja schnell. Womöglich, während er mit ihr … Nein. Das konnte er ihr nicht vorwerfen. Nicht er.

Be: Ich ruf an.

Ben wählte Evas Nummer.

Ev: Nein, ruf bitte nicht an.

Er gehorchte und sah weiter aufs Display.

Ev: Gib uns etwas Zeit.

Na, wenn sie meinte. Das war also das Gesamtergebnis dieses Abends. Nein … dieses Lebensabschnitts. Job weg, Frau eins weg, Frau zwei weg. Wenigstens hatte er an diesem Abend sicherlich ein paar neue Fans gewonnen. Ben steckte sein Handy ein.

»Dann einfach wieder einmal von vorn«, sagte er laut zu sich selbst.

Leichten Fußes tänzelte Ben zum Haupteingang. Zuvor zog er noch eine offene Flasche aus dem mit Eiswürfeln befüllten Champagnerkühler. Er öffnete die Tür und sah Tina und Sascha bereits im Auto sitzen. Die beiden warteten auf ihn. Tina kurbelte das Fenster der Beifahrerseite herunter.

Ben machte einen großen Schritt aus dem Haus heraus und verschloss hinter sich die Tür.

»Benny Biber has left the building!«, rief er in die Nacht hinaus.

Dann ging er zum Lieferwagen, dessen hintere Schiebetür für ihn bereits geöffnet war.

»Und?«, fragte Tina. »Alles klar?«

»Ich habe schon wieder eine gescheuert bekommen«, antwortete Ben.

»Wieso nur habe ich das Gefühl, dass dir das gefällt?«, sagte Sascha lachend.

Ben setzte sich und zog die Tür zu. »Komm, schmeiß lieber die Karre an und fahr los«, sagte er und klopfte Sascha auf die Schulter.

Sascha sah grinsend zu Ben auf dem Rücksitz. »Ich mein ja nur. Ich wüsste sogar, wo du für deinen Fetisch ein wenig Literatur herbekommst. Wir können sofort dort hinfahren, wenn du möchtest.«

»Du bist ein Blödmann!« Auch Ben konnte sich ein Lachen nicht verkneifen. »Aber gut, dass du mich daran erinnerst!«

Ben kramte in seinen Taschen herum und zog etwas heraus, das er durch Tinas Seitenfenster aus dem Wagen warf.

Die drei knatterten mit dem alten Lieferwagen los und rollten die lange Straße hinunter.

Alles, was zurückblieb, waren Chaos, mehrere Kisten Champagner und eine Schlüsselkarte, die im Widerschein der beiden Wandleuchten neben Zöllners Eingang gelblich auf den Pflastersteinen blitzte.

Ein paar Wochen
später auf Malle

Das UNIVERSUM war rappelvoll. Ben saß an der großen, langen Bar mit Kalle, Tina und Sascha. Er ließ sich von Eva eine Flasche Champagner reichen und verteilte den Inhalt auf ein paar Gläser. Ben reichte Kalle das erste Glas.

»Danke noch mal, dass ich zurückkommen durfte. Sorry wegen dem, was ich damals in der Garderobe gesagt habe. Ich war da irgendwie …«

»Nun lass mal stecken, Kleiner«, sagte Kalle und lachte. »Schnee von gestern. Wir machen alle mal Fehler. Benny Biber spült ordentlich Geld in die Kasse und noch mehr Bier in die Kehlen meiner feierwilligen Gäste.«

Ben sah Kalle an.

Der lachte abermals. »Nun guck nicht so. Es ist ja nicht nur das. Ich freue mich, dass du die richtige Entscheidung getroffen hast. Auch …«, er kam etwas näher, »aus menschlicher Sicht!« Dann wuschelte er Ben durchs Haar.

Gemeinschaftlich wurde mit dem edlen Tropfen angestoßen.

Ben zwinkerte Eva zu. Auch wenn es ihm schwerfiel. So ganz kam er mit dem Gedanken noch nicht klar, mit ihr nur noch befreundet zu sein. Ging das überhaupt?

»Sag mal, Ben, du bleibst jetzt wirklich für immer hier auf der Insel?«, wollte Sascha wissen.

Tina, die in Saschas Arm lag, sah ihn gespannt an.

»Klar! Jetzt brauche ich nur noch eine anständige Unterkunft, dann bleibe ich hier.« Ben nahm einen großen Schluck, wie um damit seine Entscheidung zu besiegeln.

»Wenn du dir eine Finca bauen möchtest, ich kenne da zufällig einen guten Architekten«, sagte Kalle und prostete seinem Schützling zu.

»Oh, lass mal, Kalle«, ging Sascha dazwischen. »Für solche Sachen wie eine Finca kannst du unseren Star hier nicht gewinnen. Unter einem Einkaufszentrum tut der überhaupt nichts mehr!«

»Wenn es bezahlbar ist«, sagte Kalle und zuckte mit den Schultern.

Mark Tomate gab auf der Bühne alles und performte gerade seinen neuesten Hit:

Ich flieg jedes Jahr auf Malle – mit dem Gerd, dem Heinz, dem Kalle, denn da trinken wir zusammen und die Leber steht in Flammen. Sollte uns das Geld nicht reichen – werden wir doch das Ziel erreichen, denn für jeden Einfaltspinsel gibt es Frauen auf der Insel …

Die Leute klatschten eifrig mit. Wie es schien, war Mark wieder auf Kurs, an seine alten Erfolge anzuknüpfen.

»Sag mal, Sascha?« Ben stupste seinen Freund an.

»Ja?«

»Das Lied, das der Mark da singt … das kenne ich doch.«

»Klar. Ist von mir!«, erklärte Sascha beiläufig.

»Na toll!«

»Was heißt hier *NA TOLL*?«, verteidigte sich Sascha. »Ich habe dir das Ding vor einiger Zeit angeboten. Aber es war ja unter deiner Würde. Also ging ich niveautechnisch eine Etage tiefer und habe es dem Mark verkauft!« Sascha zeigte auf die Bühne. »Schau, wie es den Leuten gefällt. Die Butze ist rappelvoll und alle klatschen mit!«

Ben blieb nichts anderes übrig, als Sascha recht zu geben.

»Seit der Herr nur noch Schlager singen will …«, legte Sascha nach.

»Ist ja schon gut!«, fiel ihm Ben ins Wort und goss ihm etwas Champagner nach. »Aber die Musik machst du schon noch für mich, o König der Regler?«

»Klar. Wenn du mich von hier aus nicht vergisst?«, versicherte ihm Sascha.

»Du könntest ja auch auf die Insel ziehen.«

Noch bevor Sascha etwas dazu sagen konnte, meldete sich Tina zu Wort: »Au ja! Ich bin dabei! Auch die Mallorquiner wollen fair gehandelte Produkte!« Begeistert hängte sie sich zwischen Ben und Sascha.

Knut kam zur Bar und gab Eva einen Kuss. Für Ben ein sehr ungewohnter Anblick.

»Ihr beide also!«, sagte er über den Tresen hinweg.

Die beiden nickten nur. Eva war etwas verhalten, doch sie wirkte auf Ben glücklich.

»Es ist einfach so passiert!«, meinte Knut und schob mit dem Finger seine Brille nach oben.

»Ich freue mich für euch. Wirklich!«, versicherte Ben.

Kein Wunder, dass es so weit gekommen war. Ein Blinder hätte gesehen, dass Eva mit der Dreiecksbeziehung unglücklich war. Aber musste es unbedingt Knut sein?

Ben sah in die Runde. »Dann bin ich anscheinend der Einzige hier, der solo ist?«, fragte er.

»Der hier ist, soweit ich weiß, frei!«, schäkerte Sascha und deutete auf Kalle.

»Mach dir keine Hoffnungen, Kleiner. Schenk mir lieber noch mal was von meinem Schampus nach.«

»Tja!« Ben zog demonstrativ eine Schnute. »Einsamkeit ist wohl das Los eines Stars!«

»Ooh!«, kam es gemeinschaftlich von der Runde. »Eine Runde Mitleid für unseren Schlagerstar!«

»Bevor du im Selbstmitleid absäufst, solltest du dich lieber mal für deinen Auftritt fertig machen. Kuck mal auf die Uhr!«, wies Kalle ihn an. Da war er ganz Chef.

»Au!«, erschrak Ben. »Wir sehen uns!«

Er sprang vom Barhocker und leerte noch schnell sein Glas auf ex, bevor er hinter der Bühne in seiner Garderobe verschwand.

»Benny! Benny! Benny!«, schallte es hinter die Bühne. Benny Biber kam in seinem weißen Anzug aus der Garderobe heraus, bereit für seinen Auftritt.

Kalle trat, mit einem Mikro bewaffnet, auf die Bühne. »Meine Damen und Herren! Jetzt ist es wieder so weit! Der echte – der wahre – der einzige Bennyyyyyyyyyyyyyyy ...«

»BIBER!«, schrien alle.

Gleichzeitig setzte der Beat ein.

Das Licht wurde gedimmt, die Scheinwerfer drehten sich mit ihren weißen Lichtkegeln zur Bühne. Die Nebelmaschinen rauschten und pusteten ihren künstlichen Rauch aus den Düsen, sodass sich ein weißer Teppich auf der Bühne ausbreitete. Bass! Sehr lauter Bass! Die Leute wussten, mit welchem Lied ihr Idol starten würde.

Ben nahm zwei Stufen auf einmal und enterte die Bühne. Er klatschte sich bei Kalle ab, als der ihm auf dem Weg entgegenkam. Schnell richtete er sich noch sein Headmikro, damit es die ideale Entfernung zum Mund hatte. Außerdem sah es immer cool aus, zwischendurch an diesem Teil herumzuspielen.

»Geht's euch gut?«, rief er seinen Fans zu und klatschte bereits zum Takt.

»Jaaaaaaa!«

»Ich kann euch nicht hören«, wiederholte er. »Gehts euch GUUUT!«

»JAAAAAAAAAA!«, schrien sie noch lauter.

Die Base wurde heftiger. Für Benny Biber das Zeichen, dass gleich sein Einsatz kam.

»Dann würde ich sagen, wir treffen uns bei mir auf der Couch zur ...«

»GRUPPENTHERAPIE!«, kam es im Chor zu ihm zurück.

»Ab auf die Insel, olé olé hóla, welche ich meine, das ist doch sonnenklar. Einmal im Jahr haben wir Spaß wie nie – Malle ist die allerbeste Gruppentherapie!«

Die Leute hüpften ausgelassen zu dem Beat, der ihnen aus den mächtigen Boxen entgegenwummerte, die von der Decke hingen.

»Ich sitz im Flieger Richtung Süden und kann es kaum glauben – wir rollen auf die Startbahn und ich reib mir noch die Augen. Die nette Stewardess zeigt mir, wie ich den Gurt ... während ich bei ... Nachbarin ... reihern ...«

Benny Biber sang plötzlich wirres Zeug, verlangsamte seine Schritte, bis er mitten auf der Bühne stehen blieb.

Dies blieb auch seinen Freunden an der Bar nicht verborgen.

»Was hat er denn?«, fragte Kalle in die Runde.

»Keine Ahnung!« Sascha klang besorgt.

»Ab zur Insel olé ...«

Die Musik verstummte. Benny kratzte sich am Hinterkopf und räusperte sich. Er kaute nervös auf seiner Unterlippe.

»Buh!«, kam es umgehend aus dem Publikum.

»Hat er den Text vergessen, oder was?«, fragte Tina.

Sascha zuckte ratlos mit den Schultern.

»Tja, anscheinend ausgebrannt!«, mutmaßte Mark Tomate selbstsicher. Er hatte sich nach seinem Auftritt mit einem Handtuch um den Hals ebenfalls an die Bar gesetzt.

»Buuuuuh!«, kam es heftiger aus dem Publikum. Die ersten Becher flogen.

»Was ist denn nun?«, rief Kalle und stand von der Theke auf.

Benny sah zur Bar, dann zum Publikum hinunter.

»Ich will das so nicht mehr«, stammelte er vor sich hin.

»Was will er?«, fragte Sascha.

»Keine Ahnung!« Tina sah Eva ratlos an. Auch sie hatte den genauen Wortlaut nicht verstanden.

Benny Biber nahm die Sonnenbrille ab und zog das Sakko aus. Zusammen mit der Goldkette, die er von seinem Hals nahm, schmiss er die Sachen hinter sich auf die Bühne.

»AUSZIEH'N, AUSZIEH'N!«, kam es von unten.

Dann zog er sich den aufgeklebten Bart von der Oberlippe und nahm gleichzeitig die Perücke vom Kopf.

»Buh!«, hörte man wieder vereinzelt rufen.

Ein paar Damen wirkten enttäuscht. Anscheinend, weil nun ein völlig normaler Typ auf der Bühne stand. So etwas hatten sie zu Hause auf der Couch. Das hatten sie nicht gebucht! Pfiffe mischten sich unter die Buhrufe. Ben musste nun umgehend handeln und irgendetwas tun. Einfach von der Bühne zu gehen, das hätte sein Karriereaus bedeutet.

Sascha war als Erster wieder klar in der Birne und spurtete neben die Bühne, um sich bei Knut ein Mikro zu holen. Er schaltete es ein und zog den Regler auf dem Mischpult nach oben. Die Boxen pfiffen kurz. Fiel aber nicht weiter auf, denn das tat das Publikum ja auch. Er wusste, worauf Ben hinauswollte.

»Meine Damen und Herren!«, rief Sascha ins Mikro. »Sie haben das große Glück, heute hier dabei sein zu dürfen. Von langer Hand geplant – hier – für Sie – die Verwandlung!«

Die große Ankündigung wirkte nicht sonderlich beeindruckend auf das Publikum. Sie wollten den gewohnten Benny Biber zum gewohnten Bier und zum gewohnten Cocktail.

Knut reagierte prompt und spielte martialische Musik ein, wie man sie aus dem Vorspann großer Kinofilme kannte, wenn das Firmenlogo erschien.

»Meine Damen und Herren – freuen Sie sich mit uns! Aus Benny Biber wird ... BEN VALDERN!«, schrie Sascha ins Mikro und johlte lautstark hinterher.

Der erhoffte Jubel unter dem Publikum blieb aus. Weitere Becher flogen auf die Bühne.

Ben fing sich schnell wieder. Er konnte ja auch seinen Freund, der ihn so tatkräftig unterstützte, nun nicht hängen lassen.

»Hallo!«, rief er ins Mikro, als ob er gerade erst auf die Bühne gekommen wäre. »Geht's euch gut?«

»Buh!«

Sascha zog einen USB-Stick aus seiner Hosentasche und steckte das Ding in die große Anlage, die Knut seit Jahren tagtäglich bediente. Er schnappte sich die Maus und scrollte wild auf dem Bildschirm herum.

»Weltpremiere! Und ihr seid dabei!«, rief Sascha nebenbei ins Mikro, während er immer noch auf der Suche nach der gewünschten Datei war.

»Heute für Sie – für euch!!!«

Wieder buhten die Leute.

Da kam Sascha die rettende Idee: »FREIBIER FÜR ALLE!«, schrie er ins Mikro.

»NEIIIN!«, hörte man Kalle von der Bar aus zurückschreien.

Es war zu spät. Jubel übertönte das Wehklagen des Besitzers, die Ersten stürmten zur Bar.

Sascha hatte endlich die Datei gefunden, gab Ben ein Zeichen auf die Bühne und startete sie.

Der Beat setzte ein. Die Menschen drehten sich zur Bühne. Ben versuchte es noch einmal.

»Geht's euch gut?«, fragte er erneut ins Publikum, das immer noch verhalten reagierte. Doch er gab nicht auf.

»Hey! Was ist los mit euch! Ich kann euch nicht hören!«, rief er ins Mikro. »Ich fragte: GEHT'S EUCH GUT?«

»JAAAA!«, schallte es etwas lauter zurück.

Ben Valdern klatschte ihnen den Rhythmus vor. Das Publikum ließ sich vereinzelt darauf ein. Er war froh, dass es diesmal kein Döner bis zur Bühne schaffte. Er tat, was er noch nie zuvor getan hatte, und ging die seitliche Treppe nach unten zum Publikum. Ben wollte nicht mehr der unnahbare Typ mit Perücke auf der Bühne sein. Er wollte einer aus der Menge sein. Ein Star zum Anfassen.

Dem Publikum schien dies zu gefallen. Das Playback war in vollem Gange. Ben untermalte dies nur mit einem »Hey, hey, hey«, das er im Rhythmus ins Mikro rief.

Die ersten klopften ihm auf die Schulter. Selfies wurden gemacht, immer mehr schlossen sich an und klatschten den Takt mit.

Ben machte eine große Runde durchs Publikum, um möglichst vielen Gästen nahe zu kommen. Er war wieder eins mit sich. Ohne Maske, ohne Brille, ohne Perücke. Benny Biber war Geschichte. Eine neue Ära hatte begonnen und Ben Valdern war als Schlagerstar geboren. In dieser Nacht auf Malle.

Ben lächelte seinem Freund zu, dann blickte er zur Bar. Auch Kalle hatte den ersten Schock offensichtlich überwunden. Er klatschte im Takt.

Bibi Bordell hatte sich den Weg bis zu ihm durch die Menge freigekämpft. Sie lächelte ihn schmachtend an, so, als hätte sie ihn noch nie zuvor gesehen. Er zwinkerte ihr zu.

Dann setzte der Drumloop ein. Zeit, um das Partyvolk auf Ben Valdern einzunorden. Er gab Gas und spurtete wieder auf die Bühne. Sascha drehte den Bass weiter auf. Die Stimmung stieg, die Leute orientierten sich wie ein Mann Richtung Bühne.

Leichten Fußes und in einem Scheinwerferkegel trat Ben vor die Menge. Er winkte ins Publikum. Wie nach einer Gehirnwäsche jubelten nun dieselben Menschen, die ihn noch Minuten zuvor ausgebuht hatten.

»Kommt! Sommer – Sonne – Strand! Was wollen wir mehr? Probieren wir es einfach noch mal!«, rief er. »Geht's euch gut?«

»JAAAAA!«

»Wollt ihr meinen neuen Song hören?«

»JAAAAA!«

»Der Song heißt FREI und ist für alle von euch. Also! Ich brauche eure Unterstützung! SEID IHR DABEI?«

»JAAAAA!«

Sascha startete das Playback erneut.

»One – two – three – und …«

Ben Valdern, Schlagerstar. Es war ein langer Weg gewesen bis zu diesem Tag. Er war angekommen. Single, aber glücklich. Nun war er vierundzwanzig Stunden am Tag Ben Valdern.

Ob dies eine gute Entscheidung war, blieb abzuwarten. Doch an diesem Abend blieb ihm nichts anderes übrig. Es war Zeit. Zeit, eine neue Ära zu beginnen. Er war frei!

Ben sah nach unten. Die ersten Damen schmachteten ihn an. Ja, das war die Macht des Schlagers. Hört nur alle Heavy Metal, Rock, Pop und was es sonst noch alles gibt. Doch irgendwann passierte das, was immer schon auf jeder Party, auf jedem Schulfest und jedem Bierzelt Gesetz gewesen war: Erst wenn *Marmor, Stein und Eisen bricht* aus den Boxen hämmerte, standen die Leute auf den Tischen. Das war immer so, das ist noch immer so und wird auch immer so bleiben.

Ben Valdern war solo. Doch das tat nichts zur Sache. Ein Schlagerstar war nicht dafür geboren, seine Lieder für eine Frau zu singen. Wenn, dann sollten sie mindestens für ALLE sein.

So frei – oh, so frei –
Ja, so fühl' ich mich, an jedem Tag, den wir
zusammen sind.

Barfuß am Strand, die Füße im Sand,
fühl' mich wie neu gebor'n.
Deine Haut braun gebrannt, du bringst mich
um den Verstand,
hab' mich in dir verlor'n.
Mit dir bin ich befreit, bin zu allem bereit,
ich kenn mich gar nicht mehr.
Bin wie ausgetauscht, vom Leben berauscht,
ich geb' dich nicht mehr her.

So frei – oh, so frei –
Ja, so fühl' ich mich, an jedem Tag, den wir
zusammen sind.
Bei dir – oh, bei dir –
da vergess' ich die Zeit, denn das mit uns –
ist für die Ewigkeit.

Wir fahr'n durch die Nacht, die Welt ist für uns gemacht,

wir lassen einfach los.

Der Himmel ist sternenklar, nichts ist, wie es mal war,

das mit uns ist so groß.

Du ziehst mich in deinen Bann, ich halt die Zeit einfach an,

es gibt nur dich und mich.

Wir leben für den Moment, der uns vom Rest der Welt trennt,

dreh'n die Uhr auf unendlich.

So frei – oh, so frei –

Ja, so fühl' ich mich, an jedem Tag, den wir zusammen sind.

Bei dir – oh, bei dir –

da vergess' ich die Zeit, denn das mit uns – ist für die Ewigkeit.

Lesen Sie auch von diesem Autor:

Die »Herbert«-Reihe:

Ich bin Single, Kalimera
Wie Champagner
Männerferien
Alpengriller
Gipfelträumer

sowie

Das Leben ist kein Zweizeiler
und
Sie haben Ihr Ziel erreicht

Die Titel sind auch als Hörbuch erhältlich

Folgen Sie dem Autor:
www.kalpenstein.de
Facebook, Instagram, Twitter

Zeitfracht Medien GmbH
Ferdinand-Jühlke-Straße 7
99095 Erfurt, Deutschland
produktsicherheit@kolibri360.de

Druck:
CPI Druckdienstleistungen GmbH
im Auftrag der
Zeitfracht Medien GmbH
Ein Unternehmen der Zeitfracht - Gruppe
Ferdinand-Jühlke-Str. 7
99095 Erfurt